空にピー

JN073277

二〇一六年　五月　二十七日
今日、教育実習先の担当教員、梶谷《かじたに》先生から連絡があった。

実習先の小学校の女児が亡くなったという連絡だった。女児は六年生で、名前を坪内綾乃《つぼうちあやの》さんという。

六年生は受け持っていなかったので、どうして私に電話がかかってきたのか不思議に思っていたら、その女児と最後に話したのが私なのだと言われた。

坪内綾乃とは、あの少女のことだった。

綾乃を初めて見かけたのは、プールの裏側にあるウサギ小屋の前だった。動物が好きなのか、昼休みや放課後になるとウサギを見に来ていた。

「飼育係なの？」

三度目に見かけた時、私は声をかけた。実習にもまだ慣れていなかったし、受け持ちクラス以外の児童と話す機会もほとんどなかったので、少しだけ緊張した。綾乃は首を横に振り、

「この子たちがちゃんと生きてるか見てるの」と抑揚のない口調で答えた。

教育実習の最終日である昨日は、雨が降っていた。

放課後、綾乃はやっぱりウサギ小屋の前にいた。透明なビニール傘を差していた。

「雨強くなりそうだから早く帰ってね」

後ろからそう声をかけると、綾乃は振り返り、素直に頷《うなず》いた。天気予報では、夕方から局地的に大雨が降るらしかった。

綾乃は川で発見されたという。大雨で増水した川に落ち、流された。担当教員からはそう聞いた。昨日、夜になっても家に戻らないので捜索願が出され、今朝になって川下で見つかったのだそうだ。

担当教員から、「綾乃に変わったところは見られなかったか」と訊《き》かれた。昨日の夕方、私とウサギ小屋の前で話していたのを見ていた教師がいたらしい。

私は「わかりません」と答えた。

綾乃の家庭にいろいろ問題があったことは、担当教員から今日初めて聞いた。放課後、いつも一人でウサギ小屋の前にいるのだ。なにかあるだろうことは薄々気づいてはいたが、自分ができることはなにもないと思っていた。私はまだ教師ではないし、教員採用試験に受かったわけでもない。

増水した川を見に行き、足を滑らせ落ちてしまった——

この一件は水難事故として公表された。担当教員も、不幸な事故だったと電話口で涙声になっていた。

私もそう思うよう、自分に言い聞かせている。

でも本当は、もし自分が別の言葉をかけていたら、綾乃の人生は違うものになっていたんじゃないだろうかと思っている。

昨日、私はなにもできなかった。昨日だけじゃない。綾乃を初めて見かけた時からずっと私はなにもできなかったし、しなかった。

そんな苦しい後悔を、もう二度としたくはない。

プロローグ

もしかして、道を間違えたのかもしれない。

澤木《さわき》ひかりがようやくそのことに気づいたのは、引っ越したばかりの新居を目指して川沿いの道を歩いている時だった。住宅街に向かっているはずなのに、どんどん山の奥へと進んでいくような、人里から遠のいていく気配に思わず背後を振り返った。

「えっと……江堀《えぼり》市水柄《みずえ》三丁目、パレスＭＩＺＵＥ２０２、と」

スマホの地図アプリに新居の住所を打ち込むと画面に青い矢印が浮かび上がり、目的地の逆方向に向かって歩いていたことがわかる。この方向音痴は一生直らないかもしれない。二十六歳になってなお迷子になるという失態を、この数か月の間に何度繰り返したことか。でもしょっちゅう道に迷うわりに、最後は目的地に到着しているから不思議だ。

ひかりはその場で踵《きびす》を返し、川沿いの道を戻っていった。早朝から降りだした雨は正午を過ぎたいまもまだ降り続け、地面をぬかるみに変えていく。この雨で残っていた花も全部散っちゃうな、と川沿いの桜を見上げていると、明らかに雨とは別の物音が聞こえた。その場で足を止め、傘の縁から地面に落ちていく水滴を見つめる。

気のせい……だろうか。

あれ、でもやっぱり……。

もう一度耳を澄ませ、周囲をぐるりと見回した。

視界の中に誰もいないのを確認した後、ゆっくり川へと近づいていく。川と道路の間に柵代わりの樹木が植わっていて、枝と枝の間をすり抜けるようにして川をのぞいた。

普段は水深三十センチほどの浅い川なのだろう。これほどの大雨でもさほど水嵩《みずかさ》はない。それでも濁った水が雨音に急《せ》かされるように流れている。

あれは……なんだろう。

ひかりは目を細めて、川の中にある灰色の塊を凝視する。

「あの、大丈夫？　大丈夫ですかっ」

雨音に負けないよう大声を張り上げたのは、灰色の塊が動いたからだ。塊は人だった。自ら入ったものの足でも挟まって動けなくなったのか、人が蹲《うずくま》っている。

「誰かっ。誰かーーっ」

握りしめていたスマホを目の前に掲げた後、違う、と思う。電話をかけている余裕はない。

いますぐ助けに行かなくちゃ。傘を閉じて片手に持ち、ひかりは川に続く傾斜のあるコンクリートに尻をついてじりじりと滑り下りた。水深は深くても五十センチくらいなので自分もいったん川に入り、傘の先をつかんでもらって引き上げようと覚悟を決める。

「大丈夫ですかっ。いまからそっちに行きますねっ」

こちらに背を向けていたので、この場所から顔は見えなかった。だがひかりの声に気づいたようで、一瞬動きが止まる。細い骨格が雨の幕の向こうに透けて見えた。川底に大切なものでも落としたのだろうか。それとも怪我をしているのか。灰色の人影はその場にしゃがんだまましばらく動こうとはしなかった。

滑らないように時間をかけて慎重に斜面を下りている途中、人影が足早に川を横切り、反対側の斜面を上り始めた。まるで近づいてくるひかりから逃げるように、背を向けて上がっていく。

「ちょっと待ってっ。そんなに走ったら危ないですよっ」

背中を丸め、両手両足を使って斜面を這い上がっていく人影に向かってひかりは叫んだ。

だがひかりが川面《かわも》のすぐ前に立った時にはもう、人影は見えなくなっていた。救出するべき相手が忽然《こつぜん》と消えてしまい、なんのために川に下り、ずぶ濡れになったのかがわからなくなる。

「まったく……」

ずず、ずずとスニーカーを履いた足をコンクリートの上に滑らせながら、ひかりはまた斜面を上がっていく。いったい、いま見たものはなんだったのか。こんな大雨の日に川で遊んでいたというのか。そもそも自分が見たものは、本当に人だったのだろうか。

雨に濡れて冷えきった体を震わせ、ひかりは厚い雲に覆われた暗い空を見上げた。

1

「おはようございます。はじめまして、澤木ひかりです。出身は神奈川ですが東京で暮らしてもう八年になります。今日から一年間、みんなの担任として頑張りますので、どうぞよろしくお願いします」

教壇に立つひかりは、背筋を伸ばして六年二組の児童たちを見回す。男子十二名、女子十名。これから一年間、この子たちが自分の教え子になると思うと、胸の奥からじわりとした喜びが滲《にじ》み出てくる。都内の大学を卒業し、公立小学校の教師になって今年で五年目。これまで低学年と中学年を二年間ずつ受け持ってきたが、高学年は初めてだった。

「みんなのことを知りたいので、自分の好きなものを先生に教えてください。好きな食べ物でも好きなアイドルでもなんでもいいよ。ちなみに私の好きなものは、実家で飼ってる犬と、四つ葉のクローバーのグッズを集めることです」

いつも思うのだが、教壇の上からは、子どもたちの顔がよく見える。好奇心に満ちた目でまっすぐ自分を見つめてくる子。眠そうな子。心ここにあらずで窓の外を眺めている子。外国籍の子もいて、木下《きのした》校長から事前に聞いてはいたが、国際色豊かなクラスだなと感心する。

一人、また一人と席から立ち上がって自己紹介していくのを、ひかりはじっと眺めていた。実は六年二組の二十二人の氏名はすでに記憶してある。頭の中に入れてきた名前に「フォートナイト」「BTS」「サッカー」「漫画を描くこと」と子どもたちが口にした「自分の好きなもの」を繋《つな》げていく。「どんなに無口な子どもでも、自分の好きなものに関してなら少しは話せるものなのよ」そう教えてくれたのは、ひかりの母校のシスターだ。

「グエンくんどうしたの？　そう難しく考えることないのよ」

自分の名前を口にした後、グエン・ティ・ロンが黙りこんでしまった。「好きなもの」を思いつかずに困っているのかと、ひかりは声をかける。

「先生、ロンは日本語が話せないんです」

教壇の前に座っている女子が手を挙げて教えてくれる。この子は高柳優美《たかやなぎゆみ》。さっき、「好きなものは歴史です。特に文明開化の頃が好きです」とはきはきと話してくれた。

「ああ、ごめんね。じゃあグエンくんは名前だけでオッケーだよ。ありがとう」

日本語を話せはしないが、ひかりの言っていることは理解できるのか、ロンが安堵《あんど》の表情で椅子に座った。ロンの国籍はベトナムだと聞いている。グエンくんと呼べばいいのか、それともいま優美が言っていたようにロンくんと呼べばいいのか。後で主任教諭の相庭《あいば》に訊いておかなくては。『グエンくん？　ロンくん？　呼び方確認』ひかりは手帳を開き、書き留めておく。

「先生にも質問していいですか」

今日は一人欠席しているので、二十一人の自己紹介がすべて終わったところで、手が挙がった。スミス宙《そら》というアメリカ人の男子だ。

「どうぞ。答えられることならなんでも答えるよ」

「年はいくつですか」

「二十六歳です。今年の七月四日で二十七歳になります」

「Wow! アメリカの独立記念日がバースデー？」

「そうだよ。今日から一生、母国の独立記念日をお祝いするたびに、スミスくんは先生の誕生日を思い出すことになるね。毎年お祝いしてね」

「No way. 毎年は大変だよー」

宙の潑溂《はつらつ》とした受け答えのおかげで、クラスの雰囲気が和んでいく。新しい担任はどんな人なのかと、子どもたちなりに不安もあったことだろう。この子たちの前担任は、五年生の三学期に入ってから体調を崩し、修了式を前にして休職したと聞いた。病名は鬱《うつ》。この仕事をしているとよく聞く話だが、担任がある日突然来なくなったことに児童は戸惑ったに違いない。自分を見てひとまず安心してくれたら嬉しいのだけれど、とひかりは教室中に視線を巡らせ、微笑《ほほえ》みながら児童たちの顔を見つめた。


「え、いま水柄小学校って言った？　それは大変だ」

前に勤めていた小学校の先輩教師、荒井沙織《あらいさおり》に四月からの着任先を告げた時、そんなふうに言われた。荒井は新人だったひかりを四年間かけて教育してくれた尊敬する先輩で、器の大きな気さくな人だった。プライベートでも時々ご飯を食べに行き本音を言い合える仲だったので、彼女が意地悪でそんな言い方をしたのではないことはすぐにわかった。

「なにか問題のある学校なんですか」

「都内で四年間も教師やってて知らないの？　じゃあ私の口からはなにも言わない」

「なんですか。よけいに気になるじゃないですか、教えてくださいよ」

しつこく食い下がったのだが、荒井は結局、水柄小の情報をなにひとつくれなかった。自分の目で見たほうがいい。これも教師として大事な経験だから。そんな含みのある言い方をして、「澤木さんなら大丈夫。頑張りなさい」と肩を叩いてきたのだ。

でもこうして実際に児童たちに向き合ってみると、心配しすぎだったのではと思う。あれこれ事前に調べたことで、よけいに不安になっていたのかもしれない。子どもたちにしても自分の話をちゃんと聞いてくれて……。

「ちょ、ちょっと。どこ行くのっ」

目の前を、浅黒い肌をした男子が通り過ぎていく。この子はたしか……今田真亜紅《いまだまあく》。自己紹介では「武器ならなんでも好き」と口にした児童だ。

「今田くん、いま授業中よ」

手になにか茶色いものを持っているので目を凝らすと、段ボールで作ったピストルだった。

ひかりの制止を無視して真亜紅が廊下に出ていく。慌てて後を追ったが、真亜紅はものすごい速さで廊下を走り、すぐに視界から消えてしまった。

児童が教室を出ていったことを職員室にいる副校長に報告するべきか躊躇《ちゅうちょ》していると、

「先生、真亜紅は放っておいていいですよ」

と優美が言ってくる。

「え、どうして」

「いつもああだから。ほぼ毎日、教室から出ていくんです」

「ほんとに？」

低学年ならまだしも、六年生にもなって毎日のように授業中に席を離れるなんて、とひかりは浅く息を吐《つ》いた。あの男子はどこへ行ったのか、呆然としているところに終業のチャイムが鳴った。始業式の今日はこれで終わりとなる。

「今田くん、今田真亜紅くーん」

挨拶を済ませ、教室を出たひかりが真亜紅を捜して校舎の中を歩き回っていると、

「先生」

と背中から声をかけられた。振り返るとランドセルを背負った優美が立っている。教室で座っている時は気づかなかったが背が高く、こうして向き合うと、ひかりが見上げる形になる。

「ああ、高柳さん」

初対面の児童から「先生」と呼ばれるのは嬉しくて、なんとなく認めてもらったような気がする。水柄小は低学年、中学年、高学年のそれぞれ二年間はクラス替えがなく、通常は担任も持ち上がる。だがこの子たちの場合そうはいかなかったので、担任が替わることを受け入れてくれるか心配していたのだ。

「先生、真亜紅を捜してるんですか？」

「うん、そうなの。どこ行っちゃったんだろ。高柳さんわかる？」

「真亜紅なら、たぶん家に帰ってますよ」

「え、ほんと？　だってまだ荷物が教室に残ってるでしょ」

彼の席には、ひかりが配った書類がそのまま置かれていたはずだ。健康診断カードや家庭調査票など、保護者に記載してもらわなければいけない書類を、今日はたくさん配布した。

「真亜紅はカバンなんて持ってきてません。いっつも手ぶらだもん」

「そうなの？　じゃあプリントとかどうやって持ち帰るの」

「そんなの持って帰らないです。だって真亜紅だし」

捜すだけ時間の無駄ですよ、と諭すように言われ、ひかりは小走りで六年二組の教室に戻った。真亜紅の机に近づき、「今田真亜紅」とゴム印を押された茶封筒を手に取る。優美の言うように彼の机にカバンはなかった。

ふうっと大きく息を吐き、茶封筒の中にある家庭調査票を抜き出す。この書類は児童が入学した時に配られ、それから毎年一回、進級時に情報を書き足していくものなのだが、彼の調査票の欄はすべて空白だった。


「どうですか。新しいクラスの感触は」

職員室にある自分の席に座り、書類の整理をしているところに水野《みずの》果与《かよ》がやって来た。彼女は四十代の養護教諭で、着任した日からひかりを気遣い話しかけてくれる。

「まあそう肩に力を入れず、まだ初日なんですから」

「そうですね。ありがとうございます」

ひかりが頭を下げると水野は涼しげに微笑み、また別の教師に話しかけに行った。職員室で気楽に話せる先生がまだいないので、水野の存在はありがたい。

新しく定められた自分の席に、お気に入りのグッズを置いていく。ハワイのワイキキにあるスターバックスで買った大ぶりのマグカップ。手のひらサイズの赤い置時計。実家で飼っている犬、クロの写真――。高校の卒業記念にもらった聖母マリア像。大切なものを配置することで自分の空間を作っていく。

右側からの風圧を感じて隣を見ると、六年一組の担任、相庭直人《なおと》が席に戻ってきたところだった。本来なら同じ六年生の担任として情報をすり合わせておくべきなのに、まだ挨拶以外の会話をしていない。彼のことでわかっているのは三十三歳という年齢だけだ。

「相庭先生、おつかれさまです」

「ああ、はい」

つかみどころのないこの感じ、はっきり言って苦手だ。自らはいっさい話しかけてこないというスタンスも気に入らない。でもだからといって怯《ひる》んではいられない。一日も早く六年二組の児童たちのことを把握して、クラスに溶け込みたいという思いがあった。

「あの、相庭先生。ちょっといいですか」

相庭は席に着くなりノートを開き、書き物を始めた。新しく着任したひかりにクラスの様子を聞こうなど、これっぽっちも思っていないのだろう。

「はい、なんですか」

一呼吸置いた後、相庭が顔を上げてこっちを見る。

「うちのクラスの佐内大河《さうちたいが》くんなんですが、今日欠席だったんです」

「ああ、そうですか」

「それで、自宅に電話をかけてみようと思ったんですが……これ見てください」

ひかりは、前任者が残していったクラス名簿を相庭に見せた。佐内大河の住所と電話番号の欄が修正液で白く塗りつぶされている。

「これがなにか」

「なにかって、あの……住所と電話番号が消されてるんですけど」

「変わったからじゃないですか」

「でも新しい記載がなくて」

「保護者が書きたくなかったんでしょう」

淡々と口にしながら、相庭がまた自分の手元に視線を戻した。勇気を出して話しかけたのに、わずか数十秒で会話が終わってしまった。

「あの、相庭先生は佐内くんの自宅の住所、ご存じないですか」

それでもしつこく口にすると、シリンダーをギッと鳴らし、相庭の座っている椅子が回った。髪を短く切り揃《そろ》え、白いポロシャツにカーキ色のコットンパンツを合わせた相庭は若々しく、一見とても誠実そうな印象がある。でもその目はどこか冷たく、相庭と目が合うと頭の中をスキャンされたような気がする。

「さあ、私は知りませんけど。なんのために必要なんですか」

「家庭訪問に行こうかと思いまして」

「家庭訪問……。佐内大河が不登校児だってこと、前年の出席簿を見てわかりませんでしたか？　それに、保護者が学校に住所と電話番号を教えていないということは、連絡を取ってほしくないという意思表示です。そんな家に家庭訪問なんかしたら、迷惑がられるだけですよ」

平たい声で言われ、ひかりの顔が無意識に歪《ゆが》んだ。前の担任からの申し送りがなかったことを、相庭は知らないのだろうか。

「でも迷惑に思うのは保護者であって、佐内くん自身はそうじゃないかもしれませんし」

前の学校でもそんな不登校児がいた。学校には来られないが教師を嫌っているわけではなくて、本人はひかりに会うのを楽しみにしていた。ひかりが家庭訪問をすると、「先生見て。新しい昆虫カード買ってもらった」といろいろな話をしてくれたのだ。

「じゃあどうぞ、好きにしたらいいですよ。住所は誰か他の児童に訊いたらいいんじゃないですか」

相庭に言われ、ああそうかと気づく。クラスメイトで大河の住所を知っている子がいるかもしれない。明日さっそく大河のことをクラスの誰かに訊《たず》ねようと思っていると、

「澤木先生、来客です。児童の保護者のようですが」

五年生の担任、黒金《くろがね》がひかりを呼びに来た。柔道家のように体格のいい男性教師で、大学を卒業したばかりの新任だと聞いている。水柄小学校には全員で二十五名の教師がいるが、おそらく彼が一番若い。

「ありがとうございます」

立ち上がり、職員室の入口まで早足で歩いていく。新学期早々に連絡もなく突然訪ねてくるなんて、なにか問題でも起こったのだろうか。今日のクラスの様子を思い返しつつ廊下に出ると、見知らぬ女性が立っていた。ベージュのワイドパンツに緑色のジャケットを合わせ、革製のハンドバッグを手に持っている。他に誰もいなかったので、この女性がひかりを訪ねて来た保護者なのだろう。

「はじめまして、澤木です。この四月から六年二組を受け持たせていただきます」

ひかりが挨拶するなり、一見おとなしそうな女性の両目が吊り上がった。

「私は青井《あおい》です。青井文香《ふみか》の母親です」

「ああ、青井さんのお母さんですか」

青井文香。教壇から向かって一番左の列の最前列に座っていた女子。そういえば一重瞼《まぶた》の目やふっくらとした顔の輪郭がよく似ている。

「先生、いったいどういうことなんですかっ」

話を聞くため六年二組の教室に誘導しようと思っていた矢先、いきなり怒鳴られた。

「え……あの、どういうこと、とは？」

「どうしてまた、今田真亜紅とうちの子が同じクラスなんですか。家に戻ってきた文香に聞いて本当に驚きましたよ。ご説明いただきたいと思い、駆けつけてきたんですっ」

水柄小では五年生から六年生にかけて、クラスも担任も持ち上がることになっている。それを知らないとは思えないのだけれど、とひかりは必死で事態を把握しようと頭を回転させる。

「すみません。ちょっと教えていただきたいんですが、六年生になったら青井さんは、今田くんとクラスが離れるとお考えになっていたんですか」

「もちろんそうですよ。六年では別のクラスにしますからって、五年の担任だった尾ノ上《おのうえ》先生と約束したんですっ」

「尾ノ上先生……ですか」

そういえば、前担任の名前は尾ノ上だった。尾ノ上幸子《さちこ》。その尾ノ上という教師から、自分はなにひとつ申し送りを受けていないのだ。

「青井さん、私がお話を聞かせてもらいますよ」

狭い廊下で文香の母と顔を見合わせたままどうしたものかと戸惑っていたら、にこにこと笑いながら相庭が近づいてきた。文香の母があからさまに安堵の表情を浮かべ、教室に移動しましょうという相庭の後をついていく。相庭の態度が自分に対するものとあまりに違うことに苛立《いらだ》ちを感じつつ、ひかりも二人を追って六年一組の教室に入った。

児童が誰もいなくなった六年一組の教室で、個人面談のように机を二つ合わせた。文香の母と相庭が向き合って座り、ひかりは彼の少し後ろの席で話を聞くことにする。

「青井さんが仰《おっしゃ》ることはよくわかりました。つまり文香さんは、今田くんが教室にいることで気が散る、勉強に集中できないと訴えている。それで前担任の尾ノ上に相談したところ、『六年生へのクラス替えで、文香さんと今田くんを別のクラスにする』とお約束したというわけですね」

「そうです。なのにまた同じクラスだっていうし、担任は替わってるしで、ほんとこっちはもうパニックなんですよ」

文香の母がちらりとひかりを見た。彼女の怒りは自分のせいでもあるというのか。

「わかりました」

相庭が大きく頷いた。

「じゃあ先生、またクラス替えをしてもらえるんですね」

「それは難しいです。水柄小では五年から六年に上がる際にクラス替えは行っていません」

「なによっ、だったら……」

「ですが青井さん、ご安心ください。これからは今田くんへの指導を強化します。文香さんの勉強の妨げにならないよう、学校生活が不快なものにならないように、今田くんを導いていくつもりです」

「そんなことできるんですか、これまでだって……」

「私に考えがあります。少しお時間をください」

「時間をくださいって、いつまでですか。状況が変わるまでに、うちの文香が不登校になったらどうするんです？　文香は中学受験をするんです。第一志望は、都立の中高一貫校なんです。公立なんで内申書の点数も必要だし、出席日数が足りてないと合格はできないんですよ」

文香の母が口にした学校名はひかりもよく知るものだった。前に勤めていた小学校でもその中学を目指す子どもは多く、毎年、一人か二人しか受からない難関校だった。

文香の母を正面玄関まで見送ると、ひかりは、

「相庭先生、教えてください。考えってなんですか」

と相庭の横顔に訊いてみた。正面玄関は子どもたちが校庭から運んでくるのか、土と埃《ほこり》の匂いがする。どこの小学校でも同じこの匂いが、自分は嫌いではない。

「考え？」

数秒前までにこやかに応対をしていたのに、相庭はもう能面のような表情に戻っている。

「相庭先生がいま、青井さんに仰ってたことです。私に考えがありますって」

ひかりもかつて問題児と言われる児童を受け持ったことがある。自分を抑えられない。人との距離感がわからない。集中力がない。どれもそう簡単に解決するものではなかった。小学校を卒業するまで改善できず、問題を抱えたまま中学校に進んでいく児童も少なくないはずだ。それなのにあんなふうに、短期間で今田真亜紅のふるまいを変えられるかのように断言していいのだろうか。

「考えはありますよ」

相庭が冷ややかに、ひかりを見つめてくる。

「澤木先生にかかっています」

「は？」

「今田に、『これ以上問題を起こすなら教室に入るな』と言ってください。教室にいなければ授業を妨害することもないでしょう」

「そんなことを……私が？」

「ええ、担任ですからね」

ひかりが口を開く前に相庭が背を向け廊下を歩いていく。言葉を失くして呆然と立ち尽くしている間に距離がどんどん開き、廊下の突き当たりを左に曲がると、もうその姿は見えなくなってしまった。

「なに、あれ……」

冗談かなにかだろうか。ひょっとしてからかわれたのかとも思ったが、そうではないだろう。相庭は本気で言っていた。彼は本当に、真亜紅を教室から追い出そうとしていた。

信じられない。相庭の前ではなんとか抑え込んでいた怒りが、鳩尾《みぞおち》辺りからせり上がってくる。あんな教師、初めて見た。教師の中には情熱がない人も、児童に愛情を感じていない人もいるだろう。「子どもたちのために」などと耳触りの良い言葉を口にしていても、自分のことしか考えていない怠慢な教師を、自分もこの四年間で何人か見てきた。でもここまで酷《ひど》いことを口にする人はいなかった。少なくとも自分の周りには……。反論する間もなく立ち去られたことにも腹が立つ。唖然《あぜん》としてしまい、なにも言い返すことができなかった。

職員室に戻り、相庭の姿を捜した。言いなりになっていては、自分が教師でいる意味がない。

「あの、相庭先生」

ひかりは、コピー機の前の相庭を見つけ、近づいていく。本体トレーに排出されたプリントには『陽だまり通信　6年1組』と印字されている。学級だよりを刷っているようだが、陽だまりとはほど遠い、さっきの発言を思い出す。

「話の続きですが、今田くんを教室から追い出すなんて、私にはできません。そんなことしたら今田くんの保護者だって」

コピー機の音にかき消されないよう、ひかりは声を張る。他の先生の目が気になったがどうしても言っておかなくてはいけない。目立ちたくはないが、しかたがない。

「今田の保護者なら大丈夫ですよ」

「それは……どういう」

「澤木先生が自分で確認したらどうですか。得意の家庭訪問でもなんでもして」

コピー機の音が止まり、相庭の声が職員室に響いた。だが彼は涼しい顔をしてプリントを束ね、自分の席まで戻っていく。

「ちょっと相庭先生、それってどういうことですか」

ひかりが相庭の後を追いかけ、しつこく問いただそうとした時だった。「うっ」という喉を圧《お》し潰されたような声が、職員室の真ん中辺りで上がった。

その異様な声に、「先生?」「どうしたんですか」と次々に声が上がる。それまで静かに作業をしていた教師たちが立ち上がり、ざわめき出した。

女性教師が力なく腕を上げスマホの画面を掲げると、そばにいた教師が画面に顔を近づけた。「え?」「嘘でしょ」「なんだ」「なになに」とさざ波のように声が起こり、渦に吸い込まれるようにして職員室にいた教師たちが部屋の中心部へと集まっていく。

職員室の出入口のすぐそばに座っていた副校長が「どうしたんですか。いったい」と冷静に呟《つぶや》きながら、初めに叫び声を上げた女性教師のもとに歩いていった。

「先生、どうしたんですか。……なんですか、これは? 都内の『第三鹿川《かがわ》トンネル』で男性が絞殺……。男性は都内の小学校で校長職にある……」

かけていた眼鏡を額の上まで持ち上げ、画面の文字を読み上げていた副校長が絶句する。

その顔がみるみる青ざめていく様子に、職員室が静まり返った。

「岩田《いわた》先生が……岩田洋二《ようじ》先生が、トンネル内で……殺害されたって」

副校長が低く言うと、「嘘」「同姓同名なんじゃないの」「なにかの間違いじゃ」という声がぽつりぽつりと聞こえてきた。

状況がよくわからないひかりに、近くにいた教師が、岩田が一年前まで水柄小の副校長をしていたことを教えてくれる。そこにいる誰もが呆然としている中、副校長がいち早く冷静さを取り戻し、「校長に伝えてきます」と足早に職員室を出ていく。するとそれを合図にしたかのように他の教師たちも、動き始める。

「あの、児童たちに……」

子どもたちにこの一件をどう伝えればいいのか。児童の保護者からも問い合わせがくるかもしれない。同じ六年の担任として話を合わせるべきかと思い、ひかりは相庭の席を振り返る。だが相庭はいつのまにか職員室を出て行ったようで、姿が見えなかった。

ひかりは職員室を出て、相庭を捜しに行った。職員用のトイレの前でしばらく待ってみたが誰も出て来ず、教室かもしれないと階段を上がろうとした時、児童用の手洗い場の前に立つ相庭を見つけた。

「相庭先……」

声を張ろうとして、その続きの音を空気と一緒にのみ込む。手洗い場で体を屈《かが》める相庭が、笑っていたからだ。さも愉《たの》しいことがあったかのように、目を細めてほくそ笑む横顔が手洗い場に設置された鏡に映り込んでいた。

いま聞いた事件と関係があるとは思わない。でもひかりは声をかけるのをためらってしまった。着任してから初めて目にした相庭の笑顔があまりに冷たくて、ひかりはそのまま足音を消し、逃げるように職員室に戻った。

2

「おはようございます」

すでに出勤し、デスクでパソコンに向かっていた相庭に挨拶をしてから、ひかりは自分の席に座った。まだ七時を過ぎたばかりなので職員室には自分と相庭しかおらず、しんと静まり返っている。

「相庭先生はいつもこんなに早いんですか」

「まあ。仕事は職場で完結させたいんで」

初日と変わらず、相庭は今日も無愛想だ。もともとこういう人なのだろう。気にしない、気にしない、とひかりは口角を上げる。

「あの、相庭先生は岩田洋二さんという方をご存じなんですか」

よせばいいのに、思わず口から出てしまった。

昨日、自宅に戻ったひかりは、事件に関連するニュースを探した。水柄小の副校長だったという過去の報道はなかったが、現在は都内の立木《たちき》市の小学校で校長をしていることは公表されていた。

「岩田先生とは同じ年に赴任してきました」

パソコンの画面に視線を置いたまま相庭が答える。それ以上話を続ける気はなさそうだったので、「そうなんですね」と話を切った。昨日目にした笑みが頭をかすめたが、口には出せない。

「じゃあ学級委員は、男子がスミス宙くん、女子は高柳優美さんに決まりました。二人とも、半年間よろしくね」

一時間目の学級会では、開始五分で学級委員の二人が決まった。宙と優美は五年生の時も学級委員を務めていたらしく、クラス投票をするとほぼ満場一致だった。

「スミスくんと高柳さん、前に出てきてもらっていいかな。残り時間で運動会の競技ごとに出場メンバーを決めたいんだけど、二人にお願いしてもいい？」

宙と優美が椅子から立ち上がり、素早い動作で教壇まで出てきてくれる。家庭調査票によると、宙は五年生の四月にアメリカから来日し、現在は父親が勤務する横田基地から水柄小まで通っているのだという。母親が日本人で、父親はアメリカ人。他の男子より頭一つぶん背が高く、がっしりとした体格をしている。

「悪いんだけど、先生ちょっと教室から離れるね。一時間目の終了時間までには必ず戻るから」

「先生？」

優美は自分たち学級委員にメンバーを決めさせ、先生はどこへ行くのだ、という目をしている。青井文香の不満そうな顔が視界の端にちらりと映った。

「ごめんね、今田くんを捜してくる。どの競技に参加したいか、希望も聞きたいし」

真亜紅は初日と同じように学級会の途中でふらりと席を立ち、教室を出てしまった。開票の最中だったのですぐに追うことができず、そのままになっている。本来なら、教師が授業中に教室を離れることは許されない。離れる時は代わりの教師に教室に入ってもらうのがルールなのだが、そう長い時間不在にするつもりはなかった。捜し出してすぐに戻ればいい。

だがどこへ行ったのか、真亜紅はなかなか見つからなかった。校舎の外を捜してみよう。そう思い、玄関で上履きから通勤用のスニーカーに履き替える。

正面玄関の前の広場に目をやるが、太陽に照らされた白い景色の中に、人らしい影は見えない。ひかりはそのまま広場を突っ切り運動場に続く階段まで歩いていく。水柄小の運動場は建物の敷地より五メートルほど下にあるので、長方形をしたその一辺が階段になっていた。階段に座れば、競技場のように見下ろせる。まだ体育の授業が始まっていないので運動場には誰もおらず、太陽に照らされた温かな土が湖のように凪《な》いでいた。

あれはなんだろう……。運動場の右隅、体育倉庫の裏側にトタン屋根の小屋が見えた。板をはり合わせた、いかにも手作りという感じの建物だ。その小屋からなにか物音が聞こえた気がして、視線を留める。音といってもはっきりしたものではない。葉擦れ程度の小さな音だ。

小屋の正面には窓がなかったので裏に回ると、扉があった。板で作られた簡易的な扉が大きく開け放たれている。きつい獣臭がするので、おそらくここは飼育小屋なのだろう。おそるおそる中をのぞくと、鮮やかなブルーが目に飛び込んできた。

「今田くん、ここでなにしてるのっ」

枯草が敷き詰められた狭い小屋の中央に、青色のTシャツを着た真亜紅が立っていた。驚いた様子で一瞬こちらを見たが、すぐに視線を逸《そ》らす。手には段ボールで作られた玩具《おもちゃ》のピストルが握られている。

真亜紅がピストルを、枯草に向けた。いや、違う。真亜紅が銃口を向けているのは枯草に埋もれたウサギだった。

「やめてっ」

叫んだ時には、もうすでに彼の指は動いていた。ピストルから勢いよく飛び出したのは輪ゴムだった。

「今田くん、やめなさい。どうしたの？　どうしてこんな酷いことするの？」

背筋に冷たいものが走り、声が震える。ひかりは小屋の中に踏み込み、玩具を持つ真亜紅の腕を強く握りしめる。足元を見れば枯草の上に数えきれないほどの輪ゴムが落ちていた。

「今田くん、どうして？」

よく見るとピストルには複雑な細工がしてあった。本体は段ボールでできているが造りはやけに精緻《せいち》で、トリガーや銃口、グリップ部分には割り箸や針金を使い強度が増してある。

「どけよ」

真亜紅が手を伸ばし、ひかりの体を押した。ひかりがよろけると、真亜紅は一瞬びっくりしたように見つめてきたが、すぐにまた視線を外す。

真亜紅が小屋の隅で丸まっていた黒い毛をしたウサギに銃口を向けた。止める間もなく輪ゴムが勢いよく放たれ、ウサギの片耳に命中する。撃たれたウサギは、その場で固まったまま体を小刻みに震わせている。

「今田くん、ウサギは生き物なんだよ」

「全部終わった。あの黒いやつだけまだだったから。もうやめる」

ピストルを握っていた左手をだらりと下ろし、真亜紅がひかりに背を向けた。

「今田くん、どうしてこんなことするの」

逃げるわけでもなく、背を丸めてゆっくりと前を歩くブルーの背中に話しかける。明るい太陽の光と柔らかい春風のおかげで、震えが少しましになっていた。

「お仕置き」

ひかりの問いかけに、真亜紅が足を止めた。どんな表情でその言葉を口にしたかはわからないが、悪びれた様子はない。

「お仕置き？　ウサギはなにも悪いことしてないよね？」

「おれの言うことを聞かない。輪ゴムが当たった時だけぶるるって反省する」

「それは痛がってるんだよ。痛いから体を震わせてるの」

「愉しい。ぶるるってなると、おれの背中もぶるるってなる。エモい」

言いながら真亜紅が振り返った。その顔には自分が悪いことをしたという自覚もなければ、叱られているというばつの悪さも見られない。

運動場を横切って歩くブルーの背中を呆然と見つめながら、ひかりはさっき真亜紅が口にした言葉を頭の中で反芻《はんすう》した。「お仕置き」「おれの言うことを聞かない」「ぶるるって反省する」この子はどうして罪もないウサギを標的にするのだろう。さっき小屋の中で覚えたうすら寒い感覚の正体はなんだったのかと、ひかりは飼育小屋を振り返る。


給食後、職員室に戻ったひかりは自分のデスクの前に座り、そのまま椅子にもたれて気持ちを落ち着かせる。机の上に置いているクロの写真に目をやれば、張りつめていた心と体が少しだけほぐれる。真亜紅は給食を食べ終えるとひかりが制止するのも聞かず、通用門を乗り越えて学校の外に出ていってしまった。

「澤木先生、ちょっといいですか」

深呼吸を繰り返しながら固く目を閉じていると、背中から声が聞こえてきた。振り向かなくてもわかる。相庭の声だ。

「はい」

ゆっくりと目を開き、乱れた前髪を手で直していると、

「別室で話しましょう」

と不機嫌そうに言われる。

相庭の後ろについて、廊下を歩いていく。どこまで行くのかと思っていたら、保健室の隣にある教室のドアを開け、相庭が中に入っていった。

「副校長から聞いているかもしれませんが、ここは臨床心理士が使うハートルームです。本来は月水金に来ることになっていますが、いまは諸事情で機能していません」

機能していないとは、どういうことなのか。新学年が始まってまだ二日目だというのに、問題が山積みで頭の中の混乱が続いている。

「澤木先生、今日、一時間目の授業中に教室を出られましたね」

促されて椅子に座ると、相庭がおもむろに切り出した。

「あ……はい」

「今田ですか」

「そうです。運動会の競技メンバーを決めていたので捜しに行ったんです。でもすぐに見つかりました」

ウサギ小屋でのことは黙っておこうと思った。まだ真亜紅と自分の間に信頼関係ができて

いない状態で、他の教師に介入されるのは避けたい。

「澤木先生」

「はい」

「今田を無理に教室に留めようとしないでください。教室にいなければ授業を妨害することもない、と私、言いましたよね」

「ああ……はい、それは……。でもまあ今日は運動会のことを決めなくてはいけないということで、だから……」

「今田は自分の気に入らないことがあるとすぐにむかつき、キレます。スイッチが入ると誰も止められません。わかりやすく言えば、教師に対しても『殺しにくる』、そんな感じで向かってきます。これまでも教師がハサミで切りつけられたことがありました。怪我にはいたらず、服を切られただけにとどまりましたが……。今田がまだ三年生の時の出来事です。無理やり押さえつけようとすると、暴れるんですよ」

　ハートルームはとても明るい場所だった。児童たちが悩みを打ち明けやすい雰囲気を作っているのか、部屋のあちらこちらにピンク色やオレンジ色の可愛いプリザーブドフラワーが飾ってあった。カーテンも紋黄蝶の羽のような柔らかな黄色で、本来ならば心落ち着く場所だろう。それなのに相庭と対峙していると、気分が重く沈んでいく。

「うちの小学校では月に一度『ケース会議』を開くので、その時に今田のことを伝えようと思っていたのですが、そこまで待てませんでした」

「……お話ししていただき、ありがとうございます」

「それで、もう一度言いますが、今田のことは放っておいてください。教室を出ていっても先生が捜しに行ったりしないでください。毎回そんなことをしていると他の児童たちの負担になります」

今田が出ていくことで教室は静かになる。学習もはかどるし、クラス単位で取り組もうとしていることもスムーズに進む。それが一番だと相庭に説明された。

「……じゃあ今田くんへの指導は、どのようにすればいいんですか。そんな、放置するような方法だと、彼自身が成長できないんじゃないですか」

玩具のピストルでウサギを撃っていた真亜紅の目を、ひかりは思い出した。「お仕置き」。あの子が呟いたあの一言はどこから生まれたのだろう。物を言わない小動物を輪ゴムで撃って、体を震わせるのを見て愉しんで……。あのまま彼が成長した未来を、ひかりは想像したくはなかった。

なにかを察したのか、

「今田を指導しようと思っても無理ですよ」

と相庭が口元を歪める。

「どうして無理だと言い切れるんですか」

「彼の親が望んでいないからです。保護者が望まないことを教師はできません。だから六年二組の場合は、今田以外の児童を指導するんです。『今田が教室から出ていく時は、そのまま放っておくように』『今田がキレて暴れたら、被害に遭わないために逃げるように』と、今田ではなく、周りの子どもに注意を促すんです。まあみんな六年生ともなると慣れていて、今田の扱いはわかっていますから」

きっぱり告げると、相庭は手にしていた黒いファイルを開き、『今田真亜紅』というインデックスが貼られたページを示した。そこにはこの五年間で彼が起こした事件が時系列に綴《つづ》ってあった。一年生の時には水泳の授業の際に同じクラスの女子をプールに突き落とし、その児童が心肺停止に。二年生の遠足では学校近くの低山で行方不明になり、救助隊に捜索されている。三年生の時にはさっき聞いた、ハサミを教師に向ける事件を起こしていた。

「理解できましたか」

これまで自分を含めた何人もの教師が今田と関わってきたのだと、相庭は口にした。だが指導することなどとうてい無理だった。今田は放っておくしかないのだと、相庭が繰り返し言ってくる。

「今田くんの保護者は、彼の行動に問題があることは認識されているんですか」

親にも理解をしてもらい、必要ならば医療的ケアを模索するのが大切なのではないか。専属の臨床心理士がいないのなら、教師自らが動くことはできないのかと、ひかりは食い下がる。

「それは無理です。さっきも言いましたが、今田の保護者を説得するのは不可能ですから」

「どうしてですか」

引こうとしないひかりに、相庭は呆《あき》れた口調で「転任してきたばかりだからと甘えてるんじゃないですか？　どうしてどうしてと、人に訊いてばかりではなく、少しは勉強したらどうです」と言い捨てた。そして立ち上がり、ファイルを手にすると、なにも言わずに部屋を出ていく。なにをどう勉強しろというのだろう……。ハートルームに一人残され、沸々と込み上げる怒りを堪《こら》えていると、廊下のほうから児童のものらしい軽やかな足音が聞こえてきた。

「先生っ」

勢いよく扉が開き、優美が顔をのぞかせる。

「あら高柳さん、どうしたの。私がここにいるってよくわかったね」

「いま廊下で相庭先生に会って、ここだって」

走って来たのか、優美の息が上がっていた。険しい表情でひかりを見つめてくる。

「あの、サウ……佐内くんが学校に来ました。いま通用門の前にいます」

「佐内くん？　あ、佐内大河くんねっ」

佐内大河は不登校児だ。出席簿を見ると、昨年の出席日数はわずか八日間。その大河が登校してきたと聞き、ひかりは両目を見開いた。

「はい。……たぶん給食を食べに来たんだと思います」

言いにくそうに優美が口にし、顔色を窺《うかが》うような上目遣いでひかりを見てくる。

「給食を食べにっていっても、もう給食の時間は終わってるけど？」

「はい……でも、たぶん、佐内くん……お腹が減ったから学校に来たんだと思います」

歯切れのいい優美がさっきから言い淀《よど》んでいるのが気になって、ひかりは手招きし、ハートルームの中に入ってくるように伝えた。

「ごめんね高柳さん。実は私、前の担任の先生から話を聞けてなくて、みんなのこと、ほとんどなにも知らないのよ。だからもし高柳さんが佐内くんのことでなにか知っているのなら教えてくれないかな」

ひかりが彼女の目を見て微笑みかけると、優美は覚悟を決めたように頷いた。

「佐内くんは、お母さんとおじいちゃんの三人暮らしなんです。佐内くん、前は私と同じ団地に住んでて、保育園からずっと一緒で……。いまは向こうが引っ越したから違うんですけど……。それで、佐内くんのお母さんは時々家に帰って来ないことがあって……」

そこまで話すと優美が気まずそうに口をつぐんだ。これ以上話していいものかと考えているのだろう。

「ありがとう。佐内くんの事情、少しわかった。きっと彼はいま空腹で困っているのね。だから学校に給食を食べに来たのね」

ひかりが言うと、優美が「そうです」と強く頷く。

「じゃあいまから先生が給食室に行って、パンや牛乳が残ってないか訊いてみるね。おかずも、まだ残ってたらもらってくる。教室じゃ落ち着かないかもしれないから、佐内くんにはこのハートルームで食べてもらいましょう。高柳さん、呼んできてくれる？」

掃除の時間が終了するまでにあと三十分しかない。急がないと五時間目の授業が始まってしまう。

「先生、あの……。佐内くんを……通用門で待たせてるんです」

「うん、さっきもそう言ってたね。だからこの部屋まで連れて……」

言い終わらないうちに優美がひかりの腕をつかみ、「先生も一緒に来てください」と引っ張る。

優美と二人で通用門まで走っていくと、防犯のためにロックされた鉄門の向こうに大河らしき人影が見えた。ロックの解除方法は赴任したその日に聞いていたので、ひかりはボタンを押してから力いっぱい門を横に引く。ガラガラと車輪が回る音がして、門が開いていく。

「あなたが……佐内大河くん？」

目の前の子どもの姿に思わず声が上ずった。ぼさぼさの髪が肩にかかるほど伸びきっている。襟ぐりが緩くなったアニマル柄のTシャツと、緑色のハーフパンツはどう見ても大人サイズのもので、ベルトの代わりに色の抜けた紺色のサスペンダーでずり落ちないようにしてあった。

「サウ、私たちの新しい担任の先生だよ。澤木先生」

ひかりの問いかけにはまるで無反応だったが、優美が話しかけると顔を上げる。目の下まで伸びた前髪から、大きな瞳がのぞいた。

「はじめまして佐内くん。先生と一緒に学校に入りましょう」

一歩前に踏み出し大河に近づいていくと、優美が彼をハートルームに連れて来ることを躊躇《ちゅう》躇《ちょ》していた意味がわかった。彼が体を動かすたびに、汗をたっぷり吸い込んだ靴下のような臭いがする。何日も風呂に入っていないのではないだろうか。

「澤木先生、あの、尾ノ上……前の担任の先生は保健室を使ってました」

「え？」

「保健室でサウの足をバケツで洗ったり、顔や体をタオルで拭いてました」

「あ、ああ……そうなのね。そっか、わかった。佐内くん、ひとまず保健室に行きましょうか」

前髪が長くて表情はよく見えないけれど、素直な、低学年の男児のような頼りなさを感じる。大河を保健室に連れていくと、養護教諭の水野が慣れた様子で部屋の奥に連れていった。家庭科室で湯を沸かしてくるからと、男児用の着替えを用意して部屋を出ていく。

「給食室まで行ってくる。なにか食べられるものをもらってくるね」

二人にここで待っているように伝え、ひかりは保健室を出た。

早足で廊下を歩きながら、ひかりは狼狽《ろうばい》する自分を必死で落ち着かせようとした。いまさっき私が目にした姿はなんなのか。日本の子どもの七人に一人が貧困状態にあることは知識として頭に入っていたが、受け持ちのクラスにはいなかった。髪があんなふうに伸びきっていたり、食事を摂らずに痩せ細っている児童を見たことは一度もない。いや、気づいていなかっただけなのか——。

どうして相庭は大河のことを教えてくれなかったのか。引き継ぎをされていないことはわかっているはずなのに、と大河を見て感じたショックが相庭への苛立ちに変わっていく。佐内家への家庭訪問は、新担任の最優先案件ではないのか。それとも真亜紅同様、大河も学校に来なくていいと思っているのだろうか。

「すみません。ちょっといいですか」

給食室から大量の水が流れる音が聞こえてきた。後片付けに入っているのかもしれない。

「はーい」

ひかりの呼びかけに気づいたマスク姿の調理員が、小走りで出てきてくれる。

「お忙しいのにすみません。私、六年二組を担任している澤木と申します。うちのクラスの児童がいま登校してきたんです。それで、もし給食で余っているものがあれば、食べさせてあげたいと思ってるんですけど」

奥のほうから洗剤の匂いが漂ってくる。もしかするとおかずはすでに廃棄されているかもしれない。

だが調理員はマスクから出た目を優しく細め、

「はいはい。まだ残ってますよ。一人分でいいの？　待っててください、持ってきますから」

とすぐに踵を返して取りに行き、食パン、牛乳、麻婆豆腐、春雨サラダという今日のメニューをトレーに載せて手渡してくれた。

礼を言い、ひかりは保健室へと踵を返した。お腹がすいたから学校に来る、というのはどういうことなのだろう。六年生にもなれば、自分でインスタントの食材を使って調理をすることくらいはできるのではないか。もしくはコンビニでおにぎりを買うという発想はないのだろうか。

保健室に戻ると、パーティションの向こう側で大河が体を拭いていた。腰にバスタオルを巻きつけた姿で丸椅子にちょこんと腰かけ、腕や足を擦《こす》っている。

「あれ、高柳さんは？」

「優美ちゃんならさっき外に出ましたよ。自分がいたら大河くんが恥ずかしいだろうからって」

そういえば保育園の頃から大河とはずっと一緒だと言っていた。あの子はこれまでもこんなふうに大河を気にかけてきたのかもしれない。

「あ、私やります」

水野が洗面器の湯にタオルを浸《ひた》し、手が届かない背中を拭いてやろうとしたタイミングでひかりは声をかける。

「いいのよ、大丈夫。それより先生、もう五時間目の授業が始まるでしょ。ここは私に任せてくれたらいいから早く行って」

首筋と背中をマッサージするように、水野が慣れた手つきで拭いていく。垢《あか》を落とすためにけっこうな強い力で擦っているが大河はおとなしくしている。タオルが耳の先に触れた時だけ、くすぐったそうに身を捩《よじ》った。

「よし。ちょっとはさっぱりしたでしょう」

指の先まで拭き清め、水野が大河の背中をパチリと叩くと、「ありがとう」と大河が呟いた。声を初めて聞いたが、意外にも張りのある声をしている。ただ六年生男子の平均身長は百四十五センチほどなのだが、大河は百三十センチあるかないかだった。

「あとは髪をなんとかしなくちゃね。爪も切ってほしいけど、でもその前に給食を食べなさい。澤木先生が取りに行ってくれたから」

水野が給食のトレーを置いたデスクを指差し、大河に服を着るように促す。保健室で用意された白色のクルーネックの長袖シャツに、黒いジャージのズボンを身に着けた彼は格段にさっぱりし、健康的に見えた。

「水野先生、佐内くんが着ていた服はどうされたんですか？」

「優美ちゃんが家庭科室の洗濯機で洗ってるわ。あの子のことだから洗濯機を回してすぐに教室に戻ったと思う。澤木先生、優美ちゃんてね、すごく親切なのよ、頭もいいし。ねっ、大河くんのお姉さんみたいよね」

水野が言うと、給食を食べていた大河がこくりと頷く。なにひとつ動揺していない水野を見て、このようなことがこれまでにも何度かあったのだろうとひかりは納得した。大河が腹をすかせてふらりと学校に顔を出し、そんな彼の体を拭いて洋服を洗濯するようなことが……。後で水野にこれまでの大河のことを聞きに来なくてはと思っていると、五時間目開始のチャイムが鳴った。


大河は五時間目の体育の途中から参加してきた。運動場で五十メートルのタイムを測定している時だった。保健室で借りたのか、体操着を身に着け赤白帽も被《かぶ》っている。髪は水野に梳《と》かしてもらったようで、さっぱりとしていた。

大河を手招きすると、軽やかな足取りで階段を駆け下りてくる。通用門で見かけた時はクラゲのようにふらふらしていた四肢に力が漲《みなぎ》っている。

「サウーーーっ」

「おまえ、なにしてたんだよっ」

「給食食べに来たのかー」

不登校気味で優美しか友達がいないのではと思っていたが、大河は男子たちに人気があった。活発なグループの男子たちがまっしぐらに駆け寄って行く。肩をぶつけたり柔らかく頭突きをしたり、楽しそうにじゃれ合っている姿が微笑ましい。

「はーい、君たち早く整列しなさい。いまから二回目のタイム測定するから」

今回のタイムでリレー選手を決めるので、足自慢の子どもたちの顔がきゅっと引き締まる。大河が学校に来てくれたことで、初めて六年二組が全員揃うところだったのに……。真亜紅は今頃どこでなにをしているのか。

「そしたら一回目と同じく高柳さんとグエンくんは、ゴール地点でストップウォッチを押してください。スミスくんはスタート地点に立って、先生が合図したら『ヨーイドン』の声かけをしてね。みんなの記録は先生が用紙に書き込んでいくから、自分のタイムがわかったら報告に来るように」

学級委員の二人とロンに協力してもらいながら、タイム測定を続けていく。教師の言うことをよく理解し、手助けしてくれる児童に仕事を集中させてしまうのはよくないのだが、ついつい頼ってしまう。高柳優美、スミス宙、そしてグエン・ティ・ロン。この三人が六年二組の支柱であることはこの二日間で感じていた。ロンは日本語が得意ではないのに、いや、苦手だからか、どんな時もひかりの顔を真剣に見つめ、一言も聞き逃すまいと耳を傾けてくれる。

「はい、じゃあ次はグエンくんが走るので、誰かストップウォッチの係を交代してあげてください」

走り終えた子どもたちに向かってそう叫ぶと、宙がわざわざスタート地点から全速力で走ってきてくれた。スタート地点の号令係には、宙に代わってくれと言われたのか文香が立っている。ただの憶測だけれど、文香は宙のことが好きなのかもしれない。宙に話しかけられるたびに、顔がぱっと明るくなる。クラスの女子をまとめるには、彼女たちの恋模様にも関心を持たなくてはいけない。そう教えてくれたのは荒井だ。

スタート地点にはロンと大河が並んでいた。ロンはクラスでは小柄なほうだが、それでも大河と並ぶと大きく見える。

ひかりは手を高く上げ、文香に準備完了のサインを送った。「ヨーイドン！」と叫ぶのと同時に文香が右手を振り下ろし、それを合図にストップウォッチが押される。

わ……速い。

ひかりは思わず目を見開いた。これまでのどの組よりも速く感じ、優美の手の中のストップウォッチをのぞく。三秒、四秒……風を切ってぐいぐいと近づいてくる。半分を過ぎたところでロンが疲れたのか、少しずつ遅れ始めた。いや違う、大河が加速している。

「サウ、いけ、走れー！」

自分の番を走り終え、ゴール付近にいた男子たちが大声で声援を送り、ストップウォッチを握る宙も「7秒切れるぞ、カモンカモーーンっ」と興奮していた。小さくか細い大河が、風に背を押されるようにして走ってくる。ゴム紐が緩かったのか、赤白帽が途中で脱げて飛ばされてしまった。

「ああーっ。7秒2っ」

大河がゴールの線を越えると、宙があからさまにがっかりとした声で記録を読み上げ、それを聞いた他の男子たちも「あーあ……」と肩を落とした。「7秒切れたのに」「なんだよサウ、本気出せよ」「おまえ飯食ったのか」と口々に言われ、大河が笑いながら首を傾《かし》げる。ロンの記録は8秒1と大河には及ばなかったが、六年生男子の平均と比べても十分速い。ロンはひかりに自分の記録を告げるとすぐに背を向けて駆け出し、どこに行くのかと目で追えば、大河が途中で飛ばしてしまった赤白帽を拾ってくれていた。優しいなあ、とロンの背中を見ながらひかりは嬉しくなる。大河のもとに集まっていく男子たちも、無邪気で可愛い。そんな子どもたちの姿を眺めているうちに、六年二組をいいクラスにしたいという気持ちが湧いてきて、空を見上げるふりをして込み上げる思いを抑えた。

「佐内くん」

全力疾走で疲れたのか、ぐったりと土の上に座っている大河を振り返る。

「みんな二回ずつ記録を取っているから、佐内くんも少し休んだら、もう一回走ってね」

本音ではもう一度、あの走りを見たいという子どもじみた気持ちがあった。さっきはスタートが少し遅れた。でも次に走ったら、他の男子たちが言うように、7秒を切るのではないだろうか。だが大河は小さな頭をゆらゆらと左右に振り、懇願するような目つきでひかりを見てきた。

「走りたくないの？」

眉をひそめるひかりに向かって、大河は微かに頷いた。

「先生ごめーん、サウは疲れやすいんだ」

「そうそう。いつも一本勝負で」

「サウー、もっと食って丈夫になってくれよぉ」

男子たちが囃《はや》し立てると、大河が恥ずかしそうに下を向く。

「先生、本当です。佐内くんは二回は走れません」

優美がつかつかと歩いてきて、耳元でそう囁《ささや》いた。彼女が言うのならその通りなのだろう。

たしかにまだ中学年、ともすれば大柄な低学年くらいにしか見えない大河は、他の児童に比べて体力がないのかもしれない。

3

「佐内くん、待って」

帰りの会が終わり、誰よりも早く教室を出ていこうとする大河を、ひかりは呼び止めた。彼は体育に出席すると、六時間目の算数は四十五分間まるまる睡眠時間に充て、さらに帰りの会の間もずっと眠っていた。さすがに何度か注意し、体を揺らしたりもしたのだが、麻酔銃で撃たれたかのように起きることはなかった。

ひかりの声に大河がゆっくりと振り返り、首を傾げる。

「先生ね、今日佐内くんのお宅に行きたいと思ってるの。だから一緒に帰ろうよ」

教室にはまだ半分以上の児童たちが残って、楽しそうに話しこんでいる。このままだとなかなか教室を出ていきそうにないので、ひかりは「早く帰りなさい。寄り道しないでね」と子どもたちを急かす。水柄小に赴任してきて驚いたことのひとつが、こうやって子どもたちが放課後いつまでも教室や学校のどこかに居残りしていることだった。前の小学校では低学年の児童ですら日々の習い事に追われ、帰りの会が少しでも延びると不安になって「プールのバスに乗り遅れる」と泣き出す子までいた。

「佐内くん、いい？　下駄箱の前で待ってて」

きょとんとしている大河の顔を真正面に捉え、ひかりは、

「今日は先生と一緒に帰ろう」

ともう一度念を押した。

「なんで？」

「ほら、先生、この四月から新しくこの小学校に来たでしょう？　クラスのみんながどの辺りに住んでいるのか知らないんだよ。だから教えてもらいたくて」

入学時に保護者が提出する家庭調査票に、大河の住所は記載されていなかった。正確に言うと記載はされていたのだが、修正液で塗りつぶされていた。優美が以前は同じ団地にいたと教えてくれたが、いまはいったいどこで暮らしているのか。

「何年生？」

特に嫌がるふうでもなく、大河が訊いてくる。

「え？」

「何年生の下駄箱？」

「ああ、じゃあ六年二組の下駄箱の前にいてくれるかな。先生、荷物を職員室に置いたらすぐに行くから」

こくりと頷き、大河がのんびりと教室を出ていく。

もう一度教室に残っている児童たちに早く帰るよう声をかけ、急いで職員室に戻り、教科書やチョーク箱を入れたトレーをデスクの上に置いた。大河の家に寄った後、そのまま直帰するつもりで荷物も全部持っていく。

「おまたせ佐内くん」

正面玄関に回ると、大河が床に座ったまま金属製の下駄箱の側面に背中をぺたりとつけ、俯《うつむ》いていた。

「どうしたの？　体が辛《つら》い？」

「……眠い」

ひかりが声をかけると大河はのろのろとした動作で立ち上がり、二人で並んで通用門まで歩いていった。なだらかなスロープになっている道の片側には手入れの行き届いた花壇が広がり、いまは春の花が敷地いっぱいに咲いている。チューリップや菜の花、桜草にアイスランドポピー。鮮やかな花々を見ているとそれだけで心が晴れ、今日もまだ頑張れるという気持ちになるから不思議だ。

自転車を押しながら通用門を出て、大河が進む方向についていく。ただ土地勘がないので、どこを歩いているかさっぱりわからない。

「佐内くんは生まれた時からずっとこの地区にいるの？」

「うん」

「兄弟は？」

「いない」

「家ではいつもなにしてるの？」

「ゲーム」

「ゲームかあ。実は先生あんまり詳しくないんだよね。なんのゲームが得意なの？」

「スプラトゥーン」

「あ、それ、二組の他の子も好きだって言ってたよ。男子に人気があるのかな？　スプーンナントカ」

　母親はなにをしているのか。父親はどこにいるのか。母親や祖父は身の回りの世話をしてくれないのか。どうして学校に来ないのか。訊きたいことは他にもたくさんあったが、和んだ雰囲気を壊したくなくて、たわいもない質問ばかりを重ねていく。でも答えてくれるのは嬉しい。こうして話してみると反応は速く、的確だ。

「先生、ここ行ける？」

　緩やかな坂道を下っていた大河が足を止め、石造りの階段を指差した。幅の狭い急な階段で、思わず絶句してしまう。

「どうだろう。この自転車、けっこう重いんだよね。絶対にこの階段を上がらないとダメ？　迂回路《うかいろ》とかないのかな」

「うん、ここだけ」

「よしわかった。行ってみよう」

自転車を持ち上げればなんとか行けるかもしれない。急な階段だけど先は見えている。これくらいならなんとか、とフレームとサドルを力いっぱい引き上げると、大河が後方に回り込み、後輪を持ち上げてくれた。驚くひかりに向かって顎を前に突き出し、「先生、前のタイヤ浮かして」と言ってくる。

「ありがとう」

いい子じゃないの、と胸が熱くなる。学校には全然来ないけれど、授業中は眠ってばかりいるけれど、佐内大河が素直で優しい子だということはわかった。

二人で車体を持ち上げ、階段をなんとか上りきると全身から汗が噴き出してきた。大河も青白い顔を歪め、肩で息をしている。

「助かったよ。重かったでしょう？　先生、途中から手がぷるぷる震えてきて、ほら見てこれ」

まだ軽く振動する汗ばんだ手のひらを大河の目の前に差し出すと、ためらいがちにそっと見てくる。そんな大河の手の指は、よほど力を入れていたのか血の気が失せて真っ白になっていた。

石段を上りきった先には、寺の本堂があった。寺といっても、もう誰も管理する者がいないのだろう、苔《こけ》むした灯籠《とうろう》は四方八方に伸びた樹々にまみれて風景に同化している。まさかこの寺に住んでいるのか、とひかりが辺りを見回していると、大河が慣れた様子で寺の裏側へと回っていく。途中で人の出入りを阻むような傷だらけのベニヤ板が立て掛けられていたが、身を屈めてその板をくぐり抜けていく。

ひかりは寺の裏に自転車を停めて後についていった。両膝を折り、蹲るようにしてベニヤ板をくぐり抜けると、一軒の家が目の前に現れた。

「ここ、家」

大河が指差したその建物は、スレート葺《ぶ》きの黒い屋根と板壁が巡らされただけの小さな古い平屋だった。ひかりは一瞬言葉を失う。だが驚愕を気づかれてはいけないと思い、「ここが佐内くんのお宅なのね。学校からだとけっこう遠いね」と笑顔を作る。

「うん、遠い。疲れる」

大河が玄関らしき格子戸を開いて中に入っていく。家の外壁の大部分が剝がれ落ち、中から白い下地がのぞいている。

「おじゃまします」

玄関先に立つと、ひかりは薄暗い廊下の奥に向かって声を張った。玄関の天井から黒いコードがぶらりと下がり、その先に電灯が付いている。おじゃまします、澤木です、と声をかけ続けるひかりに、「誰に言ってんの」と大河がぽつりと訊いてくる。

「おうちの方は？　いまはお留守？」

「うん」

三和土《たたき》には男性用のサンダルや安全靴が散らばっていたので、大河が家族と一緒に暮らしていることはわかった。

「いつ帰ってこられるかわかる？」

「わからない。じいちゃんはしばらく帰ってこない」

「お出かけ？」

「入院してる」

「ご病気なの？」

「アルコール依存症。これで十回目」

靴を脱ぎ、大河が家の中へと入っていく。「先生も上がらせてもらっていいかな」と訊くと頷いてくれたので、後をついていく。本来、教師が保護者不在の家に上がりこむことはルール違反なのだが、廊下の奥から漂ってくる悪臭が気になったのだ。

大河が入っていった部屋は八畳ほどの板の間だった。小さなちゃぶ台があり、座椅子が二つあり、テレビや最新型のブルーレイレコーダーもある。散らかってはいたが生活感はあって、ひかりは少し安堵する。

「佐内くんの部屋はどこ」

「こっち」

襖《ふすま》を開け、大河が四畳ほどの部屋を見せてくれる。布団が敷きっぱなしでスナック菓子の袋と飲みかけのペットボトルが大量に置いてあった。これが悪臭の原因なのか、布団の上には食べ残しのあるコンビニ弁当の容器が数えきれないほど転がっている。

「お母さんはどこにいらっしゃるの？」

「知らない」

「お母さんは、おじいさんが入院されたことは知ってるの？」

「わからない」

「ねえ佐内くん、お母さんの携帯の電話番号ってわかる？」

ひかりが訊くと、大河が首を横に振った。

「お母さんはスマホをお持ちじゃないの？」

「持ってる」

「でもその電話番号は知らないの？　メールとかラインでもいいんだけど」

「知らない。うち、電話ない。メールもラインもわからない」

そんなことがあるのだろうか。母親が自分の連絡先を子どもに教えないなんてことが……。どうにかして連絡を取る方法はないだろうか、とひかりはテレビとブルーレイレコーダー以外なにひとつ新しいものがない部屋の中を見回す。さっきから気になっていたのだが、家の中に小さな虫が飛んでいる。それも一匹や二匹とかではなく何十匹も。寺の裏は山になっていたので、どこか窓が開けっ放しになっているのではないかと、ひかりは窓のほうに目を向けた。よくよく見れば、無数の黒い点々が部屋の中を飛び回っていた。

「なんか、部屋に虫がいるね？」

「うん。いる」

「窓が開けっ放しなんじゃない？　居間と子ども部屋の窓は閉まってるから、お風呂場とか？」

さっきからひかりの頬や首筋にも羽虫がプチプチと当たっていて、その感触が堪《たま》らなく気持ちが悪い。

「虫、お風呂にいる……」

大河の説明で、虫が大発生した理由がわかった。祖父が入院する前日、大河が「パスタを食べたい」と言ったら、小麦粉を水に溶かして作ろうとしたのだという。だが小麦粉を練ったところまではよかったが、その後の作り方がわからずそのまま流し台に放置していた。そこから一匹、二匹と虫が涌き始めたため、祖父が小麦粉をビニール袋に入れて風呂場に持っていったのだと大河が話す。

「どうしてお風呂場に？」

「わからない」

「それでそのままになったんだね？」

「うん。ソーシャなんとかって女の人が、じいちゃんを入院させた。じいちゃん、酒飲みながらウンコ漏らしてて」

「この家にソーシャルワーカーが来たの？　ねえ、佐内くん」

話の途中で大河が背を向け、自分の部屋に入っていった。布団に潜り、ゲームを始める。彼が手にする小型のゲーム機から、軽快な電子音が聞こえてくる。

「今日はお母さん帰ってこられるのかな」

ソーシャルワーカーの介入があったということは、母親にも大河の祖父が入院したことは伝わっているだろう。いくらなんでも大河をこの家に一人にしておくことはしない……はずだ。

ゲームに夢中になってしまったのか、大河はもうひかりがいることなど忘れているようだった。かっと両目を見開き、憑《つ》かれたような表情で画面を凝視している。珍しいことではない。ゲームに脳を乗っ取られた子どもたちの表情は、これまで何度となく目にしてきた。ファミリーレストランの一角で、バスを待つ停留所のベンチで、太陽が降り注ぐ公園でさえも、子どもたちはゲームに興じる。

「佐内くん、今日はお母さん帰ってくるかな？　ねえ、佐内くん。佐内くんって」

彼の手からゲーム機を取り上げて名前を呼ぶと、ようやくその目がひかりを見る。反抗的な光が宿っているのは、ゲームを中断されたからだ。この恨みがましい目にも、これまで何度か遭遇してきた。こんな時ひかりは、ゲームを開発した大人たちに憎しみを感じる。こんなにおもしろいものを作れば、子どもが夢中になるのは当たり前ではないか。感情のコントロールが未熟な年少者に与えるには危険すぎる玩具ではないか。大人たちの金儲けのために子どもの貴重な時間を奪わないでほしい。

「先生、さっきから訊いてるのよ。今日はお母さん、帰ってくるの？」

「知らない」

「じゃあ、今日の夜はなにを食べるの？」

「わかんない」

「わかんない、じゃないでしょう」

「さっき給食食べた」

「でも夜にはお腹すくでしょう？　家になにかあるの？」

「わかんない」

「もうっ。ちゃんと考えて話してよ。先生、真剣に話してるんだから」

ひかりの手の中のゲーム機を奪い返そうと、大河が手を伸ばす。取り上げるつもりはないので素直に手渡すと、すぐにまた電源を入れ直し、ゲームを始めてしまった。そういうことかとひかりは納得する。起きている間はずっと、こうやってゲームをしているのだ。食事も忘れて昼夜関係なく画面に向かっているのだ。だから体力もないし、昼間に眠くなる。でも「ゲームをするな」と注意する人がこの家にはいない。

ゲームをする姿を横目に、ひかりは部屋を埋め尽くしているペットボトルとスナック菓子の袋を拾い集めた。こんなに不潔な部屋にいたら、そのうち大河の体からも虫が涌《わ》くのではないか。ゴミ袋は見当たらないが、コンビニやスーパーのレジ袋だけはあちらこちらに散らばっていたので、その中に片っ端からゴミを入れていった。母親が帰ってこない状況が日常だとしたら、問題提起をして福祉分野の行政に繋げたい。

子ども部屋と居間のゴミをレジ袋に集めながら、母親に連絡を取る方法がないかと部屋の中を探してみた。母親の携帯番号が書かれたメモや、あるいは職場がわかるようなもの。そうした手がかりを探る。居間と子ども部屋以外に和室があり、雑誌や破れてボロボロになった段ボール箱、女性ものの洋服が床に山積みにされていた。足の踏み場もないくらい物が溢《あふ》れていて、襖を開けただけで咳き込んでしまうほど埃っぽい。

「ねぇ、お風呂場に案内してくれる？」

レジ袋をすべて使いきったところで、大河に声をかけた。また無視されるかと思ったが、ゲーム機を手に持ったまま大河が「うん」と立ち上がる。ちょうどゲームが終了したところのようで、派手な音が大河の手元から流れてくる。

「わっ」

廊下の途中にある浴室のドアを開けると、目の前が一瞬暗くなった。暗くなったのではなく、虫の大群がいっきに外に飛び出てきたのだとわかり、慌ててドアを閉める。

「これは……大変だ」

ひかりが呟くと、大河が「前に見たら真っ黒だった」となにがおもしろいのか笑っている。

「先生、明日バルサン買ってくる」

「バルサン？　なに？」

「殺虫剤。このままじゃずっとお風呂に入れないしね」

大河は黙って頷くと、また自分の部屋に戻って、ゲーム機の電源を入れた。やれやれと思いながら、ひかりはレジ袋に詰めたゴミを台所の一か所に集めておく。こうしておけば母親が戻った時に捨ててくれるだろう。

「先生そろそろ帰るね。明日も学校においで。運動会の練習があるから。先生待ってるから」

布団に潜ってゲームを続けている大河に声をかけてから、ひかりは玄関に向かった。意識が異次元にワープしている大河が見送りに来てくれることはなかったが、「じゃあね。また明日ね。ちゃんと鍵かけとくのよ」と玄関先でもう一度声を張り上げ、外に出る。ベニヤ板をくぐろうとして、もう一度、平屋を振り返った。もし大雨が降ればすぐにでも崩れ落ちそうで、ここに大河一人を残して帰ることに胸が痛んだが、自分が泊まるわけにもいかない。

長時間画面を凝視し続けたせいか、目の奥が痛くなっていた。大河の家から帰ってきてからずっと、パソコンにかじりついている。

大河のような子どもが問題になっていることは知識として知っていた。大河のような――つまり、福祉の網から漏れてしまう子どものことだ。児童相談所は、虐待を受けている子どもを保護し、時には家庭に介入して状況を改善していく。だが優先されるのは自分の力では生きていけない緊急性の高い乳児や幼児で、大河くらいの年齢の子どもは対象外になってし

玄関先まで行き、のぞき穴の魚眼レンズをのぞくと、見知らぬ男の顔があった。強面《こわもて》だがネクタイを締め、スーツを着ている。勧誘だったら無視しようと思ったがそんなふうでもなく、ひかりはチェーンをかけてドアを開ける。

「はい？」

ドアの前には男が二人立っていた。もう一人もスーツ姿で、やはりどこか厳《いか》めしい顔をしている。

「失礼します。私は立木警察署の刑事、益子《ますこ》という者です」

男が警察手帳らしきものをひかりの目の前に掲げる。警察手帳を見せられてもそれが本物かどうかはわからないので、「警察がなんの御用でしょうか」と警戒心を前面に押し出しながら言葉を返した。もちろんチェーンは外さず、むしろドアの隙間を狭くする。

「お忙しいところ申し訳ありませんが、このアパートの住人について、少しお訊ねしたいことがありまして。失礼ですが、あなたのお名前を教えていただけますか」

益子と名乗る男が鋭い目つきで訊ねてきた。なにかを疑われているような気持ちになり、苦いものが込み上げてくる。

「澤木です。澤木ひかりです。あの、このアパートでなにかあったんですか」

「いえ、こちらではなにも起こってません。ですがある事件に、このアパートの住人の方が関与されてまして。お訊ねしますが、隣に住んでおられる方にお会いになったことはありますか?」

チェーンの向こうで、益子が体を屈めて視線を合わせてくる。

「いえ、会ったことありませんけど」

「姿を見かけた、ということもないんですか」

益子が隣に立つ年配の男のことをちらりと見た。ひかりが嘘をついているとでも思ったのだろうか。

「ありません。本当に一度も顔を合わせたことがないんです」

このアパートに引っ越してきた翌日にひかりは洗剤を手に隣の部屋を訪問した。引っ越しの挨拶をするためだったが、住人は留守のようだった。その翌日も洗剤を持って訪ねていったがやはり留守で、挨拶するのを諦めたのだ。

「お隣に住まわれていたのはイワタヨウジさんという方なんですが」

「ですからお名前を伺っても、引っ越してきたばかりで顔を合わせたことは……」

イワタヨウジという名前に、心臓がどきりと大きく打った。イワタヨウジ……岩田洋二。

職員室での騒ぎを思い浮かべ、一瞬息をのむ。

「どうかされましたか」

ひかりが突然黙り込んだせいか、益子の目が鋭さを増した。年配の刑事も険しい表情でひかりの様子を窺っているような気がする。

「名前は聞いたことがあります。ニュースで……」

「そうですか。ニュースで。岩田さんの写真があるのですが、見ていただけますか」

深刻な声でそう言われ、ひかりはチェーンを外してドアを開けた。いきなり部屋に押し入られたらと警戒し、手に携帯を握りしめていたが、男たちが豹変《ひょうへん》することはない。

「これが岩田洋二さんです。見覚えありませんか」

ネットかなにかからデータを引っ張ってきたのだろう。粗い画像の、ぼやけた男の顔がB5用紙いっぱいにカラー印刷されている。

「……見覚えはありません。会ったこともありません」

下膨れの輪郭に銀縁の眼鏡をかけたその男は、どこにでもいる五十代くらいの中年男性だった。

「私、このアパートには三月二十五日に引っ越してきたばかりなんです。だから住人の方ともほとんど顔を合わせたことがなくて」

「入居されたのは三月二十五日ですか。わかりました」

益子が残念そうに頷くと、「すみませんが、あとひとついいですか」と年配の刑事が一歩前に出る。

「あなたがここに入居された後、隣の部屋に誰かが訪ねてきたような気配はありませんでしたか。ドアが開閉する音や、なにか物音がするなど」

「気配……ですか」

妙な質問だと思いながら、引っ越してきてからの記憶をたどる。安普請《やすぶしん》のアパートなので、隣に人がいればおそらくわかるだろう。

「ないと思います……」

そういえばこれまで一度も、隣の部屋から物音が聞こえてきたことはなかった。玄関のドアを開閉する音が聞こえてきたという記憶もない。

ひかりの言葉に刑事たちが目を合わせ、微かに頷く。

「では私たちはこれで。もしなにか思い出されたら、こちらのほうにご連絡ください。ご協力ありがとうございました」

益子が名刺を差し出しながら頭を下げ、年配の刑事も「伊藤雄二《いとうゆうじ》」と書かれたものを渡してきた。二人はこの後、ひかりとは反対側の隣人に聞き込みに行くという。

「刑事さん、隣の方って、水柄小学校の元副校長ですか」

ひかりの言葉に益子と伊藤の顔つきが変わった。益子が訝《いぶか》しげな表情でひかりを見つめ、

「どうしてそれをご存じなんですか」と訊いてくる。

「私、水柄小学校の教員なんです」

小さな驚きと納得の表情を同時に浮かべ、刑事たちが頷いた。

「岩田洋二という人は、一年前に水柄小から立木市内の小学校に異動されてますよね。なのにどうしてこのアパートに住んでるんですか？　こんな遠くから立木市までなんて通いませんよね、普通」

この江堀市に鉄道は通っていないので、立木市内まで通勤するとしたらバスかマイカーになる。持ち家ならまだしも、1DKの賃貸アパートからわざわざ時間をかけて通勤するなんてことがあるだろうか。自分なら迷わず勤務先に近い場所に引っ越す。

「それを私たちもいま調べているところです。ありがとうございました。またご連絡するかもしれませんが、その時はよろしくお願いします」

話を打ち切るように伊藤が礼を言ってきたので、ひかりは「はい」と引き下がった。これ以上の情報を一般人には話せないということだろうか。外廊下を足早に歩いていく二人の背中を見送った後、ひかりはゆっくりとドアを閉めた。

いったい、どういうことなのだろう。

部屋に入るとパソコンに向かい「岩田洋二　トンネル殺人　捜査」と検索してみた。すぐにヒットし、その見出しを片っ端からクリックし読んでいく。だが事件の概要が短く書かれているだけで前に検索した時以上の情報はなく、意図的に伏せてあるのか彼の勤務先の小学校名も明かされていないままだった。

岩田洋二がこのアパートの隣人だったなんて……。

いったいなにがあったのだろう。岩田洋二とはどういう人だったのだろう。人に恨まれるような人物だったのだろうか。いや、ただの通り魔事件という可能性もあるから……。ふと、犯人は逮捕されたのだろうかと気になった。刑事が捜査しているということは、まだ捕まっていないのかもしれない。そう思うとたんに怖くなってきて、いま一人で家にいるかもしれない大河の顔が頭に浮かぶ。ドアの向こう側から、聞き込みを続ける刑事の声が聞こえてきた。

4

まだ柔らかい朝の光の中を自転車で走っていく。新学期が始まって一週間が経ち、ようやくこの通勤路にも慣れてきた。ひかりのアパートから学校まで自転車で二十分ほどだが、道端や空き地に咲くレンゲやカラスノエンドウ、アカツメクサのピンクを眺めながら走るのは気持ちいい。江堀市に来て三週間。都心までバスと電車で一時間近くかかるという不便さはあるが、空気が澄み、樹木や雑草の緑が色濃く映えるこの土地に少しずつ愛着を感じ始めていた。

「おはようございます」

職員室の扉を開けて中に入っていくと、その場にいた教師が全員、いっせいにこちらを見た。全員といっても七時過ぎなので、まだ五人ほどしか出勤していない。

なんとなく室内の空気が不穏な気がして、この中では一番親しい水野の顔を見た。たいてい保健室にいる彼女も、コピー機を使うなどの用事がある時は職員室にいることがある。

「おはよう」

水野が微笑んでくれたのでほっとした。最近は教師間でのいじめがニュースになっているが、他人事《ひとごと》ではない。

「あのね、澤木先生、昨日の放課後、刑事が学校に来たのよ。例の岩田元副校長の事件のことで」

水野はあえて周りに聞こえる声で言ってきた。

「ああ、そうだったんですね」

昨日は帰りの会を済ませるとすぐに、大河の様子を見に家まで行っていた。ひかりが家を訪問した日の翌日と、その次の日は登校してきたのに、月曜日の昨日は休んでいたからだ。土日を挟んで学校に来る気力が失せたのかと気になっていたのだが、昨日訪ねて訊いてみると朝起きられなかっただけらしい。

「いろいろ事情を訊かれたんだけど……。その中で、岩田先生が借りていたアパートの部屋が、澤木先生の隣だったっていう話が出てね。このお二人になにかご関係はありませんかって訊かれたの」

教師たちが、作業をしながら耳をそばだてているのを感じた。水野はあるいは彼らに聞かせるためにもこの話をしているのかもしれない。公の場でひかりに直接訊ねることで、おかしな噂が広まらないように。

「その刑事、うちにも来ました。初めはアパートの隣人として訊かれてたんですけど、私が水柄小の教員だって言うとすごく驚いていて。部屋が隣っていうのはただの偶然です、もちろん。商店街の一角にある不動産屋さんに薦められて決めただけなので」

「そうよね。偶然よね。私もそう答えた、ただの偶然でしょうって。だって澤木先生は今月着任したばかりで、岩田先生がうちにいたのって一年前の話よ」

「私は顔も知らないんです」

「そうでしょ。でも刑事って、どうしてあんなにしつこく訊いてくるのかしら」

岩田がアパートの隣人であったことはまったくの偶然だと、念のため朝礼で自分の口から伝えたほうがいいのではと水野に言われた。常識的な人は偶然に決まっていると思うだろうが、話を複雑にしたがる人もいるから、と忠告される。転任してきたばかりの教師の噂話は、保護者や児童、教師の間でもすぐに広がる。

「そうですね。じゃあ朝礼で話します」

「ええ、それがいいと思う」

小さく頭を下げてから自分のデスクのほうに歩いていると、

「澤木先生来られてます？」

と職員室の扉が勢いよく開いた。振り向けば、大柄な男性が出入口を塞ぐかのように立っている。五年一組の担任、黒金が困惑した表情を浮かべていた。

「ああ、澤木先生。六年二組の佐内大河が通用門のところにいましたよ」

「佐内くんが？　よかった、登校してきたんだ……。でもすごく早いですね」

いつもは昼過ぎに登校してくるのに、今日はどうしてこんなに早いのだろう。他の児童もまだ来ていないのに、とひかりは腕時計に目をやる。まだ七時十分だった。

「一緒に中に入ろうって言ったのに、ついて来ないんですよ。それになんか、ふらふらして顔色も悪くて……」

ひかりは自分の机の上にリュックを置くと、黒金の脇を抜けて廊下に出た。そのまま廊下を突っ切って正面玄関を出て、通用門に向かって走っていく。大河が学校に来てくれたという喜びと、なにかあったのだろうかという不安が胸の中に渦を巻き、ひかりを焦《じ》らす。

「佐内くんっ」

大河が通用門のすぐそばに座りこんでいた。両方の膝を立て、顎をその上に置いている。ひかりの声に気づくと顔をこちらに向けたが、その目に力はない。

「佐内くん、おはよう。今日は朝から来たんだね、約束守ってくれて、先生嬉し……」

「先生、お腹すいた」

動く力もないのか、その場に固まったまま大河が弱々しく口にした。

「いつから食べてないの？」

「昨日」

「そうなの？　でも昨日先生が訪ねて行った時は、お母さん、今日は仕事が休みだから帰ってくるかもって言ってたでしょ？　そしたらコンビニのお弁当を買って来てくれるって」

「うん。でも帰らなかった……。先生、お腹すいた」

手を伸ばし、握った右手はひんやりとしていた。ひかりは左手もつかんで引っ張り上げる。

「お母さんどこに行ったの？」

「わかんない」

「お仕事？」

「わかんない」

大河はなぜか体操着を着ていた。肉が薄すぎて肩が抜け、白い半袖のVネックから鎖骨がのぞく。

「すぐになにか食べなきゃね」

「うん、給食」

「まだ給食はできてないよ。先生、パンを持って来てるから、それを食べて」

ひかりは大河の体を支え、スロープを歩いていく。朝の学校はしんと静まり返っていて、二人の足音が大きく響く。ふと気になって大河の足元を見れば、素足のまま運動靴の踵《かかと》を踏みつぶしていた。

「水野先生、ちょっとここでパンを食べてもいいですか」

リュックを取りに職員室に寄ってから保健室を訪ねると、水野が状況を一瞬で察知し、「どうぞ」と明るく言ってくれる。可愛い猫のイラストがちりばめられた『保健だより４月号』がクラスごとに分けられ診察台の上に並べられていた。

「机借りてもいいですか」

「いいわよ」

「佐内くん、ここに座って」

窓際に置いてある机の前に大河を座らせてから、リュックを足元に下ろした。リュックの中には朝食用にコンビニで買ったメロンパンとウインナーパンが入っている。

「はいこれ。佐内くんの好みかはわからないけど」

机の上に置いてあるノートパソコンや書類を端に寄せてスペースを作り、パンを置いた。大河がすぐさまウインナーパンに手を伸ばし、袋を引きちぎる。

「落ち着いてゆっくり食べて。まだ八時にもなってないんだし」

そばにいると食べづらいだろうと思い、水野の作業を手伝うことにする。四月の保健だよりの表の面には『みんなでしよう花粉症対策』と大きく書かれ、マスクやゴーグル、薬の使い方が載せてあった。裏面は『こんな悩み、ないですか?』というコーナーになっていて、こちらは保護者向けの読み物になっている。

「HSC……ってなんでしたっけ。最近よく耳にするんですけど」

今回の悩みコーナーは『HSC』の特性について書かれていたが、ひかりにとっては初めて知る言葉だった。

「そこに書いてある通りよ。周りの刺激や人の気持ちに対して人一倍敏感な子どものことを、HSC、つまりハイリー・センシティブ・チャイルドと呼んでいるの。アメリカの心理学者であるエレイン・アーロンという人が提唱した呼び名なんだけど、そうした子どもたちを育てるうえでの注意点なんかを今回は書いてみたのよ」

服の裏に付いているタグが、肌に触れるのが気になってしかたがない。匂いに敏感で柔軟剤などの香りが刺激になってしまう。人の気持ちを察しすぎて人間関係で疲労する。いくつか挙げられたHSCの特性を眺めながら、これまでに出会った数人の児童の顔が頭をよぎる。驚いたのはその割合で、五人に一人がHSCの可能性があるという。

「ほんとに五人に一人もいるんですか」

「そう言われてるわ。病気や障害じゃなくて生まれ持った性質だから、主観的な見方が大きいんだけどね。低学年くらいまでは傷つきやすかったり、すぐに癇癪《かんしゃく》を起こしたり、気難しかったり。うちの子どもは育てにくいな、と感じる親もいるわけよ。でも成長するにつれて落ち着いてきて、大人になったらその共感力や洞察力を武器にして活躍することもできる。そういうことを親御さんに伝えたくて、今回取り上げたのよ」

「へえ……。『言葉を強く受け止めるので、叱る時は気をつけてください。自己肯定感が低くなり、自分に自信が持てない子どもになってしまいます』か。勉強になります」

「いえいえ。文献から引用しただけ」

水野と顔を見合わせ笑っていると、パンを食べ終えた大河が椅子から立ち上がり、部屋を出ていこうとする。

「佐内くん、どこに行くの」

「水。水飲む」

「わかった。でもその前に、ご飯を食べ終わったら『ごちそうさま』って言わないと。給食の時もそうしてるでしょう」

「ごちそうさま」

透明な空き袋を机の上に置いたまま、大河が部屋を出ていく。保健室で借りたままの上履きも、サイズが合わないのか踵を踏みつけている。

「もう、机の上を散らかしっぱなしで」

ノートパソコンや書類の上にまで飛び散ったパン屑《くず》を、ひかりは手のひらでかき集める。

「いいのよ、メロンパンを散らかさずに食べる自信、私にもないわ。ご飯を食べたら、ごちそうさま。食べ終えたら後片付けをする。そういう生活の決まり事を家で教わっていないのかもしれないね。あの子のせいじゃないわ」

知らなくてできないことは、その都度教えればいいだけだと水野が頷く。

大河はすぐさま保健室に戻ってきた。口の周りはもちろん、体操着まで濡れている。

「ところで佐内くん、どうして体操着で学校に来たの？」

裾のところにマジックで『保健室』と書かれたシャツを、ひかりは見つめる。この体操着は「家でお母さんに洗濯してもらってから持ってきてね」と貸していたものだ。

「運動会」

「運動会？」

「先生、今日、運動会の練習するって」

「ああ、そっか。だから体操着で登校してきたの？」

そういえば昨日、大河に『明日は運動会の練習するから』と伝えたのだった。返事がなかったので、聞いていないのかと思っていたが、ちゃんと憶《おぼ》えていてくれたのか。だから手ぶらなのに体操着だけは身に着けてきて……。やっぱり可愛い、と思う。話が伝わっているか不安になる時もあるけれど、大河はとても素直だ。青白かった大河の顔にいくぶん生気が戻ったのを見て、ひかりはほっと息をついた。

運動会の練習は一組との合同練習だったので、ひかりは相庭の指示を受けてクラスをまとめていく。

「はい、二組、ちゃんとそこで二列に分かれることーっ。1、2、3、4の合図で、出席番号が偶数の人は一歩後ろに下がって、後列として並ぶぅっ」

練習を開始してまだ三十分も経っていないのに、声が嗄《か》れ裏返る。春とはいえ日射しを遮るもののない校庭で体を動かし続けていると、頭がぼうっとしてくる。今日は、六年生の全体演技の組体操とダンスの練習で、まずは並び方を憶えさせなくてはいけない。

「ちょっとそこっ。ふざけないで」

真亜紅が「カンチョーっ！」と叫びながら、周りにいる男子の尻を手当たりしだいに指で突いて回る。やられた男子がまたやり返そうと追いかけるので、列はぐにゃぐにゃと崩れてしまう。今日はダンスの初めまで進められたらと思っていたが、このペースではとても無理だ。

「今田、いいかげんにしろよ」

それまで黙って見ていた相庭が、真亜紅の両肩を両方の手でぐっとつかみ、しっかりと目を合わせる。真亜紅の表情が強張《こわば》る。

「わかってるな」

相庭の言葉にこくりと頷くと、真亜紅はまっすぐ前を向いた。

「みんな、よく頑張ってる。次は成功させて、一回水飲み休憩だ」

相庭が緩んだ空気を引き締めるように「1、2、3、4」とリズムを取ると、5のタイミングで一つの列が、前列、後列と瞬時に分かれた。切れ味のよいナイフを使ったようにすっぱりと。真亜紅も神妙な顔つきで足踏みを続けている。

「よし、じゃあ一回休憩を挟んでダンスの練習に入るぞ。澤木先生お願いします」

ダンスの振り付けは任せると言われていたので、家で動画サイトを参考にしながら考えてきていた。まだ若いという理由だけで、前の学校にいた時も運動会のダンスはひかりが振り付けを任されてきたので、そこそこ自信がある。若いうちの苦労は買ってでもしろ、という古人の教えは正しい。

「はい、じゃあ曲は『ドラえもん』を使うよ。チャッチャラッチャ、チャッチャーっていう前奏の間に前列と後列に分かれたまま、曲のリズムに合わせて横方向にスライドします。注意点は前列と後列の動きが逆だということ。前列の人たちが右に動いたら後列の人たちは左に動きます。前列が左に動いたら後列は右に動きます。いい？　後列の人は前列の動きに引っ張られないようにしてね」

簡単な動きと誰もが知っている曲なのでひかりが説明するとほぼ全員が理解して、軽快な足取りでステップを刻む。ダンスは好きなのか、真亜紅も歌詞を口ずさみながら体を動かしている。

「みんな、ちょっとストーップッ」

その場で動きを止めるよう、ひかりは手のひらをパン、パンと二度打つ。

「もう一度説明するね」

たった一人だけ周りと違う動きをしているロンのほうを見ながら、声を張った。ロンは後列なのだが、前列と同じ動きをしてしまい、何度も隣の土井理乃《どいりの》とぶつかっていた。動きも他の子より少し遅れている。

児童二人を前に呼んで、実際にダンスの動きをしてもらいながらひかりは再び説明した。

「前列が右に二歩スライドしている時、後列は左に二歩スライドね。二歩進んだ後はその場で全員同時にジャンプ。わかった？」

みんなの顔をまんべんなく見渡すふりをしつつ、ロンに向かって大声を放つ。他の子どもたちはほぼできているので、先に進みたい気持ちを抑えながら、自らも実演してみせる。

「じゃあもう一度やるね。1、2、3、はいっ。横に一歩、二歩、三歩、四歩」

自分の手拍子と声に合わせて、児童たちが足を滑らせる。シューズの裏が砂を掻《か》く音が重なり、波音のように響く。

「相庭先生、ちょっといいですか」

四時間目終了のチャイムが鳴り、子どもたちが教室に戻っていくのを見届けてから、正面玄関前の広場を歩いていた相庭に声をかけた。

「二組のグエンくんのことなんですけど」

四時間目をまるまる全部使ってみっちりとダンスのステップを教えたけれど、結局最後までロンの動きは微妙だった。注意して見ていると、ただ整列するだけでも隣にいる理乃に引っ張ってもらって移動し、なんとか並んでいるような感じなのだ。

「グエンがなにか」

相庭が腕時計をちらりと見ながら首を傾げる。いまから給食の準備が始まるので、たしかにゆっくり話をしている時間はない。

「グエンくん、今日の練習内容がまったく理解できてなかったみたいなんです。整列の隊形もダンスも憶えられないみたいで」

「そうですね。隣の土井頼みでしたね」

「相庭先生も気づかれましたか。土井さんに誘導してもらってなんとか、という感じで……」

ロンにやる気がないというわけではない。真面目に取り組もうとしているのは十分伝わってきた。でも同じタイミングで周囲に合わせることができない。

「グエンくんは、私たちが考えている以上に日本語を理解していないんじゃないでしょうか。日常会話でも、本当は通じていないことがたくさんあるんじゃないかと思って……」

今日のように、大人数の前でいっせいに出される日本語での指示が、ロンには理解できないのかもしれない。だから前列の児童を真似して動き、間違っていたのではないか。ロンの日本語の理解度をもう一度きちんと評価すべきではないかとひかりは伝えた。あの子が真面目に授業を受けているので、わかっているのだと思い込んでいただけかもしれない。

「グエンは五年生の途中でベトナムから来日してきたんです。理解できないのもしかたないでしょう」

子どもたちのにぎやかな声が聞こえてきたので目をやると、渡り廊下に給食を取りに行く当番たちの姿が見える。

「しかたないでしょうって……このままでいいんですか」

「じゃあどうしますか？」

放り出すような口調に反発を覚えながら、渡り廊下から手を振ってくる子どもたちに笑顔を向けた。隣に立つ相庭も手を上げて応えている。

「外国籍の子どもにどのような支援をするかは、自治体の裁量に委ねられています」

相庭の言っていることの本意がつかめず、

「自治体に相談しろということですか」

ひかりは眉をひそめ、訊き返した。

「いえ、不幸にもうちの地域には、外国籍の子どもの支援を積極的にする姿勢はありません。水柄小にも日本語教育ができる教師はいません」

「でもこのままだと、勉強についていくのがますます厳しくなっていきます。真面目に授業を受けてるのに五年生の成績が芳しくないことも気になってました。その原因が日本語の理解力にあるとしたら、もっと深刻に考えないといけないんじゃないでしょうか」

それなら澤木先生がベトナム語を習得したらどうですか、と相庭がひかりに背を向けた。心ない言葉にショックを受け、それでも「相庭先生、そんな言い方って……」としつこく追いすがろうとしたその時、猛スピードで駆け寄ってくる女子児童の姿が見え、話はそこで途切れた。

「先生っ。澤木先生っ」

「高柳さん、どうしたの」

「先生っ、真亜紅が……。真亜紅が教室で暴れててっ。それで青井さんが頭を机にぶつけて……。宙くんがっ、宙くんが真亜紅を止めようとしてるんだけどっ」

苦しそうな呼吸の合間に、優美が胸が冷えるような言葉を繋いだ。ひかりはまだなにか言おうとしていた優美の肩を優しく叩き、全力で駆け出した。耳に詰め物でもしたかのように周りの音が聞こえなくなる。教室でなにが起こったというのか。正面玄関を抜け、階段を駆け上がっている途中からわき腹が痛くなったが、スピードを緩めることなく全力で走る。

教室に戻ると、椅子や机をなぎ倒してできたわずかなスペースで、真亜紅と宙が互いのTシャツの襟ぐりをつかんだまま睨《にら》み合っていた。

「今田くんっ、スミスくん、やめてっ」

ひかりの叫び声に給食当番のエプロンを着けた宙が目だけを動かし、こっちを見る。床に味噌汁が大量にこぼれ、潰れた豆腐が散乱している。

「青井さんはどこ？　怪我したって聞いたんだけど、大丈夫？」

扉の近くでしゃがみ込んでいた大河に訊くと、ロンが保健室に連れて行ったという。

宙は鼻血を流しながら真亜紅の首を力任せに押さえていた。体格的には宙が勝っているが、スイッチが入った真亜紅には手加減がない。宙にはひかりの声が届き、何度か視線を投げかけてくるが、真亜紅の目は完全に違う次元に飛んでいた。宙が力を緩めたら最後、彼の喉元に噛《か》みついていきそうな目をしている。

「今田、スミス、いい加減にしろ」

遅れて教室に入って来た相庭が、二人の間に体を入れていく。安堵した宙が両肩を下げ手の力を緩めた、その瞬間。真亜紅の右拳が相庭の制止を振りきり、宙の左目に思いきり当たった。「わあっ」という児童たちの悲鳴が教室中に響き渡る。

「今田っ、やめろっ」

相庭が宙の体を抱きかかえて盾になる。だが真亜紅は攻撃を緩めることなく、両目を剝《む》き唸《うな》り声を上げながら今度は相庭に殴りかかっていく。

「今田くんっ」

ひかりは真亜紅に飛びかかり、その体にしがみつく。真亜紅と比べたら身長はまだ自分のほうが高い。思いきり抱きしめたら、パンチは止められるかもしれない。

「落ち着いて。なにがあったの？　先生聞くからっ。今田くんの気持ちをちゃんと聞くから。とにかく暴力はやめなさいっ」

真亜紅の動きが一瞬止まった隙に、相庭が宙を避難させた。宙の左目が赤く腫れ出している。

「今田、落ち着け」

相庭がひかりの援護に入り、真亜紅の両手首を強くつかんだ。「相庭先生っ」と教室の前扉から黒金が走り込んでくる。真亜紅が戦意を喪失したかのように全身の力を抜き、その場で蹲った。

「澤木先生はスミスを頼みます。私たちは今田を職員室に連れて行きますんで」

相庭と黒金に両脇を抱えられ教室を出て行く真亜紅は完全に力を抜き、いまにも倒れそうだった。踵を踏みつぶして履いている真亜紅の上履きが、味噌汁で茶色く変色している。

宙を連れて保健室に行くと、ロンが丸椅子にぽつりと座っていた。彼も給食当番だったのか、水色のエプロンを着け、帽子を被っている。

「グエンくん、水野先生はどこに行ったの？」

「あおいさん、びょういん」

宙の顔を見て、ロンの両目に涙が浮かぶ。宙の左目の腫れがどんどん酷くなっている気がする。

「スミスくんも病院に行かなくちゃね」

とりあえず宙をベッドに寝かせると、小型の冷蔵庫の中から保冷剤を取り出し、ガーゼに巻いて左目に当てた。鼻血は止まっていたが、鼻の下から上唇にかけて固まった血がこびりついている。

「ぼくは大丈夫。No problem」

宙がベッドに横たわったまま呟いた。

「ねえグエンくん、どうしてこんなことになったのか教えてくれる？　今田くんは青井さんにも暴力をふるったのよね。……なにがあったの」

腫れあがった宙の顔を見ているとふがいなくも声が震えた。動揺している場合ではない、目の前の子どもたちを落ち着かせなくてはと自分を戒めるが、心が潰れてしまいそうだ。教師としての力不足を痛感させられる。

「なにがあったか先生に教えて」

目と目を合わせて黙り込む宙とロンに、ひかりは頭を下げた。

「先生、ぼくが説明するよ。フライドフィッシュが……」

小さな沈黙の後、宙が口を開く。左目に保冷剤を当てたまま、右目だけでひかりを見つめてくる。

「フライドフィッシュ？　ああ、竜田揚げのこと？　今日の給食の献立の」

「Yes. 先生、フライドフィッシュが一つ余ったんだ……」

宙の右目がロンを捉える。話してもいいかという確認のようで、ロンが思い詰めた表情で小さく頷く。

「それでね先生、servingしてたロンが、最後に余ったフライドフィッシュをプラスしたんだ。二枚にして皿に載せたんだよ。secretでね」

本来ならば牛乳でもおかずでもデザートでも、余ったものは希望者全員でジャンケンをして分け合わなくてはいけない。それがルールなのだが、ロンはみんなには黙って竜田揚げを二枚、皿に盛った。そしてその増量した竜田揚げが大河に届くように、宙に合図を送ってきたのだという。配膳係だった宙はその通り、二枚盛りの皿を手に大河の机まで行き、もともとあった皿とすり替えたのだと話す。

「それがどうして……殴り合いの喧嘩《けんか》になるの」

乱闘の原因が給食の竜田揚げだと聞き、脱力する。まったく話が見えない。

「ばれたんだよ、先生」

「佐内くんに二枚分の竜田揚げが渡ったことが？」

「Yes」

「それで今田くんが怒ったの？　二枚も竜田揚げを食べるなんてずるいから？」

なんて粗末な展開なのだと、ひかりは頭を左右に振った。彫りの深い宙の顔を見つめながら、あまりの情けなさに自分の眉が下がるのがわかる。

「No」

だが話は意外な方向へと逸れていく。

「見つけたのは青井なんだ」

「青井さんが？」

「そう。青井がサウの皿に竜田揚げが二枚もあるって。いつものようにジャンケンで決めるべきだって一人で問題にし始めたんだ」

「それで……今田くんが青井さんを殴ったっていうの？　彼には関係ないことでしょう」

「違う。そうじゃなくて。今日は別にいいじゃん、って誰かに言われた青井が、サウは給食費を払っていないって騒ぎ出したんだ。給食費を払ってない生徒が、他の人よりたくさん食べるなんておかしいって話が変になってきて。それで真亜紅が『おまえの頭がおかしいわ。みんなうんざりしてるの、わかんねーのかよ』って言い返したら、青井、今度は真亜紅に向かって同じことを言ったんだ」

——今田くんも給食費払ってないんじゃないの。最低。文句があるなら払ってから言いなさいよ。

誰の入れ知恵か文香は淀みなく話し、最後に「ゼイキンドロボー」と毒づいたのだと宙が言いにくそうに顔をしかめる。それで真亜紅の安全装置が外れた。

「ぼくがダメです。ぼくのせい。ごめんなさい」

下を向いたロンの頭から水色の帽子が滑り落ちた。ぽたぽたと涙もこぼれ、剝き出しの膝小僧を濡らす。この子は、大河の事情を知っていたのだろう。それでこっそりおかずを増やした。

「悪いのはロンだけじゃない。皿を運んだぼくも悪い。連帯責任」

宙の給食エプロンの第一ボタンは引きちぎられ、その部分に穴が開いていた。ひかりは二人を交互に見つめながら、かける言葉を探す。

「事情はわかった。以後、給食のルールは守るようにしてください。暴力をふるった今田くんはもちろん、青井さんにも、人に対して言ってはいけない言葉があるってこと、きちんとわかってもらうね」

ひかりの言葉に、二人は唇を固く結んだまま頷いた。ただ成長することだけを考えていればいいはずの児童たちが、なぜこんなに悲しい言葉のやりとりをしなければいけないのか……。竜田揚げが一枚余ったという話が、日本が抱える深刻な問題へと繋がっていく。

宙が病院へは行かない、このまま授業を受けたいと言い張るので、ひかりは二人を教室に戻した。だが怪我をしている児童をそのままにしておくわけにはいかないので、昼休みの間に宙の保護者に連絡を取らなくては……。

五時間目と六時間目の授業のことも考えながら、ひかりはそっと両目を閉じ、深く息を吸いこんだ。

帰りの会を済ませるとすぐに、ひかりは自転車に跨《また》がって、青井文香の自宅を訪ねた。水野から「青井さんは、病院から直接家に送り届けました」と聞いていたので、様子を見に行くつもりだった。

文香の自宅は庭と、独立した車庫付きの一戸建てばかりが並ぶ地域にあり、彼女の家はその中でもひときわ大きな敷地に建っていた。怪我をした児童を見舞うのは初めての経験で、『AOI』という表札の隣にある呼び出しブザーを押す指が微かに震える。

『はい』

「あの、私、水柄小六年二組の担任、澤木です。文香さんの様子を伺いに参りました」

話を聞いてもらえるか不安に思いながら、カメラの向こうにいる保護者に向かって頭を下げた。娘が学校で怪我をしたのだ。その怒りはどれほどのものか。会ってもらえないかもしれない。そんな心配もしていたが、玄関の扉が開く。中から文香の母親が顔を出し、中へ入るように言われる。

「あの、このたびは私の監督不行き届きでこのようなことになってしまい、大変申し訳ありませんでした。文香さんの様子はどうでしょうか」

水野から病院での診断結果については報告を受けていた。本人の意識がしっかりしており、それほど強い打撲でもなさそうだったので、このまま経過観察をするように言われたとのことだった。

「文香は眠っております」

母親が表情のない顔をひかりに向ける。

「そうですか。頭を打ったので心配していたんですが、ひとまず安心しました」

水野の話では、病院に連れて行く間も受診中も、文香は落ち着いていたという。真亜紅に背中を強く押され、そのまま前のめりに倒れたが、額を机で軽く打ってすぐに立ち上がったらしい。その後は、宙が文香を庇《かば》って真亜紅との間に入ってくれたので、それ以上の被害はなかったと水野が説明してくれた。

「安心？　誰がなにを安心しているの」

それまで能面のようだった文香の母親の顔が、鬼のそれになる。

「え……」

「こんなことになって、あなたは担任としてどう考えているの」

それまで静かな口調だった母親の豹変に、ひかりは一瞬言葉を失くす。

「……申し訳ありません」

「申し訳ありません？　謝って済む問題じゃないでしょう。私、前に話しましたよね、今田真亜紅とうちの文香とはクラスを離してほしいって。わざわざ学校まで行って話したわよね。

それなのにどうしてこんなことが起こってるの。転任したてのあなたには初めから期待なんてしてなかったわよ、だからああやって言いに行ったのにっ」

玄関のドアは閉めてあったが、それでも近所中に響き渡りそうな声で、母親が怒鳴りつけてくる。ひかりはただ首を折り、その罵声を聞いていた。

「……本当に申し訳ありませんでした」

「もういいです。警察に行きますから。今田真亜紅がやったことは傷害ですよね？　文香は頭を打ったんですよ」

「文香さんに怪我を負わせてしまって、本当にすみません。私の責任です。ですがお母さん、このようなことになった経緯だけお話しさせていただけないでしょうか」

ひかりは、文香の発言について伝えておきたいと思った。児童の給食費を管理している教師に訊ねてみると、たしかに文香の言うように、今田家も佐内家も給食費を滞納していた。それも入学時からずっとだ。悪質だと思うし、不正に間違いない。だが悪いのは親であって子どもは給食費を支払う義務があることすら知らない場合も多々あるのだ。そんなデリケートな問題をクラスの他の子どもたちの前で口にしてしまうのは、それはルール違反だと思う。

黙って腕組みをする母親に向かって、ひかりは今回の顚末《てんまつ》を話した。事の発端は給食当番の親切心なのだ。あのまま文香がなにも口にしなければ、真亜紅は暴力などふるわなかったはずだ、と。

「はああっ。あなた、うちの子が悪いとでも？」

「いえ。そうは言ってません。ですが給食当番の二人は、その男子児童が空腹なのを知っていたのでそんなことをしてしまったんです。文香さんも、その状況はわかっていたと思うんです」

「ちょっとあなた、不正を不正だと指摘してなにが悪いの？　文香がやったことは、なにひとつ間違ってないでしょう？　あなた、教師のくせに不正を見逃せって教えるわけぇ」

「不正という言い方は……ちょっと厳しすぎるような。それぞれの家庭によって、やむを得ない事情というのもありますし」

「やむを得ない事情？　あのね、いまの日本には就学援助っていう手厚い制度があるの。援助を受けるための手続きすら面倒がって、のうのうと給食費を踏み倒すことを、私は不正だと言ってるんですっ」

なにも反論できないまま、ひかりは一歩後ずさった。玄関のドアが背中に当たり、その硬さを感じながら、「文香はもう二度と水柄小には通わせない」「受験のために出席日数を操作しろ」「評定はすべて5にしろ」という、真亜紅を傷害罪で訴えない代わりの条件を黙ってじっと聞いていることしかできなかった。

学校に戻った頃には六時を過ぎていて、白い校舎の壁に夕焼けのオレンジがうっすらと映っていた。いまから校長に、今日の出来事を報告しに行かなくてはいけないが、もう帰ってしまっただろうか。職員室にはまだ煌々《こうこう》と灯《あか》りが点《つ》いている。前の学校にも残業をする教師は一定数いて、遅い時には八時くらいまで人が残っていた。

自転車を駐輪場に停めに行こうと校舎の裏に回ったら、人影が見えた。

「……今田くん？」

真亜紅が、いまはもう使われていない焼却炉の横に立っているのが見える。ひかりに気づいて振り返ると、気まずそうに顔を背けた。

「今田くん、こんなところでなにしてるの」

乱闘の途中で相庭と黒金が教室から連れ出したので、あれから真亜紅とは話ができていなかった。この子の口からも、今日の喧嘩の話を聞かなくてはいけない。ひかりは尽きかけていた集中力と気力をかき集め、

「ねえ今田くん、もう遅いから先生と一緒に帰ろっか」

と真亜紅に向き合う。

いったん職員室に戻りたかったが、自分がいなくなった隙に真亜紅がどこかに消えてしま

いそうで、そのまま一緒に正門を出ることにした。真亜紅は意外にもおとなしくひかりの隣を歩いている。右足を引きずっているので「怪我したの」と訊くと、「椅子にぶつけた」と小さく返す。

「……痛かったでしょう、大丈夫？　いま、なにしてたの？」

真亜紅の歩く速度に合わせ、ゆっくりと自転車を押した。古い焼却炉の周りは廃品回収前の廃棄物を置いておく場所だった。焼却炉に火を入れることはないが、大型ゴミが積んである危険な場所なので児童は立ち入り禁止になっているはずだ。

「発泡スチロールの箱……探してた」

喧嘩のことを反省しているのか、それとも疲れすぎて反抗する力も残っていないのか、真亜紅がすんなり答えてくれる。

「発泡スチロールの箱？　あ、そっか。今田くんはものを作るのが得意だもんね」

「違う。氷入れるやつ」

「氷？　発泡スチロールに氷を入れるの？　どうして？」

「おれんち冷蔵庫ないから、発泡スチロールの箱に氷入れて使う。氷はスーパーでただのをもらって来る。そろそろ暑くなってきたから発泡スチロール探してこいって、姉ちゃんが……」

作り話かと思ったが、嘘をついているようには思えなかった。大河の自宅を訪問したこともあって、いろいろな家庭があるのだと気づいたばかりだ。自分が持つ常識だけで子どもたちを見てはいけない。

「今田くんってお姉ちゃんいるんだ。いくつ？」

「知らない」

「今田くんのいくつ上？」

「よん」

「ってことは……高校一年生だね」

優美から母子家庭だと聞いていたが、高校生の姉もいるのなら生活面や精神面での支えはあるのかもしれない。真亜紅は服も毎日着替えてくるし、風呂にも入っているようだ。この機会にいろいろ知りたいと思い、母親の仕事や姉の通っている高校の名前などを訊いてみたが、それには答えてもらえなかった。

「これから夏になるし、冷蔵庫がないと不便よね。氷をもらいに毎日スーパーに行くのも大変でしょう」

疲れているはずの真亜紅を問い詰めるのは酷だと思い、ひかりはいったん話を戻す。

「別に……慣れてるし。うち、洗濯機もないし」

「そうなの？　じゃあ洗濯はどうしてるの」

「コインランドリー」

水柄地区の中心地に向かって歩いていると『水柄団地』と書かれた立て看板が見えてきた。看板の向こう側に五階建ての住宅が立ち並んでいる。棟は二十八棟あり、戸数は全部で三千戸以上もあることは、ひかりが繰り返し読んでいる「ロストタウン」に記してあった。この地域のあちこちで見られる空き地と同じで、このマンモス団地にもずいぶんな数の空室が出ていると不動産屋の店主が言っていたのを思い出す。

「先生も今田くんのおうちまで一緒に行ってもいいかな」

家庭調査票は未提出。住所も、電話番号もわからない。せめて今日、家がどこにあるかを知りたかった。嫌がるかと思っていたが、真亜紅はあっさりと頷き、ひかりの少し前を歩いていく。


真亜紅がドアを開けると、家の中から流れてくる大音量の音楽が耳を衝いた。何語だろうか、耳慣れないハイテンポな歌謡曲だ。

玄関先で靴を脱ぎ、真亜紅が中の様子を窺うように静かに部屋へ入っていく。

「センセ、ナニ？」

しばらく立ち尽くしていたひかりの前に、黒のキャミソールにスキニージーンズを身に着けた細身の女性が現れた。浅黒い肌と大きな瞳、匂いの強い香水が彼女が異国の人であることを伝えてくる。

「はじめまして。私は真亜紅くんの担任、澤木です。突然おじゃましてすみません」

母親はひかりのことを頭の天辺から足の爪先までじっと眺めた後、

「ナニ」

と面倒そうに顔をしかめた。母親は片言の日本語しか話せないようで、今日の一件をどう伝えればいいのかを考える。

「実は今日、真亜紅くんが学校で喧嘩をしたんです。女子児童が一人、怪我をしました。男子児童にも怪我をさせました。そのことでお母さんと少しお話ししたいと思いまして」

ようやく母親に会えたのだから今日のことだけではなく、これまでの真亜紅の行動について話したいことがたくさんあった。

「アタシ、ハナシナイ」

だが母親は背を向けて部屋の中に戻って行く。

「お母さん、お願いします。真亜紅くんのことでご相談したいことがあるんです。怪我をさせてしまった児童やその保護者にもできれば謝罪をしていただきたいと……お願いしますっ。

今田さんっ」

大音量の音楽に負けまいと声を張ったが、結局それっきり母親は出てこなかった。しばらくその場で呼びかけたが完全に無視され、さすがにもう諦めようと思っていたところに少女が姿を現した。

なんて綺麗《きれい》な子なんだろう――

少女を見た瞬間、ひかりの両腕に鳥肌が立ち、呼吸を忘れた。少女の顔があまりにも美しく非日常的で、たとえば自分にはとうてい手の届かない高価な宝石をショーケースの中に見つけたような感覚に陥った。

真亜紅と同じ浅黒いなめらかな肌に、ほっそりと長い手足。均整のとれた体に淡い黄色の生地のワンピースを身に着けた少女が、唇を引き結び、まっすぐにこちらを見てくる。

「弟の担任の先生ですか」

美しい少女は、流暢《りゅうちょう》な日本語を話した。

「そうです。あなたは、真亜紅くんのお姉さんですか」

警戒心の滲む目で、少女が小さく頷く。

「今日は弟さんのことで相談があって来たんです。お母さんを呼んできてもらえませんか」

ひかりの言葉に少女が動揺しているのがわかった。この大人は信用できるのか、そうでな

いのか。少女の目が自分を品定めしている。しばらく無言で見つめ合っていると、

「ママは日本語がわからないんです。だから話したって無駄ですよ」

少女が呟いた。口角が引きつり、声が硬くなる。

「でも今日起こった出来事は伝えたいんで……」

真亜紅が持つ衝動性について、ひかりは母親に相談したかった。いまできることを一緒に考え、彼の衝動を少しでも抑えられる方法を探したかった。このままではクラスにいられなくなってしまうかもしれない——。

「先生の名前は……なんていうんですか」

少女が遠慮がちに訊いてくる。

「私は澤木です。澤木ひかりです」

「澤木先生、ママはいまから仕事なんです。だから今日は話ができないと思います」

それなら真亜紅を呼んできてくれないかと頼むと、いまゲームをし始めたから無理だと少女が首を横に振った。弟はゲームを始めたら数時間はやめないから、と。

「わかりました。今日はもう帰ります。真亜紅くんも足を痛めてしまってるので、気をつけて見てあげてください」

ありがとう、と頭を下げると、少女はまた小さく頷いた。帰ろうとして、もう一度振り返

り、ひかりはリュックの中から自分の名刺を取り出した。名刺の裏に自分のアパートの住所と携帯の電話番号を書きつける。

「これ、お母さんに渡してください。真亜紅くんのことで大事な話がありますから、もしお時間があったら直接連絡をくださいと、お伝えください」

プライベートの住所や電話番号を児童や保護者に伝えることは原則禁じられていた。でもいまはそんなことを言っている場合ではない。少女は名刺を受け取ると、不意打ちにあったような顔をしてひかりをじっと見つめてきた。

5

翌朝、職員室に入ると同時に、小堺《こさかい》副校長に呼ばれた。ひかりが扉を開けた瞬間に駆け寄ってきたので、自分を待っていたのだとわかる。

「とにかくすぐに校長室に」と言われ、小堺副校長の後について、校長室に続く廊下を歩いていく。静まり返った校舎内に朝の光がうっすらと差し込んでいた。

「座ってください」

校長室ではすでに木下校長が両袖デスクの前に座っていた。小堺副校長に促され、ひかりも部屋の中央に置かれたソファに腰かける。合皮の黒い二人掛けソファはクッションが柔らかすぎて体が深く沈み込む。小堺副校長もローテーブルを挟んだ向かい側のソファに、腰を下ろした。

「昨日はどうして戻ってこなかったんですか」

静かだが非難めいた口調で木下校長が訊いてくる。物腰は穏やかなのに眼光は鋭く、ひかりの背中に緊張が走る。

「昨日は……」

「青井文香の自宅に謝罪に行ったそうですね。その後は学校に戻って、事の顚末を報告するのが義務じゃないですか。こちらは六時過ぎまで学校で待機していたんだ」

「……すみません。学校に戻っては来たのですが、今田くんの姿を見かけて、彼について自宅まで行ってたんです」

「今田？　ああ、加害者の児童ですか」

『加害者』という言葉に強い違和感を覚え、ひかりは木下校長の顔から視線を逸らす。不服な気持ちが表情に出てしまいそうだ。

「それで、今田の保護者には会えたんですか」

「はい」

「青井さんの保護者に謝罪するように、伝えましたか」

「今田くんが喧嘩をして、相手の児童に怪我をさせたことは伝えました。ですが母親が謝罪するかどうかはわかりません」

おそらく、菓子折りを持って文香の自宅に頭を下げに行くようなことはしないだろう。電話での謝罪も期待できない。ひかりはそう、はっきりと伝えた。

「あのまま放置しておいて、警察沙汰にでもなったらどうするつもりだったんですか」

どうするのかと言われても、どうすればいいのか。真亜紅と彼の母親を無理やり青井家に連れていくのは不可能だろう。

「あの、校長先生。それより先に話し合わなくてはいけない問題があるんです」

審判を下すかのように自分を見ていた木下校長の目元が、ぴくりと引きつった。あからさまな不快感が口元にも滲む。

「話し合わなくてはいけない問題？」

「今田くんが、青井さんに手を上げた理由です。彼は青井さんから『給食費を払っていない。税金泥棒』と言われて逆上したそうです。そんな酷い言葉をクラスメイトに投げかけるなんて、私は信じられません。怪我をさせたのはたしかに問題ですが、言葉の暴力という問題も……」

「給食費が未納なのは事実ですか」

「はい。給食主任の先生に訊くと、たしかに未納でした。今田くんは一年生の時から一度も払っていません。でも、どうして彼が未納だということを青井さんは知ってたんでしょうか」

給食費を払わない保護者は一定数存在している。前の小学校でも学校全体で一人だけ、いくら催促しても払わない保護者がいた。給食費の取り立ては担任の仕事で、文書で無理なら電話をかけたり、時には自宅を訪問するなどして請求しなくてはいけない。その児童は未払いのまま卒業を迎えたのだが、担任が困っていたところ、校長がポケットマネーで支払いを済ませた。それは滞納者が一名だけだったからできたことで、給食費未納に関する保護者とのやりとりは、教師にとって苦しく悩ましい役割だった。

「そんな給食費の話など、いまは関係ないでしょう」

「いえ、喧嘩の原因がとても重要だと私は考えています。青井さんが給食費について今田くんにあのようなことを言ったのは、問題だと思うんです。もしかしたら彼女の家でそうした話題が出ていたんじゃないでしょうか。給食費を払わない家庭の子どもは、給食を食べるべきではない。そうした間違った教育が、青井さんのお宅でされていたんじゃないでしょうか」

「澤木先生」

校長が呆れた顔で大きく息を吐き、語気を強める。

「いいですか、怪我をさせたのは今田です。その認識をしっかり持って、この一件に対応してください。間違っても今田を擁護するようなことを口にしないでください。今日にでも私と副校長の小堺先生とで、青井さんの保護者には改めて謝罪に行くつもりです。このままでは本当に警察沙汰になりかねませんから」

結局は保身なのかと唇を嚙む。何事もなく校長職を全うすること、定年後はどこかの教育機関にうまく天下りすること、この人はそういうことしか考えていない類《たぐい》の校長なのだろう。苦しい立場にいる子どもたちが抱えている問題には、目を向けてもくれない。学校現場が完全な縦社会であることは過去の四年間で身に滲《し》みていた。平教師の自分が校長に反論することなど決して許されない。でも首を縦に振ることも、自分にはできない。

「それから澤木先生、これはどういうことですか。今田の保護者の連絡先がわからない。家庭調査票に記入がないじゃないですか」

木下校長との話が終わると、次は自分の出番だとばかりに小堺副校長が苛立った声を投げつけてきた。ひかりの前に真亜紅の家庭調査票を突き出してくる。ひかりは無言のまま小堺を見つめ返した。なにをいまさら……。保護者の連絡先がわからない児童がいることを、あなたはいままで知らなかったのかと言ってやりたくなる。副校長なら全児童の家庭調査票に目を通しておくべきではないのか、と。

そのまま黙っていると、「どうなってるんですか」ともう一度訊かれたので、

「保護者が記入しないんです」

と短く返した。

「記入しないって、昨日みたいになにか起こった時にどうするんです？　連絡がつかないと困ることだってあるでしょうが」

保護者が教えたくないなら、無理には訊き出さない。家庭訪問もしない。それがこの水柄小のやり方ではないのかと、ひかりは心の中で毒づいた。子どもがどんなに苦しい環境にいても、見ないふりをしてやり過ごす。それがこの学校の方針じゃないのかと、唇を引き結んだまま小堺副校長の目を見つめる。

「小堺先生、もういいです。これ以上言っても無駄でしょう」

木下校長がため息交じりに呟いた。二人の間で澤木ひかりは無能だという烙印《らくいん》がすでに押されているのだろう。担任に管理能力がないから児童が問題を起こすのだと、陰で言ってい

るに違いない。小堺副校長が「今日中に保護者の連絡先を記入しておくように」と家庭調査票を差し出してきた。ひかりはなにも言わずに受け取り、ソファから立ち上がると、

「失礼しました」

とドアの前で一礼し、そのまま校長の顔を見ずに部屋を出た。まっすぐに職員室に戻る気にもなれず、足が自然と保健室へと向かってしまう。

「水野先生、おはようございます」

いますぐにでも話を聞いてもらいたい気持ちを抑え、挨拶とともにドアを開ける。

「あら澤木先生、おはよう。どうしたの」

水野には昨日、文香と宙の手当てをしてもらっているので説明は不要だった。真亜紅をどうすればいいかと相談する。

「水野先生は、ここに赴任して四年目ですよね。私より今田くんのことをよく知ってると思って」

なにかに追い立てられるようにいつも落ち着かず、ちょっとした刺激で狂暴化する。いったんスイッチが入ってしまうとなにを言っても止まらず、相手を殺すつもりなのかというほどの攻撃を加える。授業中であろうが平気で外に出ていくし、机の中は紙屑や段ボールの切れ端、食べ残したパンなどが詰め込まれ、整理整頓がまったくできない――。

「相庭先生から、今田くんのことは他の児童の迷惑にならないよう放っておくように言われました。でもこのままなにもしなくていいとは思えません」

真亜紅のような子どもを受け持つのは初めてだが、担任として精一杯のことをやりたいのだと水野に伝える。

「私も同じ見解よ。澤木先生は、特別に支援をしなくてはいけない子どもに関する知識はある？　たとえば発達障害と診断されるような子どもたち」

「はい。実は私、特別支援学校の教員免許も取っていて、一時は支援学級で教えることも考えていたんです。でもまずは普通学級で経験を積んでからと思って」

「そうだったの。どうりで熱心だと思った」

「以前の担任はどう対応してたんですか。私は全然うまくいかなくて……」

大学で学んだ知識も取得した免許も、真亜紅を前にするとなにひとつ役に立たない。おろおろするばかりで彼に届く言葉を持たず、自宅を訪ねたところで母親とまともに話をすることすら叶わなかった。

「そうねぇ……。はっきり言えば、澤木先生のように関わろうとした人は、一人もいなかった。三、四年生の時の担任も、五年生の時の担任も、親と揉めるのを避けてたの」

「避ける……でも話し合いは必要だと思うんですけど」

「そうね。話し合える相手ならね。ただ澤木先生もだんだんわかってきていると思うけれど、厳しい家庭環境の子が多くてね。『水道代がもったいないからお風呂に入れない』って言う子が普通にいるのよ。幼稚園に通っていない子もたくさんいるから、一年生の担任はまず席に着く、黙って座ることから教えなければならないの」

親たちは食べていくことに必死で、子どもの教育にまで手が回らない。子どもたちは家族旅行の経験もなく、休日の楽しみは大型スーパーに行くこと。夏休みの思い出は近所のプールで泳いだこと。他の職業を知らないから、将来はコンビニの店員、あるいはユーチューバーになりたいと本気で考えている。子どもが夢を見にくい環境なのだと、水野がきっぱりと口にした。

「そして教師たちは三年で去っていくの」

「え？」

「ここに赴任した教師は、三年経つとすぐによそへ異動するの」

教師が一つの学校に赴任してきて、次に異動できるのは最短で三年後になる。希望すれば上限で六年間同じ学校にいられるのだが、この水柄小に赴任してきた教師のほとんどが三年で異動願を出すのだと、水野が嘆息する。

「そうなんですね……」

「知らなかったでしょう？　私もよ。この学校の子どもたちがよく使ってる百均の鉛筆って、字を書いていたら芯の部分がびよーん、って外に出てくるの。子どもたち、それを見て大笑いしてて……」

子どもの無邪気さに救われて、自分はなんとかやっているけど、と水野が小さく笑った。

「さて、真亜紅くんのことはまた考えていきましょう。これまでの先生は真亜紅くんが授業中に外に出ていくことを認めてたのよ」

そのやり方も間違いとは言いきれない。真亜紅を放置することで他の児童を守っていたのだと、水野が教えてくれる。

「それよりもう八時十分よ。朝礼が始まるから行きましょうか」

清々《すがすが》しい佇《たたず》まいの水野が、朝の光を浴び輝いていた。

六年二組の教室に入ると、部屋の中が白色に満ちていた。思わず目を細めたのは眩しいからではなく、子どもたちが全員、白い体操着を着ていたからだ。体操着に着替えて自分を待っているなんて、どれだけ可愛いのだ。

「みんな偉いね。授業の前に着替え終わってるなんてすごい」

教壇に立ってそう褒めると、「当たり前じゃん」という声が返ってくる。これまで低学年と中学年しか受け持ったことがないので、これが当たり前なのかどうかはわからない。

「さて、一、二時間目は一組と合同でダンスと組体操の練習をします。今日はダンスを最後まで通しで練習するからしっかり憶えてね」

出席簿を手に、ゆっくりと教室全体を見渡す。欠席の文香以外は全員元気そうで、今日は大河も登校している。昨日真亜紅に殴られた宙もいつもと変わらず穏やかな表情で席に座っていた。ただ、文香のことを思うと胸が痛む。彼女のことを、今後どうすればいいのか……。


小学校のクラス分けをする基準を、ひかりは教師になって初めて知った。

まず勉強が得意な子、普通の子、苦手な子と三つに分ける。同じように運動についても、得意な子、普通の子、苦手な子と三つに分ける。そしてどのクラスも学力と運動能力が平均になるように教師間で話し合いながら、児童を振り分けていくのだ。それに加えてリーダーになれる子、ピアノが弾ける子などをそれぞれのクラスに分配し、さらに児童同士、保護者同士が過去にトラブルを起こしていないかを確認していく。

子どもや保護者にとっては無作為に決められたように感じられるだろうが、クラス分けというのは教師にとって最も重要な仕事だ。そのクラスの運命がかかっていると言っても過言ではない。六年二組にはスミス宙という男子のリーダーがいてくれるから、大きな揺らぎがあったとしても崩壊しないで持ち堪《こた》えている。

「じゃあ一回目は音楽なしで笛の音だけでやってみるぞ」

朝礼台の上に立つ相庭がマイクを片手に呼びかけると、児童たちの背筋が伸びた。それまで蟻《あり》の行列のようにくねくねとしていた線が横一列に伸びる。

「1、2、3、4」

5のタイミングで笛が鳴り、一つの列が、前列、後列と瞬時に分かれる。前回よりもキレのある動きで隊列を組む様子を、ひかりは両目をしっかりと見開き眺めていた。すごくささやかなことだけれど、こんなふうに、教えたことが形になると胸が熱くなってくる。できなかったことが、できるようになる。それは子どもたちの喜びであり、教師のやりがいでもあった。

「よし。前回やったところは全員できるようになってるな。次は新しく教えたパート、いくぞ」

ロンは……、とひかりは白い集団の中に、その姿を探した。ロンは隣の理乃の動きを真似ながら、ワンテンポ遅れて動いている。運動神経が鈍いという感じでもなく、やっぱり相庭の指示が理解できていないように感じる。

体を前に出すタイミングが早く、ロンが前列の児童とぶつかった。衝突を避けようと体を捩《よじ》った姿勢のまま倒れていく。ひかりは反射的に走り出したがとうてい間に合わず、ロンが地面にごろりと転がった。

ひかりはロンを起こして体を支え、保健室まで連れていった。特に目立った外傷はないけれど、頭を打ったように見えたからだ。

「右耳の上辺りにこぶができてるけど、たいしたことはないわ。痛みが引いて気持ちが落ち着くまで、ゆっくりとここで休んでいきなさい」

水野がベッドを指差し、ロンに横になるように告げた。冷蔵庫から保冷剤を取り出し、タオルを巻いてから側頭部に当ててやる。

「先生、グエンくんと少し話をしていいですか」

「もちろん。じゃあ私、相庭先生にその旨報告してくるわね。ゆっくり話しててちょうだい」

ひかりの胸の内を知っているかのように、水野が頷く。

「グエンくん、頭以外でどこか痛む？」

頭を指で示しながらひかりが首を傾げると、ロンが首を横に振る。

「そっか。よかった……。グエンくん、学校で困っていることはない？」

ひかりの問いがあまりに唐突だったからか、ロンが困惑の表情を浮かべる。

「勉強はどう？　先生の授業、理解できてる？　先生ね、グエンくんが言葉のことで苦しい思いをしてるんじゃないかって心配しているの。もし日本語があまり理解できていないようなら、グエンくんのお父さんかお母さんと相談したいと思ってるんだ」

ロンは澄んだ瞳でじっとひかりのことを見つめ、言葉の意味を頭の中で確かめているようだった。

「大丈夫です……理解します」

落ち着いた口調で答えると、ロンが強く頷く。

「そっか。わかった。でも、もし困ったことがあったらいつでも先生に言いに来て」

これ以上問いただすのもよくないと思い、そこで手を引いた。もう十二歳なのだ。ロンにもプライドがあるだろう。やはりこういう話は本人にするのではなく、保護者にまず家の中での様子も聞いて、相談していかなくては……。

「痛みが引いていたら、一緒にダンスの練習に戻ろうか。もちろん、まだ休んでても大丈夫だよ」

明るい声で促すと、ロンがゆっくりと起き上がった。その拍子に頭にあてがっていた保冷剤が白いシーツの上に転がり、大きな瞳が不安げに揺れる。窓の外では白い体操着姿の子どもたちが、校庭に浮かぶ水平線のように、美しくまっすぐな直線を作っていた。

六時間目の後、帰りの会を終えると、ひかりは普段より早く教室を出た。以前勤めていた小学校は、授業が終わると一瞬にして校舎から児童がいなくなったものだが、いまは子どもたちと教室に残って雑談するのが楽しい。習い事や塾に通っている子の数が少なく、みんな校庭や教室の隅で思い思い自由な時間を過ごしている。二階の窓から校庭に視線を向ければ、六年二組の男子たちが海原《うなばら》を滑るヨットのように力強く、健やかにボールを追って走り回っていた。

職員室のドアを開けるとすぐに、相庭の姿を捜した。彼の席はひかりの右隣だが、そこに姿はなく、反射的にコピー機があるほうを見る。だがそこにも見当たらず、まさかこんなに早く帰ってしまったのかと困惑していると、「どうしたの」と後ろから肩を叩かれた。振り向くと束になったプリントを胸の前で抱えた水野が立っている。

「あ、水野先生。今日はどうもありがとうございました」

「グエンくん、どう？　その後も変わりなく？」

「はい。元気に過ごしてました」

いまのところ気軽に会話できる相手は水野しかおらず、こうして話しかけてもらえると本当にありがたい。

「じゃあ水野先生、失礼しますね」

ひかりが職員室を出ていこうとすると、「誰か捜してるの」と水野が訊いてくる。本当に勘のいい人だ。

「実は相庭先生に用事があって」

ひかりが返すと、水野が半歩歩み寄ってきて、耳元で「相庭先生なら校長室よ」と告げてくる。

「校長室……ですか」

まさか今田真亜紅の一件で呼び出されたのだろうか。担任のひかりでは話にならないからと、事の顚末を相庭から聞き取っているのかもしれない。

「警察が来てるのよ」

困惑しているひかりに、水野が耳打ちする。

「警察……今田くんのことでですか」

警察に行きますから、という文香の母親の言葉が思い出され、背筋が冷たくなる。

「真亜紅くんのことじゃなくて、岩田先生の事件のことみたいよ。前に来たのと同じ刑事だったから」

自分の周囲で起こる小さな出来事に忙殺されて、岩田洋二の事件のことをすっかり忘れていた。そういえばまだ犯人が逮捕されたという報道は耳に入ってきていない。

「どうして相庭先生が警察に？」

まさか、と胸の鼓動が速くなる。殺人事件のニュースが職員室で話題になった直後に、相庭がほくそ笑んでいたのを思い出した。

「二人が同時期にこの水柄小にいたからじゃない？」

「ああ、たしか同じ年に赴任してきたって聞いたような……」

「ええ。私がここに来た時、二人とも二年目だったと思うわ。その後、岩田副校長は他校に異動して校長に昇進したんだけどね」

ひそひそと話し込んでいる自分たちを、他の教師たちがちらちらと見ていた。水野に促され、二人で廊下に出る。

「警察は、岩田副校長を知る教職員全員に聞き込み調査をしているんだと思うわ。相庭先生の前にも他の先生が呼ばれてたし、次は私も呼ばれるかもしれない」

児童や保護者には学校に警察が来たことは黙っておくようにと水野に釘を刺される。

校長室から出てくるのを待って、ひかりは相庭に声をかけた。眉間に深い皺《しわ》を刻んだ表情に怯みはしたが、どうしても今日中に話をしておきたい。

「ちょっとご相談したいことがあるんですけど、お時間いいですか」

「手短にお願いします」

意外にもあっさり相庭が頷き、足早に廊下を歩いていく。

「ここでいいですか」

空いている教室に入ると、相庭が児童の机を二つくっつけ、保護者と面談をするような形を作った。この学級のスローガンなのか『為《な》せばなる　為さねばならぬ　なにごとも』という文言が黒板の上に大きく掲げてあった。

「二組のグエンくんのことなんですけど」

椅子に座ると、前置きなしにひかりは切り出した。手短にと言われた以上、雑談をしたら席を立たれてしまうのではないかと、頭の中で要点を整理する。

「相庭先生は前に『外国籍の子どもにどのような支援をするかは、自治体の裁量に委ねられています』と仰ってましたよね。あと『水柄小にも日本語教育ができる教師はいません』とも」

「そうですね」

「だったらわれわれ学校側から自治体に働きかけてみませんか。水柄小にいる日本語が不自由な外国籍の子どもたちを支援してもらえるよう要請しては？」

　このまま日本語が理解できなければ、授業でますます遅れをとってしまう。いまここで勉強が嫌いになってしまえばこの先に待っている高校受験、大学受験といった試練を乗りこえられるとは思えない。

「声を上げるのが大事なんだと思います。小さくてもまず誰かが声を上げて、それでなにかが変わっていくこともあるから……」

　さすがに子どもたちも帰宅したのか、校舎の中はしんと静まり返っていた。それでも、どこかに児童が残っていたらいけないと思い、ひかりは声を潜める。

「澤木先生は、今年で教師になられて何年目でしたか」

　重たいため息をついた後、相庭が訊いてくる。

「今年で五年目です」

「そうですか。では前に勤務していた小学校に、グエンのような外国籍の児童は在学していませんでしたか」

「何人か外国籍の子はいましたけど、日本語は理解していたと思います。英語力を生かして私立中学を受験した子もいました」

「そうですか。……澤木先生が前にいた小学校はどこでしたか？　都内の何区にありましたか」

　質問の意味がよくわからないまま、ひかりは自分が勤めていた小学校名と学区を相庭に伝えた。

「ああ、そこは東京都所得ランキング一位の学区ですよ。区民の平均年収が一千万円を超える地域です。あなたが勤務していた小学校に通ってくる外国籍の子どもたちは、おそらく親の仕事の関係で渡日してきたのでしょう」

「はあ……」

　いきなり所得ランキングを持ち出されても、とその含みのある物言いに、いったいなにが言いたいのだと思う。

「水柄地区で暮らす外国人の中には、自分たちの存在を公にしたがらない方々もたくさんおられます。子どもの教育に関して声を上げたくない外国人がいることを、あなたは知っておかなくてはいけない」

「それは……どういう」

「不法滞在であることを隠している外国人もいるということです。彼らは目立つことを怖れているので、中にはわが子を就学させないケースすらあります」

「それって……グエンくんが不法滞在者ということで……すか？」

「それはわかりません。確かめてませんから。確認して、もしそうだとわかれば、われわれには通報する義務が生じます」

自分の体から体温が急速に奪われていくのを感じていた。思考が止まり、頭がぼんやりとしてくる。

「グエンはあなたになにか言ってきましたか。日本語がわからないからどうにかしてほしいと頼んできましたか」

「いえ、特には」

「澤木先生、善意の押し売りはやめてください」

「押し売りって……」

「いいですか、もう一度言います。この学校では、なにも、しないことです。三年間です。三年我慢すれば異動できるんです。それまでは多くのことを見ないようにしてください。児童に媚《こ》びる必要もありません」

一語一語区切るように言うと、相庭は立ち上がり教室を出て行ってしまった。

深いため息が口から漏れる。ここまで酷いことを言われなければならないのだろうか。いったいなぜあんな人が教師をしているのか。

しばらく放心した後、ひかりはのろのろと席を立ち、机の位置を元に戻す。

『為せばなる　為さねばならぬ　なにごとも』

視線を上げてスローガンを一瞥《いちべつ》すると、空々しさに怒りが込み上げてきた。

自転車を押しながら通用門を出ると、道の先にロンと優美と大河の姿が見えた。不思議なもので、自分のクラスの児童はどこにいてもすぐにわかる。白黒写真の中に浮かぶ天然色。母親になった経験はないけれど、集団の中にいるわが子をすぐに捜し出せる親の気持ちに近いのかもしれない。自転車を道の端に停め、

「な、に、し、て、る、のー」

額を寄せ合う三人の頭の上から声を落とすと、「わあっ」と驚きの声が上がった。

「先生ーっ。びっくりしたぁ」

優美が大きく口を開けて笑い、つられるようにしてロンや大河も楽しそうに口端を上げる。

「なにしてるの?」

繰り返し訊くと、大河が黒い塊をひかりの目の前に差し出した。視界が突然真っ黒になり、

「ひゃあ」とのけぞる。

「猫!」

真っ黒の塊は大人の手のひらくらいの子猫だった。

「サウが拾ったんだって。川に落っこちてたんだよね？」

優美に訊かれ、大河が嬉しそうに頷く。

「そっかあ。可愛いね」

ロンが蕩《とろ》けそうな表情で子猫に話しかけている。ベトナムの言葉なのでなんと言っているかはわからないが、その柔らかく優しい響きに、ささくれ立っていた心が不思議と鎮まっていく。

「それよりどうしてこんなところにいるの」

「飼ってくれる人を探してる途中なんです。サウがまずうちに来て。でもうちは団地だからロンの家に行って。ロンの家もダメだったから」

三人で同級生の家を片っ端から回っているところ、と優美が猫の背を人差し指で撫でた。子猫がミャアと可愛らしいピンク色の舌をのぞかせる。

「でもなかなか飼い主が見つからないんです。黒色だからかなー」

みんなピンポンを鳴らしても出てきてくれない、きっとゲームをしているからだと優美が頬を膨らます。さっきから話しているのはひかりと優美だけで男子二人は頷くばかりだ。

「先生、飼い主が見つからなかったらどうしたらいい？」

「なかなかの難問だね」

「先生の家は？」

「うちのアパートはペットは禁止だからなぁ……」

「……飼いたい」

大河がぽつりと呟いたところに、「無理だって」「それは無理だよ」と優美とひかりが声を揃えた。

「サウなんて自分の世話もできないのに。猫が可哀そうだよ」

優美が叱りつけるのを、ひかりはうんうんと首を縦に振って同調する。

「そんなことない……」

大河が言い返そうとし、だが突然、雷にでも打たれたように大きく両目を見開いてひかりの背後に目を向けた。

「佐内くん？　どうしたの」

と振り向くと、濃いピンク色のシャツに、腿や膝に裂け目の入ったダメージジーンズを穿《は》いた少女が、こっちに向かって歩いてくるのが見えた。

「あの子……今田くんのお姉さんよね」

ひかりが呟くと、目を見張っていた大河が緊張の面持ちのまま頷く。

「アイリンちゃん綺麗ー、いつ見てもお洒落《しやれ》」

「高柳さんも、今田くんのお姉さんを知ってるの？」

「うん。だって同じ団地だもん。前はサウも同じ棟だったんだけど」

「そっか。高柳さんと佐内くんと今田くんって、たしか同じ保育園なんだよね」

大河に話を向けたが、彼はもうひかりの声など聞こえていなかった。光を溜めた夏の海でも眺めるように目を細め、一心に少女を見つめている。

アイリンはまっすぐにひかりのそばまで歩み寄ると、

「澤木先生」

と名前を呼んできた。まさか自分に話しかけてくるとは思わず、ひかりまでどぎまぎしてしまう。

「昨日はありがとう。あなたアイリンさんっていうのね。いまこの子たちから聞いたよ」

「はい。私の名前はアイリンです。ユミ、タイガ、久しぶり」

アイリンが二人の頭に手を乗せると、大河は耳を真っ赤に染め、猫を抱いたままその場から離れてしまう。

「サウどこ行くの。待ってよ」

優美が大河の後を追い、ロンも「せんせい、さようなら。またあした」と二人の後についていて行く。

三人が行ってしまうと、アイリンが真剣な表情で「先生に話があります」と切り出してきた。小学校まで会いに行くつもりだったが、ここで先生を見つけられてよかった、と遠慮がちに微笑む。妖艶というのだろうか。高校一年生の少女に対する賞賛の言葉としてはふさわしくないが、夏の花のような鮮やかな色香がこの少女からは漂っていた。ひかりでも見惚《みと》れてしまうのだから、大河がどぎまぎするのは当然だろう。

「話、ここでよければ聞かせてもらえる？　もちろん私の家に来てくれてもいいよ」

「ここで大丈夫です。あの、真亜紅のことなんですけど……私じゃダメですか」

「どういうこと？」

「真亜紅のことで相談するの、私ではダメですか。ママは先生の話、たぶん聞かないと思うから」

もう何年も前から、真亜紅と母親の関係はよくないのだとアイリンが顔を曇らせる。きっかけは母親が真亜紅をきつく折檻《せっかん》したことだった。それまでも軽く頰をぶつようなことはあったけれど、ある日母親がドライヤーで真亜紅の顔を殴って鼻の骨を折ったことがあり、そこから二人は口もきかなくなった。

「鼻の骨って……」

「ママは日本語が話せません。真亜紅もタガログ語をうまく話せないから、二人は言葉が通じません。だからママは真亜紅が保育園に入らないうちから『Parusa』って怒鳴りながら叩いてばかりいました」

「あの、ごめん。パルサってどういう意味？」

「あ、すみません……お仕置きという意味です」

お仕置き……。たしか真亜紅も同じ言葉を口にしていた。なんの罪もない、ただそこで呼吸しているだけのウサギに向かって、お仕置きだと言いながら玩具の銃を向け、その柔らかな体にゴムを当てていた。

自分と真亜紅は父親が違う。真亜紅の父親は日本人で、自分の父親はフィリピンの人だった。三歳の時に母親と二人で日本に来たので、自分はタガログ語が話せるのだとアイリンが話してくれる。ひかりは彼女の話に耳を傾けながら、真亜紅の体と心に刻まれた傷を思う。

「私は弟のことをなんとかしてあげたいって思っています。だから先生が真亜紅を助けてくれるなら協力したいです」

三歳で日本に来た時は、この子も日本語がわからなかったのだろう。それなのにこんなに話せるようになって、よく頑張ったねと、ひかりは少女の細い肩を抱きしめたいような気持ちになった。自分のクラスにはあまり日本語を話せないロンがいて、水柄小には他にもそんな子が何人もいる。彼らへの教育は、日本の教育現場の課題にもなっている。でも現実には手が行き届いていない。

「ありがとう。私とお母さんとを繋ぐ役割をしてくれるということ？　それをあなたにお願いするのは心苦しいけれど……」

未成年の姉に頼むようなことではないが、彼女を通して母親の承諾を得られれば、真亜紅の状況を少しは変えられるかもしれない。水柄小には常駐していないが、この辺りの地域を担当するスクールカウンセラーやスクールソーシャルワーカーと連絡を取って、相談できる病院や施設を紹介してもらえば、自分一人でもなんとかできる。

「先生、真亜紅は変われますか。あの子、この前、ママのお金を盗んだんです」

「お母さんのお金を？　お財布から取ったの？」

「お給料が入る口座からカードを使って……。暗証番号も単純だったから見破って」

「いくら引き出したの」

「十万です」

言葉を失った。親子でなければ大変なことになる。

「十万円もなにに使ったの」

ひかりの問いかけに、アイリンは表情を翳《かげ》らせ押し黙った後、

「言いたくありません」

と答えた。視線をずらしたアイリンを見て、ひかりは無理に訊き出すことはしなかった。

「お金を勝手に引き出してどうなったの？　お母さん、怒ったでしょう？」

「灰皿で頭を殴りました」

「今田くんの頭を殴ったの？」

目の前のアイリンを責めそうになって、声を落とした。この子は姉としてできることを、いや、それ以上のことをしようと自分に会いに来てくれたのだ。その気持ちに応えることしかいまはできない。

「わかった。助けてくれそうなところに働きかけていくから、少しだけ待ってて。あと、あなたの連絡先を訊いていいかな」

「はい。大丈夫です」

肩から提げていた麻のバッグに手を入れ、アイリンが携帯を取り出す。その時、すぐ目の前を相庭の車が妙にゆっくりとした速度で通り過ぎていくのが見えた。こっちを見ているようだったので、ひかりは嫌々、相庭に向かって会釈した。だが彼はひかりには気づいていないのか、あからさまに驚きの表情を浮かべ、別のなにかをじっと見つめていた。

別のなにか――

相庭の視線の先にあったのは、前屈みに携帯をいじるアイリンの姿だった。

6

開け放った窓から、花の香りを含んだ風が吹き込んでくる。教室の窓にかかるアイボリー色のカーテンを風がふわりと持ち上げると、窓際に座っていた土井理乃がめくれ上がったノートを押さえた。暖かな日射しが満ちる六時間目の教室で、授業を真剣に聞いている子どもはほとんどいない。でもそれもしかたがない。教壇に立つひかりですら、どこかぼんやりしているのだから。

「はい、じゃあ今日はここまで。いまから帰りの会を始めます」

授業終了のチャイムが鳴ると同時に、それまで眠そうに萎《しお》れていた子どもたちが急にしゃんとし始めた。机に突っ伏して眠っていた青井文香も顔を起こし、不機嫌そうに帰り支度を始める。結局、学校に通ってはいるが、最近の文香は授業中も塾の宿題をしているか眠っている。今田真亜紅とのトラブルがあってからはずっとそんな感じで、ひかりが注意しても無視する。おそらく文香の両親が、授業中は塾の宿題でもしていなさいと言い聞かせているのだろう。が、このままでは文香自身も苦しいはずだ。出席日数のために渋々登校しているその姿が、痛ましくすらある。この子にしても親に従うしかないのだ。ひかりは自分と目を合わそうともしない文香に手紙を書いてきた。休暇中に読んでほしくて、長い手紙を。今日のどこかのタイミングで渡せたらと思っている。

全員が着席したのを確認し、白墨を手に取った。背筋を伸ばして黒板に向かい、『ゴールデンウィーク中の注意』と大きな文字で板書する。

「いい？　明日からゴールデンウィークが始まるけれど、くれぐれも体調に気をつけて過ごしてください。ゲームは時間を決めてすること」

休み期間の注意事項を口にしながら、子どもたちの顔を順に見ていく。連休が楽しみでしかたがないといった顔をしている子もいれば、普段となんら変わらない子もいる。真亜紅は相変わらず話を聞かずに段ボールの切れ端でなにか作っているし、優美はどこか物憂げな表情だ。

「とにかく、休み中に子どもだけで危険な場所には絶対に立ち入らないように。ゲームセンターもダメだし、水柄川で遊ぶのも、大人と一緒じゃないと禁止です」

白墨で「ゲームセンター」と書いてその上から大きくバッテンをつけ、その隣に「水柄川」も書き加えた。この地域を東西に流れる水柄川には小魚がたくさんいる。人気のスポットのようだが、子どもだけで訪れるには危険な水場だ。ひかりが水柄に引っ越してきて間もない頃も、雨降りの日に水柄川に入っている人がいたけれど……。

「先生」

そろそろ帰りの会を終了にしようかと思っていたところで、優美の手が挙がる。

「はい、高柳さん」

「あの……、もしゴールデンウィーク中になにか困ったことがあったら、どうしたらいいですか。学校に来れば先生はいますか？」

「ゴールデンウィーク中に困ったこと？」

そんなことを訊かれたのは、教師になって初めてだった。でもたしかにすぐには親を頼れない子もいるかもしれない。いや、この六年二組には絶対にいる。

「じゃあ休み中に困ったことがあったら、先生に電話してきてください。先生の携帯番号をここに書くので、ノートの端っこにでも写しておいて」

個人の電話番号を教えるのはやりすぎかとも思ったが、お守り代わりになればと白墨で大きく数字を書いた。くれぐれも他の人に教えないでね、と言い含めておく。

帰りの会が終わると、誰よりも早く教室を出て行った文香を追いかけた。

「青井さん、ちょっと待って」

ひかりの声に文香はぴたりと足を止め、でもすぐにまた歩き出した。ひかりは走って文香の正面まで回りこむと、

「これ先生からのお手紙。学校ではなかなか話す時間がないから、先生の思いを手紙に書いたの。時間がある時に読んでほしい」

と水色の封筒を文香に差し出す。拒まれるかと思ったが、文香はその細い指で挟むようにして、手紙を受け取ってくれた。

「ありがとう、青井さん」

文香はなにも言わず、早足でまた歩き出す。廊下で立ったままその後ろ姿を見送っていると、文香がランドセルを肩から外し、手紙を中にしまってくれた。

最後の一人が教室を出るのを見届けてから、窓を閉めて鍵をかける。窓の外をのぞけば春の陽光が目に眩しく、季節がまっすぐ夏に向かっていくのが感じられる。給食当番が、忘れずにエプロンを持ち帰ったか。ゴミ箱に腐るようなゴミが入っていないか。目立った落とし物はないか。教室内をざっと見渡した後、ゆっくりとした足取りで廊下に出た。子どもたちの姿がない校舎内はひっそりと静かで、夕刻の海辺のように寂しい感じがする。

こまごまとした業務を済ませ、職員室を出たのは六時を過ぎた頃だった。今日は仕事を早めに切り上げて帰る教員も多く、この時間まで職員室に残っていたのはひかりと、五年生を

担任している黒金だけだ。

「おつかれさまでした」

黒金に声をかけてから廊下に出ると、真正面から相庭が歩いてくるのが見えた。

「お先に失礼します」

こんな時間までなにをしていたのだろうと思いつつ、すれ違う時にそう声をかけたが、彼は「どうも」と愛想なく返し、さっさと職員室に入っていく。

正面玄関を出て緩やかなスロープを歩きながら、ひかりはこの前目にした相庭の様子を思い出していた。普段はめったに感情を出さないくせに、アイリンを見つめていたあの眼差《まなざ》しはいったいなんだったのか。彼女の容姿が目を引くことはわかっているが、隣にいるひかりに気づかないなんてことがあるだろうか。

「ま、どうでもいいけど」

相庭のことを考えるとムカムカしてくるので、頭の中からいったん追い払い、自転車置き場に向かって歩く。歩きながら日よけ用の帽子をリュックから取り出し、目深に被った。

通用門を抜けてから自転車に跨ると、ひかりは学校の前の坂道をゆっくりと下っていった。

毎日こうして自転車で走っていると、徐々に江堀市のことがわかってきた。マンモス団地が立ち並ぶ区域や、水柄会館の近くに開発された戸建ての分譲住宅地など、六年二組の児童たちが住んでいる場所も把握し、ずいぶんとこの地域に馴染んできたような気がする。

アパートに戻る前に、水柄会館がある方向にハンドルを切った。会館前にはスーパーがあり、酒屋や米屋、リサイクルショップなどの小売店も並び、それなりになんでも揃う。

「あれ、あの子、どうして」

休暇中の食料をスーパーで買っておこうと駐車場に入っていくと、知った顔を見つけた。ランドセルを背負った大河が車止めのブロックの上に腰を下ろし、駐車されている白い車をじっと見つめている。

「佐内くん、なにしてるの？」

駐車場の端に自転車を停めながら、ひかりは大河の背中に声をかけた。こんなところに座りこんで、いったいなにをしているのか。学校が終わって、もう二時間以上は経っているというのに、いつからここに座っているのだろう。呼びかけに気づいた大河が顔を上げ、目を合わせる。

「佐内くん、ここでなにしてるの」

もう一度訊ねると、

「猫」

と大河が白い車を指差した。

「猫？　そこに猫がいるの」

「うん、車の下」

そういえば前に黒猫を拾っていたことを思い出す。優美とロンと三人で飼い主を探していたが、大河が飼うことになったのだろうか。ひかりはアスファルトに両手をつき、体を屈ませて車の下をのぞきこむ。

「ほんとだ。猫がいる」

だが車の下にいるのは、茶色っぽい猫だった。この前の黒猫とは違う。

「この子、佐内くんの猫なの？」

「ううん。知らない猫」

「通りすがりの猫を見てるの？　どうして？」

そんなに猫が好きなのだろうか。この子の思考は謎が多すぎる、と首を傾げて大河の顔をのぞきこむ。感情の読めない目は、会話中もずっと車の下に向けられたままだ。

「佐内くん、ここに座っていたら危ないよ。もう猫はいいから、帰ろうよ」

いくら気候がいいとはいえ、何時間もこんな場所に座っていたら干からびてしまう。

「ううん」

だが大河は首を横に振り、頑《かたく》なに動こうとはしない。

「どうして」

「運転手、待ってる。このまま車動いたら猫が轢《ひ》かれる」

「もしかして……そのためにここにいるの？　運転手に猫がいることを教えるために？」

胸を衝かれ、大河を見つめた。

「うん。なかなか戻ってこない。スーパーでなにしてる？」

ひかりは両膝を折って大河に目線を合わせた。この子はどうして、こんなに優しいのだろう。

「佐内くん、車の持ち主は、スーパーで買い物をしてるんじゃないかもよ」

都会だとそうはいかないが、水柄地区は無断駐車に対して寛大な印象がある。

「ここで待ってても、しばらくは戻ってこないかもしれないよ。猫が心配なのはわかるけど、運転手が来るのを待ってたら夜になっちゃうかも」

もう一度地面に両手をつくと、ひかりは思いきり体を屈めた。車の下に顔を潜らせ、シーッ、シーッ、と歯の隙間から音を出す。

「先生……どうした？」

「猫を怖がらせて、車の下から追い出すの。見てて、すぐに猫を移動させるから」

ひかりは大きく口を開き、歯を剝いて、シーッ、シーッを繰り返した。

シーッ、シーッ、シーッ、シーッ。

猫はガラス玉のような瞳を光らせ、明らかに警戒していた。よし、びびってる、びびってる。早くここから出なさい！　ひかりが執拗《しつよう》にシーッ、シーッを繰り返していると、

「先生、先生」

と大河がふくらはぎを、ぺちぺちと叩いてきた。

「ちょっと待ってっ。いまかなり追い詰めてるから。あともうちょい」

猫が後ずさりするのを見て、手応えを感じる。あと五十センチほど動いてくれれば、猫は車の下から出るだろう。シーッ、シーッ、ほらほら怖いでしょう、シーッ、シーッ。シーッ、シーッ。猫の体半分が車の外に出たところで、大河がひかりの足首をつかみ、ぐいと引っ張ってきた。

「だから、ちょっと待ってよ佐内くん。もうちょいなんだから」

『おおきなかぶ』の子どものように、力任せに足を引っ張られ、ひかりの体が地面を滑った。

「待って待って、あとちょっとだから」

「あのさ、車の人、戻ってきた」

「えっ。そうなの」

車の下から頭を抜き出し、慌てて上半身を起こす。急に体勢を変えたせいか、めまいを覚

える。

「佐内くんはスーパーに用事があったの？」

自動ドアの横に重ねて置いてある買い物カゴを手に取りながら、隣を歩く大河に話しかけた。自宅とは反対方向にあるスーパーに立ち寄ったということは、買い物に来たのだろう。

大河はハーフパンツのポケットから千円札を一枚取り出し、「お母さんにお金もらった。猫の缶詰買いに来た」と頷く。

「猫って？　前に拾った黒い猫？」

「うん」

「佐内くんが飼ってるの？」

「ううん、みんなで。優美とロンと知らないおばあさんとか、みんなで」

あの黒猫は地域の猫になったということだろうか。でも生き物を飼うことは、大河にとってはプラスに働くかもしれない。自分の食事には関心がなくても、猫のエサはこうやって買いに来るわけだし……。

「そっか。先生も買い物に来たのよ。一緒に見て回ろっか」

大河にもカゴを持たせ、二人で一緒に店内を回った。レタス、トマト、キュウリ、卵といった食材を選んでいるひかりの隣で、大河がキャットフードとスナック菓子をカゴの中に放り込んでいる。

「そうだ、佐内くんはインスタントラーメンって作れる？」

「ううん」

「じゃあ作り方を、先生が教えるよ。いまから家でラーメンを作る練習しよう」

鍋で湯を沸かし、そこに乾麺を入れてほぐす。インスタントラーメンの作り方はいたって簡単だ。でもそれだけのこともできない子どもがいる。教わっていないことを、子どもが進んでやることはない。インスタントラーメンだって教えてもらわなければ、作れるわけがないのだ。

「味噌、醤油、塩だったらどの味が好き？」

インスタント食品の陳列棚から、二人で一緒にラーメンを選んだ。鍋で作るものと、カップにそのまま湯を注ぐもの。両方をカゴに入れていく。卵のコーナーにも連れていき、一パック手に取った。大河が持っている千円で買えるのはたぶん、これくらいだ。

ひかりはさらにカット野菜の袋を一つと、鍋や計量カップ、箸とスポンジ、食器用洗剤などを自分のカゴに入れた。インスタントラーメンを調理して食べる。食べた後はきちんと後片付けをしておく。今日はそれだけのことを、大河に教えるつもりだった。

「お母さん、今日は家にいらっしゃるの？」

食事代をもらったということは、家にいるのだろうか。いまから大河の家に行けば会って話ができるかもしれない。

「朝はいたけど、たぶんもういない。仕事」

スーパーから外に出ると、心地よい風が吹いてきた。日中は夏を思わせる暑さだったが、この時間帯はさすがに涼しい。

「おじいさんは？　もう退院されたの？」

ひかりは自転車を押して歩き、大河が隣に並ぶ。

「ううん」

「そっか……。寂しいね」

「うん。でも今日ヤマトがいる」

「ヤマトくん？　お友達？」

「ううん、猫。黒猫だからヤマトにしようって、優美が名前つけた。いま裏の庭に遊びに来てる」

商店街から続くこの地区で一番広い道を、大河と並んでゆっくりと歩いた。道路の先には名前も知らない小山が、日が沈んだ後の淡い空気の向こうに霞んで見える。

「佐内くんはゴールデンウィーク中、なにして過ごすの」

「わからない」

「外に出かけたりはしないの？　ずっと家にいるの？」

「ゲーセン行きたい……。でも大人いないとダメだって、先生言った」

水柄地区から車で二十分ほど離れたところにある大型スーパーの店舗名を、大河が口にする。そういえば六年二組の他の子どもたちも、このゴールデンウィークにその大型スーパーに連れて行ってもらうと言っていた。

大通りから舗装がひび割れた細道に入ると人の気配がすっかりなくなり、景色に空き地が増えていった。腰の辺りまで伸びた雑草がいたるところに生え、視界が緑で埋まっていく。

「先生行ける？」

緩やかな坂道を下り、薄い藪《やぶ》を抜けたと同時に大河がひかりに訊いてきた。目の前には幅の狭い石造りの階段がある。

「大丈夫。行けるよ」

そういえば初めて大河の家を訪れた時も、彼はこんなふうに訊いてきたなと思い出す。その時と同じように、大河が自転車の後ろ側に回りタイヤを持ち上げてくれる。

「よし、頑張ろっ。いっせいのーで」

自転車の前輪を浮かせると、一歩ずつゆっくりと石段を上がっていく。静けさを増す春の夕暮れに、二つの足音が重なって響いていた。


「じゃあまず、お湯の沸かし方を教えるね」

エサをあげに裏庭に回っていた大河が戻ってくると、青いタイルが貼られた古い台所の前に二人で並んだ。

「手順は簡単だから見ててね。まずお鍋に水を入れるの。水はこの計量カップで量るんだけど、ほら見て、ラーメンのパッケージの裏に必要な量が書いてあるでしょう。このラーメンだと四百ミリリットルだからカップ二杯ぶん」

買ってきた計量カップで大河に水を量らせながら、ひかりはスポンジに洗剤をつけて流し台を擦った。ステンレス製の流し台には青緑色の黴《かび》があちらこちらに生えている。

「そうそう。水を量ってお鍋に入れたら、あとはコンロの上に置いてスイッチを回すんだよ。いい？　見ててよ」

チチチチという音の後に、青い炎がぽっと点いた。大河が目を見開き炎を見つめている。

「火を点けた時は、絶対にそばを離れないで。約束だよ。じゃないと火事になっちゃうから。わかった？」

火事の危険性を考えると、ガスコンロの使い方を教えないほうがいいのかもしれない。でも誰かが教えなければ、この子はいつまで経っても火を扱えないだろう。大河ならきっとできる。ひかりはそう判断する。インスタントラーメンが自力で作れるようになれば、一人でいても温かい食事を食べることができる。

「麺を茹でる時間も袋に書いてあるからちゃんと守ってね。はい、沸騰しましたー。小さな泡がぶくぶく出てきてるでしょ？　このタイミングで麺と一緒に野菜も入れて」

茹で上がったら粉末スープを入れてかき混ぜ、買ってきた卵を割り落とせば立派な一食になる。ちょうどいい器がなかったので今日は鍋のまま食べるよう伝え、この連休中に百均までラーメン鉢を買いに行くことにする。

「家に自分しかいなくても、食べる前には手を合わせて『いただきます』って言ってね。そうしたら外でも同じようにできるから」

「うん。いただきます」

「熱いからゆっくりフウフウして食べなさい。その間に先生は部屋を掃除してるね」

板の間のちゃぶ台の前に大河を座らせ、ひかりは隣の部屋に入っていく。一緒にインスタントラーメンを作ったり、部屋を掃除したり、虫退治をしたり……。自分がやっていることを、それは教師の仕事ではないと非難する人はいるだろう。教師という立場を越えた行為であることは、十分わかっている。でも見過ごせないのだ。ゴミにまみれて生活する自分の教え子を、どうしても放っておけない。これは教師の仕事ではない。私の仕事だ。

大河の部屋に入り、色褪《あ》せてもう元の模様がわからなくなっている薄いカーテンを開けた。窓を開けて換気をしながら、部屋を埋めつくすスナック菓子の空き袋とペットボトルを片っ端からゴミ袋に入れていく。ゴミ袋はバルサンを焚《た》きに来た時にたくさん買っておいた。

「佐内くん、おうちに洗濯機ってある？　先生、できればシーツを洗いたいんだけど」

茶色の染みがつき、異臭を放っているシーツを敷布団から外そうとした時だった。敷布団の下にあった、冷たく硬いものに手が触れた。携帯電話だ。ひかりが持っている機種とは違う、銀色のフレームで角ばったフォルム。

「ねえ佐内くん、この携帯は誰の？　布団の下にあったんだけど」

携帯を手に居間に顔を出すと、振り返った大河の顔が引きつっていた。

強いバネに弾かれたかのように立ち上がり、手を伸ばして駆け寄ってくる。

そして強引にひかりから携帯を奪うと、ハーフパンツのポケットに押し込んだ。

「なになに、どしたの。そんなにびっくりしなくても。誰の携帯？　佐内くんの？」

大河はひかりを見てなにか言いかけ、だがすぐに口を閉じて目を伏せた。わかりやすく、全身で動揺している。前に訊ねた時はたしか、「家に電話がない」と言っていたような気がする。それは「固定電話はない」という意味だったのだろうか。

「……じいちゃんの」

か細い一言が大河の口から絞り出される。

「おじいさんの？　どうしておじいさんの携帯をあなたが持ってるの」

「じいちゃん、入院した……忘れてった」

「そう」

明らかになにか隠している様子だったが、それ以上訊くことはしなかった。携帯を使ってゲームをしたり、エッチな動画を見ていたりしたのだろうか。あまりに狼狽している姿が可哀そうに思えてきて、それ以上問い詰めることはやめておく。

「携帯は高価なものだから、ちゃんと保管しておかなきゃ。布団の下なんかに置いてたら、画面がひび割れちゃうよ」

ひかりが言い含めると、大河が頰を引きつらせたまま、神妙な顔つきで頷いた。

ゴールデンウィークも明日で終わりとなった夕刻、ひかりはベッドに腰かけて日記帳を読んでいた。表紙に四つ葉のクローバーのイラストがあり、その四つの葉がピンク、黄色、水色、黄緑色に塗られた五年日記。毎日欠かさず記しているわけではないけれど、文章を書くのがわりに好きなので誰にも話せない思いを書き溜めてきた。

一番新しいのは水柄小への赴任が決まったこの三月に書いたもので、一番古いのが五年前、大学四年生の時のもの。教育実習先で出会った女児が亡くなった後、精神的に追い詰められ、それをきっかけに自分の感情を文章にして吐き出す習慣ができた。

『今日、教育実習先の担当教員、梶谷先生から連絡があった。』

日記帳の最初のページを開くと、二十一歳の自分が語りかけてくる。

児童や保護者との関係、同僚の教師の理不尽さ、山積みにされた業務に圧し潰されそうになり、教師を辞めてしまいたいほど仕事に行き詰まった時は、この文章を読み返すことにしていた。

『昨日、私はなにもできなかった。昨日だけじゃない。綾乃を初めて見かけた時からずっと私はなにもできなかったし、しなかった。

そんな苦しい後悔を、もう二度としたくはない。』

なりたくて教師になったのだから、少々のことでへこたれてはいけないと、自分に言い聞かせる。

そしてこのページの左端には、こんな一文を書いている。

『あなたがこの世で見たいと願う変化に、あなた自身がなりなさい』

インド独立の父、マハトマ・ガンディーの言葉だ。

日記帳を開いたまま、ベッドにごろりと横になる。結局この休み期間中は、仕事ばかりしていた。児童たちの家庭調査票を見直したり、住所を水柄地区の地図上に書き込んだり、授業の準備をしたり。友達からご飯の誘いもあったけれど、都心へ出ていく億劫《おっくう》さもあって断ってしまった。それに二組には問題が山積みで、心の余裕もない。

コーヒーでも淹《い》れようかとベッドから起き上がり、キッチンに向かおうとしたところで携帯が鳴り、テーブルに手を伸ばす。画面を見れば、まったく憶えのない番号が浮かんでいた。

「はい？」

名乗らずに電話に出ると、

『失礼ですが、こちらは水柄小学校の澤木先生の携帯の番号でしょうか』

男の低い声が聞こえてきた。

「そうですが」

嫌な予感が耳から、全身に広がっていく。

『私、八王塚《はちおうづか》警察署の榎本《えのもと》と申しますが、実はこちらで今田真亜紅くんを保護しております。今田くんがご両親の連絡先を教えてくれず、唯一口にしたのがこちらの番号でしたので、ご連絡させていただきました』

「今田くんを、保護……？」

『はい。詳しい事情はお会いしてからお話しさせていただきますので、これから署に来ていただくことは可能でしょうか』

一瞬、たちの悪いいたずらかと思った。

「あの、今田くんはいま近くにいますか？　彼と話したいんですけど」

『ちょっとお待ちください』
二、三秒の間を置いた後、電話口の向こうで息を短く吸う気配を感じた。
「もしもし今田くん？　澤木です」

電話の向こうにいるはずの真亜紅に話しかけてみたが、返事はない。でも微かに聞こえる息づかいを、ひかりはなぜか真亜紅のものだと確信した。

『いや、すみません。ちゃんとここにいるんですが、どうしてか口をきかないんです。保護してから四時間以上だんまりで、いまようやくこちらの電話番号を告げてきたわけでして……』

髪は茶色がかった短髪で、身長は百五十センチくらい。目が大きくて、ブルーのTシャツを着ていて……と男が真亜紅の特徴を口にし始めたので、途中で遮り、

「八王塚警察署ですね。いまからすぐに向かいます」

と伝える。無言のまま電話の向こうにいるのは、間違いなく真亜紅だ。それを疑っているわけではない。

電話を切るとすぐに、ひかりは出かける支度を始めた。八王塚警察署の住所は後で調べるとして、とりあえず八王塚駅に向かえばいいだろう。水柄会館前から三十分ほどバスに乗って立木駅まで出て、そこからＪＲ中央線に乗れば十数分ほどで行ける。


八王塚警察署に到着したひかりは、建物の二階、廊下の突きあたりにある補導室に通された。出入口にパーティションが立てられた六畳ほどの部屋は天井も壁も白く明るく、カーテンの黄緑色は爽やかな新緑の季節を思わせる。だがくもりガラスの窓には鉄格子が取り付けられ、ここが警察署の一室であることを伝えてくる。

真亜紅は部屋の中央に置かれた丸テーブルの前で椅子に座り、うな垂れていた。その細い首と薄い背中が、教室にいる時よりもずっと小さく見える。

「今田くん、先生来たよ。大丈夫？」

胸が圧し潰されたかのように苦しくて、喉が詰まった。ひかりは自分の体が震えていることに気づき、静かに深呼吸する。でも震えは止まらない。

「どうぞお座りください」

電話をかけてきた、榎本という警官が真亜紅の隣に座るよう促し、自分は丸テーブルを挟んで向かい合った席に腰を下ろす。

「実は本日の午後二時過ぎに、八王塚駅の近くで違法ドラッグの売買がありまして、売人数名と客を逮捕したんです」

ドラッグという言葉を耳にしたとたん、視界が狭まった。背景が目に入らなくなり、奥歯を噛み締めたまま真亜紅の横顔を見つめる。

「結論から言いますと、今田くんは売買には関与していませんでした。ただその現場にいたので話を聞かせてもらおうと思って補導したわけですが」

取引が行われていたのは、駅から二十分ほど歩いた場所にある小さなライブハウスだったと榎本が説明する。一年以上前に閉店していて、いまは売り物件となっているのだが、この店が違法ドラッグの売人たちの溜まり場になっていた。

「あの、今田くんは……うちの児童が、どうしてそんな場所にいたんでしょうか」

膝の上で両手をきつく握りしめ、声を絞り出す。真亜紅はなにをしに八王塚に来ていたのか。売買には無関係だったと榎本は言うが、だったらどうしてそんなライブハウスなんかに……。

「それを、私のほうからもずっと訊ねているんですがね。ごらんの通りだんまりでして。ただ逮捕した者たちから、今田くんはなにも知らずにその場にいただけだという供述がありましてね。駅の近辺をふらふらと退屈そうに歩いていたから声をかけて、連れて行ったようです」

「連れて行ったたって……。どうしてドラッグの売人が、小学生に……声をかけるんですか」

「それはわかりません。あいつらのやることには脈絡がなくてね。おもしろがってというか、その場のノリで声をかけただけかもしれません」

「その場のノリって……そんな……」

動揺しながらも、真亜紅が事件に関与していないのは間違いないようで胸を撫でおろす。怖い者知らずのこの子なら、誘いに乗ってついて行ったとしても不思議はない。

「さっそくですが、澤木先生にいくつか、お伺いしたいことがあるんですが」

榎本に訊かれるまま、真亜紅の住所や家族構成を伝えていく。ひかりが勝手に自分の話をしていることに怒ったのか、それまで無反応だった真亜紅が上目遣いに睨んでくる。だがそんなことは気にせずに、ひかりは自分の知り得る限りの情報を榎本に伝えた。

「わかりました。本来なら保護者に来てもらうのですが、今日は先生と一緒に帰ってもらっていいですよ」

「ありがとうございます。母親には私からきちんと伝えておきますので」

「そうしてください。いや、現場で補導してからずっとこの調子で困ってたんです。たまたま現場にいただけだということは他の者から聞いて知っている、君に罪はない、だから親の連絡先を教えてくれ。そう何度も頼んだんですけど、黙ったままでね。こちらも根負けしそうなところでようやく澤木先生、あなたの携帯の電話番号を口にしたんです」

かれこれ五時間近くもここで睨み合っていたのだと、榎本がちらりと真亜紅に視線を向ける。素直に親の連絡先を教えてくれたらすぐに解放したのにと、ため息をつく。

「いろいろご面倒をおかけしてすみませんでした。ありがとうございます」

ひかりは榎本に向かって頭を下げ、隣にいた真亜紅にもお辞儀をするよう促した。


八王塚警察署の正面玄関を出ると、辺りはすっかり夜になっていた。正面から吹きつけてくる風にひんやりとしたものが混ざり、いままで気を張っていて気がつかなかった心細さが、ひかりの中で大きくなっていった。

「今田くん、待って」

外に出ると真亜紅が一人で勝手に歩き出したので、その後を追いかける。

「待ってって、言ってるでしょ」

真亜紅に追いつき、ブルーの半袖シャツから伸びる腕をつかむと、驚くほどに冷たかった。

真亜紅が手を振りほどこうと身を捩ったが、強く握って離さない。

「ねえ今田くん、お腹すいてない？　なんか食べてから帰ろうよ」

黙りこんだままの真亜紅の腕をつかんで、そのまま歩いた。この辺りに飲食店は見当たらないが、駅前にはたくさん並んでいたはずだ。

「ラーメンでもカツ丼でもハンバーガーでも、今田くんの食べたいものでいいよ。なにが食べたい？　先生の奢《おご》り」

「……マック」

「オッケー。じゃあマックにしよう。たしか八王塚駅の前にあった気がする」

真亜紅はひかりの手を面倒くさそうに振り払ったが、おとなしく歩いてついてきた。タクシーを拾うために、大通りに向かう。

「ねえ、今田くんはどうして今日、八王塚にいたの？　なにか用事でもあったの」

彫りの深い横顔を見つめながら、アイリンから聞いた話を思い出していた。母親が、真亜紅の顔をドライヤーで殴って鼻の骨を折ったという話。あんなに硬いもので殴られ、どれほど痛かっただろう。

大通りまで出ると、道の端に立ってタクシーが通りかかるのを待った。排ガス混じりの夜風になぶられながら、目の前を流れていく車のライトをぼんやりと眺める。

騒音にかき消されないよう、ひかりは声を張った。一メートルほど離れて立つ真亜紅が、尖《とが》った鼻先をひかりに向ける。

「今田くん、ありがとう」

「今田くんが先生の携帯の番号を憶えていてくれたこと、驚いた。それに、先生の番号を警察署で口にしてくれたことも嬉しかった」

微笑みかけると、真亜紅がぷいと顔を背ける。そういえばこの子が自分に笑顔を見せてくれたことは一度もない。仲良しの男子たちの間では笑うこともあるけれど、その笑みがひかりに向けられたことはまだない。

「今日みたいに、自分は悪くなくても事故や事件に巻き込まれることってあるよね。だから自分が困った時に誰かを頼るのは、とても大事なことなの。今日は先生に連絡してきてくれて、本当にありがとうね」

黒板に書いた携帯の番号を、真亜紅は暗記していたのだろう。「休み中に困ったことがあったら、先生に電話してきてください」というメッセージは、この子にもちゃんと届いていた。

本当は真亜紅が、母親やアイリンのものではなく、ひかりの電話番号を警官に伝えた理由が他にあることは知っている。ひかりを信用して頼ってきたわけではないことも、わかっている。それでも嬉しかったのだ。ひかりのことを自分の担任だと、警官に伝えてくれた。ただそれだけで十分だった。

繁華街の一角にあるマックでダブルチーズバーガーと、てりやきチキンフィレオと、マックフライポテトのLをぺろりと平らげ、コーラのLサイズも飲み干したところで、真亜紅は大きなげっぷをした。隣の席に座る客が、眉をひそめてこっちを見てくる。

給食もそうだが、この子は食べるのが速い。水野先生が言っていたが、食べる量が多い子やスピードが速い子は生命力も強いのだそうだ。

「ねえ今田くん、お母さんの携帯の番号を教えてくれない？　もう八時を過ぎてるから、心配されてるんじゃないかな」

アイリンの携帯に電話をかけてみたのだが繋がらず、途方に暮れていた。今日中に母親と話をしたいのだが、やはり家まで行くしかないだろう。

ひかりの言葉を無視し、空になったポテトの赤い箱を逆さまにして、真亜紅は自分の口元に近づけた。顎を突き出すようにして上を向き、残っている細かな欠片《かけら》まで口の中に入れる。

「いま仕事中だし、電話かけても出ないよ」

満腹になって気分が良くなったのか、真亜紅がやっとまともに答えてくれる。

「そっか。どうしよっか……」

ポテトの欠片を食べ尽くすと、トレーの上のハンバーガーの包み紙をぐしゃりと両手でまとめ、真亜紅が席を立った。店に置いてあるゴミ箱に、包み紙や紙カップを捨てに行った後、振り返ることなく足早に店を出ていく。

ピンクや赤のネオンが艶《あで》やかに浮かぶ歓楽街を、ひかりは真亜紅と並んで歩いた。酔客で溢れるこの通りに、真亜紅のような小学生など、どこにも見当たらない。水柄地区から四十分以上もかかるこの街に、この子はいったいなにをしに来たのだろう。

「おいマーク。なんだおまえ、女できたのか」

突然大きな声で話しかけられ振り向くと、若い男がひかりの顔をのぞきこんできた。銀髪というのだろうか。白髪にも見える色素の薄い髪を伸ばし、後ろで束ねている。耳の軟骨部分と鼻に嵌《は》め込まれたリングピアスが痛々しい。

「はじめまして。おれ、ケイでーす。お姉さん、うちの店に遊びに来てよ」

店名と「K」というアルファベットが印字された名刺を手に、男が体を寄せてきた。この辺りのどこかの店の店員なのだろうか。強い香水の匂いが鼻を突く。

「やめろって。この人先生だし」

「このちっこいのが先生？　おまえの？」

「そうだけど」

「なんだよおまえ、まだ学校なんか行ってんのかよ。無駄無駄、早いとこやめちまえ」

ケイが笑いながら、ひかりに差し出していた名刺を引っ込める。近くで見ると首が細く、体全体の肉付きも薄いので、まだ十代かもしれない。

「それよか今日、メイサ店に出てんの？　メイサいるなら後で行こっかなー」

「出てない。行かなくていい」

「つうことは出てるんだなー。オケ、行くわ。じゃあね先生。ボクにも今度、お勉強教えてね」

軽口を残し、ケイが自分たちを追い抜き、歩き去っていく。

「あの人誰なの？」

ケイが視界から消えると、ひかりは小声で真亜紅に訊ねた。昼間もこんな感じで軽く声をかけられ、事件に巻き込まれたのだろうと容易に想像できる。八王塚は、真亜紅にとって馴染みのある街だということはわかった。普段からここまで出てきて、遊んでいるのかもしれない。

「あんなやつ、どうでもいいって」

「じゃあメイサは？　メイサって誰」

ケイの言葉が気になって質問を重ねたが、真亜紅は聞こえないふりをして歩いていく。

「このゴールデンウィーク中、今田くんはなにしてたの?」

にぎやかさを増す歓楽街を、真亜紅は慣れた様子で歩き、ひかりはその背を追っていた。

「魅惑の官能アロマエステ」「75分　18000円」「若奥さん集めました」といった小学生には見せたくないような看板の前を早足で素通りし、真亜紅は狭い路地を右に左に曲がっていく。駅までの近道も頭の中に入っているようだ。

「なにも。サウとゲームしたくらい」

「佐内くんの家に遊びに行ったの?」

「昨日行った。あいつ、おれにラーメン作ってくれた。でも卵割るの失敗して、殻が麺に交ざって」

その時の様子を思い出したのか、真亜紅が唇を歪める。嚙むとガリガリしたけれど、「卵の殻なんだから栄養はあるだろ」と言いながら二人で最後まで食べたのだと話してくれる。

「そういえば今田くんと佐内くんって同じ保育園なんだよね。以前は同じ団地に住んでいたのよね?」

「そう、うちのママが喋れんのは、サウのママだけ」

サウのママも水商売だから、と真亜紅がさらりと口にする。

「先生、おれがサツに連れてかれたこと、ママには言わないで」

「そういうわけにはいかないでしょ、でも心配しなくていいから。だって今日のことは、今田くんが悪いわけでもないし。あとね、『サツ』とかそういう言い方はしないで。いい言葉じゃないよ。聞いてる人が不快な気持ちになるから」

ひかりの言葉に不満げな表情を返し、真亜紅が歩くスピードを上げた。ひかりも駆け足でその細い背中についていく。


「鍵がない」

玄関のドアの前まで来ると、これまで黙りこんでいた真亜紅が口を開いた。ひかりに聞かせるというよりも、独り言のように呟く。

「え、どういうこと。鍵、どこかに落としちゃったの？」

「違う。鍵を持ってない。家を出た時は姉ちゃんがいたし」

ドアの横にある呼び出しブザーに真亜紅が手を伸ばし、指先を叩きつけるように連打する。だが繰り返しブザーを鳴らしてみても、中からはなんの反応もなかった。

「しょうがないね。一緒に待とうか」

ひかりもアイリンに電話をかけてみたが繋がらない。時間はもう十時を回っていて、真亜紅だけを残して帰るわけにもいかず、彼を誘って団地の敷地内にある公園に向かう。

公園といっても小さな砂場と鉄棒しかない、作り手の気合がまったく感じられない場所だった。もうここで遊ぶ子どももいないからか、直す予算がないのか、設置されている木製ベンチも腐りかけている。ひかりは二つあるベンチのうち、ましなほうを選んで腰かけた。隣に座るよう言ったけれど、真亜紅はひかりから離れたところに突っ立ったまま、どこか遠くを見ている。木々の緑が黒い影になり、風に揺れている。

「お母さんもお姉さんも家にいないことって、よくあるの？」

「ふつーに」

「そういう時はどうするの」

「別に。どうもしない」

真亜紅がふらふらと、公園の中を歩き出した。そうだった。この子はじっとしているのが苦手なのだ。

「ねえ、今田くんはどうして授業中、教室を出ていくの？　勉強がつまらないから？」

ベンチに座ったまま顔を上げ、夜空に浮かぶ星々を見ていると、ふとこの時間が貴重なものに思えてきた。真亜紅と二人でゆっくりと話せることなんて、これまで一度もなかった。

「勉強なんてやる気ない。教室にいるとイラつくし」

「イラつくのかあ……。どうしてイラつくのか、自分でわかる？」

「わかるわけないじゃん」

「じゃあ、武器を作るのはどうして？　ものを作るのが好きなら、武器以外のものを作ってもいいんじゃないの。今田くんはとても器用だし、段ボールアートとか、そういうのやってみたらどうかな」

「武器を使うと気持ちいいから。すっきりする」

「そっか。……そうだ、いまから先生の子どもの時の話をしてもいい？」

虚を衝かれたように、真亜紅がひかりを振り返った。公園内の街灯に照らされたその顔は、昼間よりもずっと幼い。

「先生ね、子どもの時に水泳を習ってたの」

小学校に入学して半年ほど経った頃に、両親はひかりをスイミングスクールに入れた。両親が水泳を習わせた理由はひかりに喘息《ぜんそく》の持病があったからで、水泳をすると呼吸筋が強くなり、喘息が改善するとどこかから聞いてきたのだった。

「そのスイミングスクールのレッスンでね、先生、コーチにすごく厳しく叱られたことがあったんだ」

ひかりを見てはいなかったが、真亜紅が自分の話を聞いていることはわかる。歩く速度がゆっくりになり、頭がわずかだがこちらのほうに傾いている。

「叱られた理由は、先生がピョンピョンって水の中でジャンプしてたからなの。『落ち着きがない』『ふざけてる』『人が話している時は静かに聞け』『小学生にもなってそんなこともできないのか』って大勢の他の生徒たちの前で怒鳴られて、先生、泣いちゃってね。その日からスイミングが大嫌いになって、スクールもやめちゃったんだ」

幼い頃の出来事なのにこんなにはっきりと憶えているのは、怖かったからだ。生まれて初めて大人の男性に大声を出され、恐怖を感じた。その男性コーチの顔はいまもはっきりと憶えていて、その声も耳の奥底に残っている。

「でもね、先生のそのじっとできない癖は、小学校の教室でも直らなかったの。先生、学校でもスイミングスクールと同じで授業中にいつも立ち上がって、どうしたって座っていられないの。自分でも知らず知らずのうちに、体が動いてしまうんだよ」

そしたらある日、担任の先生が授業を中断し、ひかりの席までやって来た。その時もひかりは立ち上がって黒板の字をノートに写していたので、叱られるのだと体を硬くしていると、先生はすぐ隣に立って「澤木さん、ごめんね」と謝ってきた。

「先生、その時、なにを謝られているのか、さっぱりわからなかったんだ。するとその担任の先生が、『こんなに椅子が低いんじゃや、座ったらなにも見えないよね。先生がすぐに気づいてあげればよかったのに、ごめんね』って」

担任の先生は両膝を折って、自分の目線がひかりと同じになるようにして、隣に並んだ。スイミングの時のように、また怒鳴られるのだと思っていたひかりは、触れた肩の温かさに泣いてしまった。

「先生ね、いまも小柄だけど、小学生の頃はもっともっと小さかったんだ。背の順はいつも一番前で。だからプールでも、立つと鼻くらいまで沈んじゃうから跳んでたんだよね。踏み台が置いてあるところは大丈夫なんだけど。教室では黒板が見えないから立ち上がって……。でもそんなこと、七歳の子どもには説明できないでしょう？　『溺れないようにジャンプしてました』『背が低いので、立たないと黒板を写すことができません』って言えればよかったんだけど、でも自分でも気づいていないことを、人に説明するなんてできないよね？　それに先生は泣き虫だから、自分の思いを口にする前に泣いてしまうんだよ」

でも担任の先生は気づいてくれた。ひかりがついつい立ち上がってしまう理由を、見つけてくれたのだ。

「学校の先生ってすごいなって、その時思ったの。自分では気づかなかったことでも先生はわかるんだなってすごく感動して……」

その日が、夢の出発点だった。自分もいつか先生になろう。幼いひかりがそんな夢を持ち始めたのは、この些細《ささい》な出来事がきっかけだった。

「だから先生、今田くんがイラつく原因を見つけたいと思ってる」

絶え間なく動いていた真亜紅の影が、砂の上に留まった。

「今田くんが武器を持ちたくなる、すっきりしたくなる理由を探して、それを解決したいと思ってる」

真亜紅の両目が、ひかりの顔を真正面から捉えてくる。なにを言っているのだと呆れたような目をしているが、いつものような鋭さはない。

「それでね――」

さらに言葉を繋げようとしたその時だった。

「帰ってきた」

真亜紅が指差す方向に、ひかりも目を向ける。

「あの人？　お母さん？」

公園と団地の間を通る道路に、人影が見えた。でも距離があって、女性か男性かすら区別がつかない。

「うん、あれ」

駆け出した真亜紅について行くと、団地の内階段を上がろうとする女の背中が、外灯に照らし出されていた。

「こんばんは。突然失礼します。今田くんの担任、澤木です」

階段の先の暗がりに向かっていく背に声をかけると、女が振り返る。顔が浮き上がって見えるのは、火の点いた煙草を口端に咥《くわ》え、携帯を操作していたからだ。

「タンニン？　ナニ？」

母親が煙草を口から外し、指の間に挟む。束ねられた金色の髪の先が、闇の中で揺れる。

「お疲れのところすみません。実は今日のお昼に……」

ひかりは真亜紅が警察に保護されたことを伝えた。どこまで日本語が通じるかはわからなかったので、できるだけ平易な言葉を使い、ゆっくりと事情を説明していく。だが話の途中で、目の前に火花が散った。

「ちょっ、ちょっとお母さんっ！」

止める間もなく、母親が煙草を地面に投げ捨て、その手で真亜紅の左耳を殴っていた。肉を打つ破裂音と同時に、真亜紅が階段下の地べたに倒れ込む。

「今田くんっ」

ひかりが叫ぶと、母親はタガログ語をまくしたてながらブルーのシャツの背中部分をつかんで、真亜紅を引っぱり起こした。そしてまた大きく腕を振り上げる。

「お母さん、やめてくださいっ。今田くんはなにもしていませんっ。その場所にいただけです。誤解です、誤解。ノープロブレムっ。お母さん、ストップですっ」

　両目を剝く母親の顔は、キレて意識が飛んだ時の真亜紅にそっくりだった。背筋が震える。真亜紅は幼い頃からこんなふうに、母親に日常的に殴られてきたのだろうか。

「お母さん、やめてくださいっ。ストップ、プリーズストップっ」

　ひかりは真亜紅と母親の間に体をねじこみ、盾になった。どうすれば母親を落ち着かせられるか、なにか方法はないかと辺りを見回す。その時だった。

「ママっ！」

　白いワンピースの裾を翻《ひるがえ》し、アイリンが走り寄ってきた。そのか細い両腕で母親の体を抱きかかえ、興奮する子どもをなだめるかのように優しい声で話しかける。

「アイリンさん、お母さんに伝えて。今田くんは警察に保護されたけど、なにも悪いことはしていないって」

　アイリンは頷くと、母親の背中を撫でながら、耳元で話し続けた。こうして見ていると、どちらが親でどちらが子どもかわからなくなる。アイリンが母親をなだめている間に、ひかりは地面に這いつくばる真亜紅の体を支え起こした。痛みが強いのか、真亜紅は両目を瞑《つむ》り、殴られた左の耳と頰を自分の手で押さえている。

　真亜紅が今日、八王塚署の警官にひかりの電話番号を告げた理由が、自分にはわかる。この子は母親と姉には迷惑をかけたくなかったのだ。家族を気遣って、だからあの部屋で黙秘し続けた。

どうすればこの母親に、真亜紅の真意を伝えることができるのだろう。

親に憎まれたい子どもなんて、この世に一人もいないというのに。

「お母さん、今田くんのことでお話があるんです。少しだけ聞いてもらえますか」

アイリンに腕をつかまれたまま、母親が敵意に満ちた目で自分を見てくる。ひかりは深く腰を折って、「お母さん、聞いてください」と頭を下げた。子どもに対するこんな暴力、許されることではない。いろいろと言いたいことが胸の中に渦巻いていたが、必死の思いで母親に対する怒りをのみ込む。いま母親との関係が悪化したら、真亜紅のことを一緒に考えてもらえなくなるから。母親の非を指摘するために、今日ここまで来たわけではない。

「お母さん、今田くん、いまのままだと学校が楽しくないと思うんです。専門の病院でカウンセリングを受けてもらえないでしょうか。いまよりずっと楽に学校に通えるようになるはずです。お願いします」

アイリンがひかりを見て頷き、通訳してくれる。なんとかして母親の協力を得るために、ひかりはもう一度頭を下げた。

「ジューマンッ」

母親が突然、大声を出した。

「ジューマンって……十万？」

人差し指を立て、ひかりは首を傾げる。

「ソウダヨッ。アタシモッテタカネ、ゼンブ。ジューマンダヨッ」

通院を許可する代わりに、十万円を支払えということなのだろうか。眉を下げてアイリンに目を向けると、「真亜紅が引き出した十万円のことを言ってるんだと思います」と説明してくれる。カウンセリングに行ってもいいが、それなら十万円の使い道を真亜紅から訊き出せとひかりに要求しているらしかった。

「わかりました。今田くんと話し合って、一つずつ解決していきます。これからよろしくお願いします」

苦し紛れではあるが、これで母親の了承は得られた。これまでは会って話を聞いてもらうことも叶わなかったのだから、一歩前進したと考えよう。前向きに。

「モウイイネ。アタシ、カエル」

ポニーテールにした金髪の毛先を揺らしながら母親が踵を返し、階段を上がっていく。

「今田くん？」

暗がりなのでよく見えないが、左耳と頬が腫れ上がっているのではないかと思い、ひかりは手を伸ばした。だがその手を真亜紅が振り払う。

「今田くん……」

「言わない」

「え、なにを？」

「金はもうない。全部使った」

　ああ、と納得する。母親とのやりとりを聞いて、ひかりが十万円の使途を問い詰めると思ったのだろう。

「なにに使ったの？」

「………」

「違法ドラッグとか、そんなおかしなものに使ったんじゃないよね」

「薬なんか買わない。そんなのに金使うなんて、クソ」

「じゃあいい。もう訊かない。先生ね、今田くんの過去の話は今後いっさいしないことにする。これから今田くんとは、いまのこの時間と、未来のことしか話さない。そう決めたから。だから今田くんもそうしてね」

　ひかりがきっぱりそう口にすると、真亜紅の目に動揺と困惑が同時に浮かぶ。

　どこからか子どもの笑い声が聞こえてきた。楽しげな家族団欒《だんらん》の声。灯りの見える窓の向こうでは、誰かが長い休みを満喫しているのだ。明るい窓からさらに大きな笑い声が漏れ出てきた。

「今田くん、大丈夫？　叩かれたとこ痛かったでしょう。お母さんにぶたれると、心まで痛くなるよね」

水柄小に着任して約一か月が過ぎた今日、自分は初めて今田真亜紅の素顔に触れた気がする。これまではこの子が過去に起こした問題ばかりが気になっていて、本心を見逃していた。だから今日が、出会い直し。そう意気込むひかりの隣で、真亜紅はふつりと口を閉じ黙ったままだ。ただ反抗的な気配はなく、その目は寂しげな光を宿し、暗がりの片隅を見つめていた。

「澤木先生、ありがとうございました。真亜紅、帰ろ」

柔らかな声に振り向くと、スクーターを押しながら歩いてくるアイリンの姿があった。帰宅したところで、母親の叫び声を聞きつけたのだろう。

「今田くん、お姉さんと一緒に帰りなさい。もう遅いから早く休んでね」

両腕を垂らしたまま突っ立っていた真亜紅の背に触れ、ひかりは告げた。アイリンと一緒になら、安心して家に戻れるだろう。この子に優しい姉がいて本当によかった。

「アイリンさん、ありがとうね。あなたが来てくれてほんとに助かっ……」

闇の中で光る小さな星に、意識がすっと吸い寄せられる。アイリンが押しているスクーターの鍵には反射素材の星形のキーホルダーが付けられていた。星が動きに合わせて揺れている。自分はこの星を、どこかで見た。

どこかでって、どこで……？　鼓動が激しくなり、胸がざわつく。暗闇に揺れる星から、目が離せない。

「澤木先生、さようなら。真亜紅、駐輪場までついてきて」

「あ、さよ……なら」

遠ざかっていく姉弟の背中を見つめながら、ひかりは突如起こった胸騒ぎの正体を、しばらくずっと考えていた。

7

学校には自然が溢れている。フェンスに沿って植えられているハナミズキを眺めながら、ひかりは通用門から駐輪場まで自転車を押して歩いていた。自転車置き場近くにある花壇には濃いピンク色のツツジが咲き誇り、五月の新緑を引き立てている。

「澤木先生、おはようございますっ」

いつもより三十分も早く出勤したのに、駐輪場にはすでに人の姿があった。五年生を担任する黒金が、フルフェイスのヘルメットを被ったまま挨拶してくる。

「おはようございます。早いですね、まだ七時前ですよ」

「運動会ですからね。いろいろ準備もあるんで、気合入れて来ました」

ヘルメットを外し、黒金が笑いかけてきた。ひかりも笑みを返し、駐輪場の一番手前に自転車を停めて鍵をかける。今日は二人ともジャージ姿での出勤だった。

「澤木先生？　どうしたんですか」

無意識のうちに黒金の手の中にあるバイクの鍵を凝視していたようで、「可愛らしいキーホルダーだなと思って」と慌てて取り繕う。このところ鍵に付いたキーホルダーを確認してしまう。黒金の手にあるキーホルダーは、漫画のキャラクターだった。

「ああこれ、鬼滅の煉獄さんなんです。実はぼくもはまっちゃって。読みました？」

黄色い髪をした剣士のフィギュアを指差し、黒金が笑う。

「……澤木先生？　このキーホルダーがどうかしましたか」

ひかりが黙っていたからか、黒金が大柄な体を傾け、顔をのぞきこんでくる。

「あの、黒金先生……。鍵に、星形のキーホルダー付けてる人って知りません？」

アイリンがスクーターの鍵に付けていた、星形のキーホルダー。あれと同じものを、自分はいったいどこで見たのか。妙に気になってしまい、頭の隅から離れない。

「さあ。人の鍵なんて見てませんからねぇ」

「ですよねー。すみません、おかしなこと言って」

二人で並んで歩きながら、駐輪場から続くスロープを足早に歩いていく。朝方まで小雨が降っていたので心配だったが、いまはすっかり晴れわたっていた。

一番乗りだと思っていたが、職員室にはすでに数人の教師たちが座っていた。驚いたのはその中に相庭がいることだった。これまで約一か月半、一緒に働いてみてわかったのだが、この人の授業や学校行事に対する準備は周到だった。言動に児童たちへの愛情を感じることは少ないけれど、仕事熱心であることは認めざるを得ない。

「澤木先生、おはようございます」

自分の席にリュックを置きに行くと、相庭から先に挨拶された。こんなことは珍しいので少し感動していると、「電話に出てください」と告げられる。職員室にある電話が鳴っているのだが、気づいていないのか誰も出ようとしない。はいはい、わかりましたよ、と心の中で返しつつ、ひかりは駆け足で電話を取りに行った。

「おはようございます、水柄小学校の澤木です」

『あの、私、六年一組、野呂崎博光《のろざきひろみつ》の母ですが、相庭先生はおられますか』

「はい、少々お待ちください」

保留ボタンを押して席まで呼びに行くと、相庭がすぐさま立ち上がる。朝にかかってくる保護者からの電話といえば、欠席か遅刻の連絡がほとんどだ。ただ今日は運動会なので、欠席者が出れば六年生全員で参加するダンスや組体操に影響が出てしまう。どうか、別件であってください。そう祈りつつリュックの中身を取り出していると、「一組の野呂崎、本日欠席です」と背中から、抑揚のない相庭の声が聞こえてきた。


午後一番のプログラムである応援合戦が終わると、六年二組の子どもたちが満ち足りた表情で自分の椅子に腰かけた。弁当を食べて元気が出たのか、初夏の明るい太陽のおかげか、子どもたちは全身から光を放っている。午後は応援合戦と紅白対抗リレー、そして六年生の全体競技だけなので、教師陣もあとひと踏ん張りだ。

「いい？　紅白対抗リレーが終わったら、リレー選手が退場すると同時にグラウンドの前に整列します。みんなは東門から入ってね。移動は駆け足でスピーディに。何度も練習したから憶えてるよね」

春の運動会は五月の第四土曜日に行われる。一組は野呂崎が欠席したが二組は全員出席で、それだけでもう十分だと思っている。文香が学校行事に参加するかどうかを心配していたので、体操着姿で教室に現れた時はほっとして、思わず「よかった」と呟いていた。

彼女に渡した手紙には『怪我をさせて本当にごめんなさい。先生は、あなたが事実を告げただけだということをわかっています。でもたとえ事実であっても、人を傷つける言葉があることも知ってほしいのです。先生はクラス全員に楽しい学校生活を送ってほしい。もちろんあなたにもみんなと楽しく過ごしてほしい。受験も応援しています』と一字一句、心を込めて綴った。手紙への返信はなかったし、なにか言ってくることもない。ただゴールデンウイークが明けてからは一度も、文香から敵意に満ちた眼差しを向けられることはなかった。

「じゃあそろそろリレー選手は西門に集合して。みんなしっかり応援するように」

水柄小の紅白リレーは、一年生から六年生までの全学年でバトンを繋ぐ。児童数が少ないので各学年とも二クラスしかなく、一組を白、二組を赤に振り分け、勝ち負けもクラス単位ではなく白組と赤組で点数化される。

「宙、サウ、頑張れっ」

二組の男子たちが、リレー選手の宙と大河の名前を口々に叫ぶ。女子の代表は優美とテニスクラブの寺島芽依《てらしまめい》で、「パワー注入っ」と何人かの女子たちから抱きつかれていた。

「みんな、リレー選手たちを全力で応援しましょう。心を込めた大きな声援は必ず届くからね、応援で負けちゃダメだよ」

隣の一組のほうにちらちらと視線を向けながら、声を張る。たかが運動会。されど運動会。白組には、六年一組には、相庭には、絶対に負けたくない。大人気ないと言われてもいい。相庭のクラスにはなにがなんでも勝ちたいのだ。

「スミスくん、佐内くん、高柳さん、寺島さん。ここは正念場だからね。すべての力を出し切ってきてっ」

噛みつかんばかりのひかりの激励に、四人がちょっと引いたのがわかる。でも現時点での総合得点では、十二点差で白組に負けていた。紅白リレーの配点は高いので、もし勝利すれば逆転できる。

「オッケー」

宙が神妙な顔つきで、自分の手のひらを耳の辺りまで上げる。ひかりはその手にパン、とタッチする。その隣で「先生の顔、怖い」と大河が笑っていたので、走っている最中に赤白帽が外れないよう、ゴムを顎の下にしっかり回し、頭にフィットさせた。

「先生の目の中に火が見えます。炎が燃えてる」

と微笑む優美のそばでは、芽依が両手を合わせて口の中でなにかを唱えている。

「さあ、頑張っていくよ。もし走ってる最中にハプニングが起こっても絶対に諦めないで。最後の最後まで、力を出しきること」

リレー選手の四人を西門まで送り出すと、ひかりは六年二組の座席に戻り、児童たちに交じって声援を送った。これまでの練習では勝敗は、ほぼ五分五分だった。走力は拮抗《きっこう》している。あとはバトンパスがうまくいくかどうかだ。敵陣にちらりと目をやると、相庭もまた六年一組の応援席に立ち、グラウンドに真剣な目を向けていた。

一年生から六年生まで白組二十四人、赤組二十四人、総勢四十八人のリレー選手たちが西門からグラウンドに入場していくのを、ひかりは気持ちを昂《たかぶ》らせながら見守っていた。スピーカーから流れているのは運動会の定番曲、『天国と地獄』。一年生から三年生までは、トラックの半周百メートル。四年生から六年生はトラック一周、二百メートルを走り切らなくてはならず、最後は体力勝負になってくる。

選手たちがそれぞれの配置につく。思いを込めた表情で、グラウンドに立っている。水柄小の紅白リレーの見どころは、一対一の競り合いというところにもある。よくも悪くも一騎打ちなので盛り上がるのだ。六年一組のアンカーは丸山《まるやま》という地元のサッカークラブのエースで、二組は大河だった。

「位置について……ヨーイ、ドン！」

スターティングを任されている黒金が、右腕をまっすぐ上に伸ばしてピストルを鳴らした。一年生の女児二人が、ヒヨコのように駆け出していく。グラウンド全体から、今日一番の歓声が沸き上がり、瞬く間に熱気がグラウンドに渦を巻いた。

抜きつ抜かれつしながら、リレー選手たちが懸命にトラックを走っていく。

「うわぁっ、これは接戦だねっ」

抜かれては抜き返すを何度も繰り返しているうちに、あっという間にバトンは五年生にまで渡ってきた。五年生の男女四人が走り終えたら、いよいよ六年一組と六年二組の対決が始まる。よし、いい感じできてる。順位はほぼ変わらない。わずかに一組のほうが前に出ているが、この程度なら巻き返すことはできる。

リレーの練習は昼休みの時間内にすることもあれば、放課後に残って行うこともあった。テイクオーバーゾーン内でのバトンの受け渡しを憶えたり、走順を確認するのが主な練習内容で、それだけで三十分近くかかる。本番と同じように全員が走り、午後五時を回ることが何度もあったが、それでも児童たちは文句を言わずに練習を続けてきた。二組の子どもたちも声をかけ合って練習に参加していたので、ひかりはとても嬉しかったのだ。

赤組五年生の男子から、芽依にバトンが渡された。バトンパスの時に詰まってしまい、その隙に一組の女子がさらに前へと出ていく。一組のリレー選手は、バトンパスやコーナーを回るのが得意だ。直線でのタイムは負けていないのだけれど、そうしたところで差が出てしまうのが怖い。

「寺島さん、頑張ってーっ」

芽依が少しずつ引き離されていく。歯を食いしばり、懸命な表情で食らいついているが、後半になると二メートルほどの差ができてしまった。

「スミスくんっ、しっかりーっ」

最後は足をもつれさせるようにしてテイクオーバーゾーンに芽依が入ってくると、宙が腕を伸ばし、バトンを受け取った。宙はスムーズにバトンをつかむと一組の第二走者、真田《さなだ》の背中を追いかけていく。獲物を追うライオンのような力強い走りに、赤組応援席が大きく揺れた。「ソラ、ソラ、ソラ、ソラー!」という宙コールが響き渡る。

残り五十メートルの直線で、宙が真田をとらえた。真田は真横に並んだ宙の進路を妨害するように、わざと手を大きく横に振ってきた。宙は動揺することなく、少し外側に体を反らし、そのまま切れ込むようにして真田の前に出る。

「スミスくん、いいよーーっ」

ひかりは絶叫し、でもその大声がかき消されるほどの声援が、応援席から雪崩《なだれ》のようにグラウンドに押し寄せる。

「高柳さん、しっかりーっ」

　バトンは宙の手から第三走者の優美に渡った。長身の優美が大きなストライドでコーナーに差し掛かるのを、ひかりは祈るような気持ちで見つめる。優美はコーナーを苦手としていた。コーナーを走る時は少し左肩に寄りかかるようにして、ストライドを小さくするようにと黒金から指導を受けていたのだが、本番でうまくできるだろうか。

「高柳さーんっ、焦らないでいいよっ」

　優美に自分の声が届いているとも思えないが、叫ばずにはいられない。何度も何度も練習していたコーナーの走りを、なんとか成功させてほしかったから。しかし、蛍光イエローのランニングシューズを履いた一組の女子が、滑らかなコーナリングを見せながら背後から迫ってきていた。

「あああっ」

　ひかりの叫び声よりも早く、場内にどよめきが起こった。コーナーを出る直前に、優美が転倒した。足がもつれ、なのに上半身は前に出ようとしてバランスを失ったのだ。だが優美はバトンだけはしっかりと握りしめていたのですぐさま立ち上がり、一組女子の背中を追いかける。その差は四メートル、いや五メートル……。優美は練習中にも何度か転倒していた。その理由をひかりは知っている。彼女が履いている靴の裏が擦り減って、つるつるしているからだ。

「運動会までには新しいのを買ってもらいます」

滑って転ぶたびにそう言って笑っていた優美の足元を、ひかりは見つめる。靴は新調されていなかった。ずっと履いているラベンダー色のスニーカー。

あれは、教師になって初めて迎える冬の日の朝礼だった。

「澤木さん、この子たちがいま感じている寒さは同じじゃないよ。どうしてだかわかる？」

同じ一年生を担任していた先輩教師、荒井がひかりの耳元でそんなことを言ってきた。どうしてだかわかる、と急に問われても、なんのことかさっぱりわからなかった。ナゾナゾとかクイズの類だろうかと首を捻った。

「寒さに強い子と弱い子がいる、ということでしょうか」

たとえば北海道育ちの子どもなら寒さには強いだろう。逆に沖縄育ちは、ちょっとの寒さでも耐えられないかもしれない。いや、もともと忍耐強い性格の子もいれば、我慢のきかない子もいる、ということだろうか……。ひかりが答えあぐねていると、荒井は「もっと単純なこと。着ているものが違うでしょ」とその理由を教えてくれた。ある子どもは、最高級と言われるマザーグースの羽毛がたくさん入ったダウンジャケットを身に着けている。そのダウンジャケットなら、たとえここがスキー場でも寒さから身を守ってくれるだろう。でもまた別の子どもは、誰かのお下がりの生地が薄くなった上着を身に着けている。

「こうして同じ寒空の下に立っていても、子どもたちが感じる寒さは違うの。うちの学区は比較的、裕福な家庭の子が多いけれど、それでも格差は存在している。それを私たち教師は理解しておかなくてはいけない。あの子が我慢できるんだから、あなたも我慢しなさい、じゃダメなの」

水柄小に赴任してからというもの、ひかりは事あるごとに荒井の言葉を思い出した。子どもたちは全員が同じ学校生活を送っている。だがいったん家に帰れば彼らの暮らす環境はまるで違う。これまで二十年近く教員を続けてきた荒井は、彼女の経験や知識を惜しむことなく伝えてくれた。その時はそれほど心に留まらなかった彼女の教えが、水柄小に赴任してからというもの、物事を考える時の指針になっている。

五メートルほどの差をつけられた優美が、それでも懸命に前を走る一組女子の背中を追いかけていく。腕を大きく振り、大きなストライドで直線を駆け抜けていく。

「高柳さん、最後まで諦めないでっ」

ひかりも大声で叫んでいたが、二組の子たちも首筋の血管を浮き上がらせ、めいっぱい声を出していた。「頑張れ、頑張れ」と仲間を励ます。

二つ目のコーナーを、今度は慎重に回り、最後の直線に入った時には差がさらに広がっていた。一組の女子はすでに、アンカーの丸山にバトンを渡そうとしている。

丸山が走り出したと同時くらいに、優美がようやくテイクオーバーゾーンにたどり着き、バトンを持つ右手を伸ばした。

大河は後ろを振り返ることなく、空気をつかむ軽やかさでバトンを受け取り、すぐさまスピードに乗っていく。鮮やかなバトンパスに、目と心を奪われる。

赤組応援席から耳が痛くなるほどの大歓声が起こり、われに返ると、大河が第一コーナーを回っていた。丸山は五メートルほど先を、完璧なフォームで走っている。

歓声がさらに大きくなった。

大河が少しずつ、わずかだけれど、その距離を縮めていたからだ。

速い——

どうしてこんなに……速いの？

体育の授業でタイムを計った五十メートル走でも、昼休みや放課後のリレー練習でも、大河が本気を出していなかったことに、いま気づく。五十メートル、７秒２。たしかそれがあの子の最高記録だった。そのタイムは、二組の男子の中では最速だった。でも違う。この子の実力はそんなものではない。

第二コーナー、トラックの残り百メートルに入ったところで、大河の赤白帽が空に跳ねた。

「サーウ！　サーウ！　サーウ！　サーウ！」

六年二組の応援席から「サウ」コールが起こり、その声が届いているのか大河がぐんぐんとスピードを上げていく。コーナーでも天性のバランス感覚の良さで、体をやや左に傾けたまま腕を振り、ほとんど減速しない。

丸山がコーナーを出る時には、大河がすぐ横に並んでいた。

「佐内くーんっ、頑張れーっ」

二人がほぼ同時にラストの直線に入ると、ゴールに白いテープが用意された。あと数秒でゴール。このまま大河が丸山を抜き去るだろう、そう確信した次の瞬間、大河のスピードが徐々に落ち始める。

「サウーっ、止まんなよ、いけーっ」

真亜紅が椅子の上に立って跳び上がっている。

「今田くん、危ないから下りて」

真亜紅を注意しながらも、視線は競り合う二人に釘付けになったままだ。

あと二十メートルというところまできて、大河が顎を上げた。

苦しそうに喘《あえ》ぐ様子に、限界がきたことを知る。

白組応援席が、これ以上ないほど派手に沸き立っていた。だが大河は失速しながらも足を止めることなく、最後まで腕を振り走りきる。大河の両目が白目を剝いたのが怖くて、まともに見ていられなくて、ひかりは両手で鼻と口を覆い、指先の上から目だけを出した。

佐内くん、頑張って、あと少し、あと少し……。

大声援の中、白色のゴールテープがふわりと空を舞った。

どっちだ――！

一組と二組、どっちのアンカーが先に入った？

ほぼ同着のゴールに場内は大きくざわついたが、係の者から一位の旗を受け取ったのは、

「やった、やった、サウすげーよっ」

大河だった。

「サウ、やっと本気出してくれたのかよぉ」

「勝った勝った、赤組の優勝だ！」

山すら揺らぐような歓声が、六年二組の応援席から起こる。子どもたちがその場でジャンプし、抱き合い、逆転勝利に拳を突き上げる。冷戦状態にあるはずの真亜紅と文香が興奮のままハイタッチを繰り返し、リレー選手の四人がこっちを向いて、ピースサインを出してくる。完全に脱力している大河の両端には宙と優美が立ち、彼の体を抱きかかえるようにして支えていた。ロンが、走っている途中で脱げてしまった大河の赤白帽を取りに行ってくれる。

二組が一つになっている、とひかりは胸を熱くした。クラス全員でいま、この勝利を嚙み締めている。まるで、色鮮やかな風船をいっせいに飛ばしたようなカラフルな歓声が、雲ひとつない青空に吸い込まれていった。

「さあ、最後の演目、しっかりいこうねっ」

リレー選手の四人が応援席に戻ってくると、ひかりは子どもたちを東門へと向かわせた。

紅白リレーの後は、六年生のダンスと組体操で運動会を締めくくる。

「みんな、練習通りのびのびと演技をしたらいいからね。最高学年の底力を、下の学年や、保護者の方々に見てもらいましょう」

二組と一組、合わせて四十三人の児童たちを前にして、ひかりは思いきり声を張った。グラウンドに太陽が反射し、自分のほうからだと、子どもたちが光に包まれているように見える。

「みんな、注目!」

整列した六年生の前で、相庭がホワイトボードを掲げた。野呂崎が欠席した分の位置の変更やパートナーチェンジの最終確認をしていく。昼休憩でもひと通りの説明はしていたが、念のための確認だった。

「組体操はだいぶん入れ替わりがあるけど、みんな、憶えられた?」

ぶっつけ本番で大丈夫なのかと急に不安になり、変更があった子どもたちに訊いてみる。するとすると宙が、

「No problem. 変更したやぐらの上に立つのはサウだし、少々土台がゆらゆらしてもオッケーだ」

と笑い、親指を立ててくる。長い時間をかけて練習してきた五人やぐらは、組体操での一番の見せ場だった。

「スミスくん、佐内くんを過信しないで。絶対にゆらゆらしないでよ」

「Yes, trust us!」

ひかりの心配などおかまいなしに、スピーカーから軽快なダンスミュージックが流れてきた。

「よし、入れ」

相庭の声を合図に、先頭が東門からグラウンドの中央に走り出ていく。最後の一人がグラウンドに入るのを見届けると、ひかりは一瞬だけ青空を仰いだ。そして子どもたちに合図を送るため、和太鼓の前に駆け足で移動した。

太陽を長時間浴び続けた気怠《けだる》さと、頭が痺れるほどの満足感にひかりは浸っていた。だが

表情だけはぐっと引き締め、子どもたちに帰り支度を促す。

「今日は本当におつかれさま。明日はゆっくり休んでください」

運動会なのでランドセルではなく、色とりどりのリュックやナップサックで帰宅していく子どもたちを、教壇に立って見送った。

黒板には誰が書いたのか、

『赤組優勝、ワッショイ、おめでとう！』

といまにも黒板から飛び出してきそうな勢いのある文字が並んでいる。赤組が、白組に勝った。たったそれだけのことだ。景品も、もちろん賞金もない。それなのに子どもたちはこの勝利をこれ以上なく喜び、そしてまた担任の自分も誇らしくて堪らなかった。

教室に誰もいなくなると、ひかりは教卓の前に置いてある椅子に座った。運動会が無事に終わった達成感と心地よい疲労感を覚えながら、椅子の背もたれに体重を預ける。水柄小に着任して、最初の学校行事を無事に終えることができた。真亜紅も今日は真剣に取り組んでいたし、なにより二十二人全員で参加できたことがクラスにとって大きな収穫となった。

そろそろ職員室に戻ろうかと椅子から立ち上がりかけたところで、ずいぶん前に教室を出て行った大河がなぜか、また戻ってきた。扉の向こうからひょっこりと顔をのぞかせる。

「どうしたの、忘れ物？」

扉の前に立つ大河が、なにか言いたげにひかりの顔を見つめてくる。今日、大河は弁当を持ってこなかった。そんなこともあろうかと、彼にはひかりが余分に買ってきたパンを渡した。もしかするとこの子の母親は、運動会があることすら知らないのかもしれない。

「佐内くん、今日は本当に大活躍だったね。おうちの人は観に来られてた？」

　大河が首を横に振ったので、ひょっとして褒めてもらいたくて戻ってきたのかと思い、ひかりは笑顔で大河を見つめた。

「リレーもだけど、組体操も素晴らしかったよ。やぐらの上で佐内くんが両手を広げている姿、先生、一生忘れないと思う。もし他の先生が写真撮ってたら、もらっておくね」

「先生……」

　大河が一歩、二歩とひかりに近づいてくる。

「どうしたの？」

「インスタントラーメン」

　誰もいないのに、大河が周りを気にしながらそっと囁いてくる。

「ラーメンがどうかした？」

「朝、ラーメン、作って食べた。卵入れた。だから、いつもより力出た」

　両耳を真っ赤に染めた大河が、「それだけ」とくるりと背を向けて教室から走り出て行く。

なんということだ、とひかりは顎を上げ、大きく息を吸いこむ。なんということ——。大河があまりに愛おしくて、涙が出そうになる。でも職場では泣かないと決めているから、鳩尾に力を込めてぐっと堪える。強くならなければ、子どもたちを守ることはできない。

言いようのない幸福感に包まれたまま、教室の隅まで歩いていって、窓を開けて外を眺めた。生ぬるい風がふわりと髪を持ち上げ、緑の濃い香りが鼻先をかすめる。ちょうど校舎から出てきた大河が、弾むような足取りで帰っていくのが見えた。大河が駆けて行った先には、彼を待っていたのか六年二組の男子たちが数人集まっている。白い体操着を着た男子が大河に向かって手を振り、じゃれ合いながら通用門に向かって歩いていくのを、ひかりは姿が見えなくなるまで見送った。

「先生……」

「あら、グエンくん」

振り向くと、体操着に赤白帽を被ったままのロンが、顔を強張らせて教室の後方に立っていた。仲良しの理乃や優美と連れ立って早々に教室を出て行ったはずなのに、とひかりは首を傾げる。

「先生、話、いいですか」

「話？　いいよ、おいで」

手招きしながら、面談をする時のように机を向かい合わせに配置した。ロンが自分から声をかけてくるなんて珍しい。

「どうぞ、座って」

ひかりが促すと、もともと硬かった表情にさらに緊張を走らせ、ロンがそっと椅子を引いた。

「先生、ぼく、今日、ダメでした」

一語一語、喉の奥を引き絞るようにしてロンが口にする。机の上に乗せている手が微《かす》かに震えていた。

「ダメって、なにが？　グエンくんは全然ダメじゃないよ。いつだってちゃんとしてるよ」

なんのことを言っているかはわからなかったが、首を振って否定する。誰よりも真面目なロンがダメなわけがない。

「ぼく、組体操、ミスです」

ロンの大きな瞳にみるみるうちに涙が溜まり、頰を伝っていく。引き結んだ唇から嗚咽《おえつ》が漏れる。

ロンは今日の運動会のことを言っているのだと思い、ひかりは頷いた。そういえば組体操の時に立ち位置を間違えて、理乃が声をかけたり、宙がロンの手を引いて動くような場面が何度かあった。本番だから緊張したのだろうと、ひかりはそう気にもしていなかったが、この子のことだから落ち込んでいるのだろう。

「グエンくんが気にするほどのミスじゃないよ。他にも間違ってる子はいたし、今日の組体操は大成功だったと先生は思ってる」

ロンの涙は頬を伝い、ぽたぽたと机に落ちた。そのあまりに静かな涙に、ひかりの胸も痛む。

「先生、ぼく、わかりません」

「なにが？」

「ぼく、相庭先生言う、わかりません。組体操、ミスです」

首をゆらゆらと揺らし、ロンが「わかりません」を繰り返す。ロンが口にする片言の日本語を丁寧に繋いでいって、ようやくひかりは、彼の涙の理由がわかった。この子は自分の失敗を嘆いているのではない。相庭の説明が理解できなかったことが辛く、その悲しみをひかりに伝えに来たのだ。

「グエンくんが日本語を理解できないのは、あなたのせいじゃないよ。だから悲しまなくていい。あなたはなにも悪くない。わかった？」

母国の小学校で、この子はきっと優秀だったのだろう、と澄んだその目を見て思う。でもある日、両親とともに言葉の通じない国にやって来た。助けを求めたくても思いを伝える手段すらなく、そんな中でこの子は必死に戦ってきた。たった一人で。

「ノート、黒板、写します。ぼく、できます」

「うん、知ってるよ。グエンくんは本当に丁寧な字でノートを書いてるよね」

ロンが黒板を写すのに困っている様子はない。誰よりも熱心に、授業に向き合っている。

「ぼく、書くできます。でも読みません。読む、わかりません」

ロンの目から再び涙がこぼれた。そうだったのかと、ひかりの頭の片隅でなにかが強く弾ける。平仮名も片仮名も漢字も、正確に、間違いなくノートに写せているので、読み書きはできるのだと思っていた。英語を習う日本人のように、聞き取りや話すのは苦手だけれど、文字は理解できるのだ、と。だがこの子はまるで絵を描くように、黒板の文字を写しとっていただけだったのだ。

「わかった。これからは先生が頑張るよ。グエンくんに、きちんと日本語を教えます。初めからしっかりと。だから……泣かないで」

手を伸ばし、柔らかい黒髪をそっと撫でた。ロンが俯いたままこくりこくりと頭を振る。

ここまでよく頑張った。言葉がわからないまま、周りに合わせていたのだろう。謙虚に、懸命に、慎重に。学校に来たくない日もたくさんあったことだろう。でもこの子もまた、両親に心配をかけたくなかったのだ。だから一人きりで耐えていた。ロンの涙が止まるのを待っている間、ひかりの頭の中には、八王塚警察署の補導室にいた真亜紅の薄く小さな背中が浮かんでいた。

さすがにもう帰ってしまっただろうと思いつつ、ひかりは保健室のドアをノックする。すると中から「はーい」という水野の声が聞こえてきた。

「水野先生」

「あら澤木先生、まだ残ってたの？」

先生こそ、とつっこみたいのを堪えて、「ちょっといいですか」とひかりは先を急いだ。

「いいわよ。まあ、とにかくそこに座ってちょうだい」

開いていたぶ厚い本を閉じ、水野が部屋の隅に置いてある丸椅子を取りに行ってくれる。

「うちのクラスのグエンくんのことなんですけど」

「ロンくん？」

「はい。先生は、今日の運動会のダンスと組体操を観ておられましたか」

「ええ、もちろん観てたわよ。救護コーナーのテント下から」

「その時のロンくんの動きって、憶えてますか」

「ところどころ間違ってたのは知ってるけど、あれくらいのミスは気にすることではないでしょ」

自分も気にしていなかったのだが、ロン自身がひどく落ち込んでいたことを、ひかりは水野に話した。

「グエンくんが言うには、相庭先生の説明がまったく理解できなかったって」

「どういうこと？」

「今日、一組の野呂崎くんが欠席したんでダンスと組体操の動きに変更があったんです。それでその変更内容を相庭先生が六年生全員に伝えたんですが、グエンくんはその説明を理解できなかったみたいで」

いまさっきロンから打ち明けられたことを順を追って話していく。よほど悩んだ末に言いに来たのだろうと、ロンの様子を見て感じ取っていた。勇気を振り絞って担任の自分に相談してきたのだ。

「そっか……そりゃそうよね……。いくら適応力が高い子どもだからといって、そんなにすぐに外国の言葉を習得できるわけがないものね。あの子の聡明さに、私たち教員も甘えてたところがあるわね」

困った様子を見せないから大丈夫なのだと思っていた。いや、そう思おうとしていただけなのかもしれない。想像力を働かせれば、来日して一年も経たない彼の苦悩を感じ取れないわけがないのにと、水野が辛そうに目を細める。

「実は私、少し前から、グエンくんは自分たちが思っている以上に、日本語を理解していないんじゃないかとは思っていたんです。教室にいる時は目立たないんですけど、運動会の練習をしている時にそんな様子が見受けられて。それで相庭先生に相談したんです。彼に日本語を教える必要があるんじゃないかって。でも相庭先生には、外国籍の子どもへの支援は自治体の裁量に委ねられてるからって言われました。それで学校側から自治体に働きかけてみようとも言ったのですが、グエンくんのご両親のことを持ち出されて……」

「ご両親がどうかしたの？」

水野に訊かれ、ひかりは不法滞在のことを話した。ロンの家族がそうと決まったわけではないが、行政に介入されることを拒む外国の人もいるから、むやみに動くべきではないのかもしれない、と。

「じゃあ澤木先生はどうするべきだと思うの？」

「わかりません」

「わかりませんって、そんなはっきり言われても」

「自分で考えてもさっぱりわからないんで、水野先生に相談しに来ました」

ひかりがそう口にすると、「澤木先生って正直よね。でもそれでいいと思う。自分を良く見せようとする無意味なプライドは、人の成長を妨げるから」と水野が笑った。

「澤木先生がロンくんに日本語を教えるしかないいんじゃない？」

「ですよね。それしかないですよね」

「あなたが忙しいことはわかってる。ロンくんよりもっと手がかかる児童が二組にいることも知ってる。そのうえでロンくんに日本語を教えるとなると、あなたに相当な負担がかかるのも事実。でもそれ以外に方法がないのであれば、やるか、やらないかの二択でしょう」

「やるか……やらないか」

前の小学校にいた時も同じようなことを言われた。教師ができることには限界がある。だから「やらない」と決めて、自分への負荷を減らすことも、この業界で生き延びるためには必要なスキルだと。

「ねえ澤木先生、保健室登校してくる子っているでしょう？　その子たちの中には卒業するまで保健室に来る子もいれば、途中で教室に戻っていく子もいるの。その違いってなにかわかる？」

水野が椅子から立ち上がり、冷蔵庫のほうへと歩いていく。扉を開け、中からコーヒー牛乳のパックを取り出し、手渡してくれる。ひかりはいま出された問いかけの答えを探すのに必死で、どこかにヒントがないかと室内に頭を巡らせる。

「答えはね、誰か一人、がいるかどうかなの」

「誰か一人？」

「そう。心から信頼できる友達が――本当に自分を待ってくれている友達が一人でも教室にいる子は、元いた場所に戻れることが多いの。まあこれは、私の経験だけで話していることだから、数字的な裏づけはないけど。子どもに限らず大人でも、心から信じられる誰かがいる人は強い。その誰かはたくさんでなくてもいいの。たった一人でいい」

窓の外の空気の色が変わったような気がした。時刻は夕暮れに近づこうとしている。まだ校舎に残っている教員は、自分と水野の二人くらいではないだろうか。でもいま、水野と話せてよかった。

「水野先生、私やります。グエンくんに日本語を教えます」

日本語教育の専門的な知識はないけれど、一年生の担任をしたことはある。平仮名の「あいうえお」を一から教えた経験は、ロンに対しても役立つかもしれない。

「そう？　でもできる範囲で、無理はしないでね」

水野に勧められ、手の中にあったコーヒー牛乳のパックにストローを差し込んだ。ストローに唇をつけゆっくり吸い込むと、甘く芳《かぐわ》しい味わいが口の中いっぱいに広がる。その甘さが、優しい言葉のように、疲れきった体のすみずみまでじんわりと行き届く。

「あ、そうだ。話が変わって申し訳ないんだけど、真亜紅くんの病院、ここはどうかしら」

水野には、真亜紅がカウンセリングを受けられる病院を探してもらっていた。あの子を医療機関に繋げたかったが、自分の知識だけではどの病院を選べばいいかがわからなかったからだ。

「槙田《まきた》ココロのクリニック……三鷹谷《みたかだに》にあるんですね」

少し遠いのではないか。水柄から三鷹谷まで出るにはバスで立木駅に行き、そこから電車に乗らなくてはいけない。

「ちょっと遠いでしょう？」

ひかりの躊躇を見透かすように、水野が訊いてくる。「近くも探してみたんだけど、どこの病院も児童精神科は混み合ってるらしくて、早いところで半年先、遅いところだと一年先まで予約が取れないって言われたのよ」

「それは……なかなか厳しいですね」

「そんなに待てないでしょ。ろくに治療もしないうちに、真亜紅くん卒業しちゃうじゃない？　だから槙田にしたの。実はここ、私の弟のクリニックなのよ。事情を話したら、診察時間以外の枠でよければ診てくれるって」

手に思わず力が入り、コーヒー牛乳のパックがペコッと音を立てた。飲み干していたからよかったものの、ストローから空気が噴き出す。

「え、そうなんですか。いいんですか。水野先生の弟さんがお医者さんだったなんて、初耳ですっ」

あまりにありがたくて、声が上ずった。仕事ができる人に共通するのは知識や技術があるのはもちろんのこと、多大な情報と人脈を持っていることだ。

「土曜日の午後は基本的に休診だから、その枠はどうかって。早いほうがいいと思うから、二週間後の土曜はどう？」

真亜紅の母親のことが不安だったが、再来週の土曜日に予約を取ってもらうことにする。アイリンが協力すると言ってくれているし、ゴールデンウィーク中の一件から、一日でも早く真亜紅と母親の関係を改善しなくてはと焦っていたところだ。


「アタシ、行かない。やっぱり帰る」

三鷹谷駅から十分ほど歩き、『槙田ココロのクリニック』と書かれたモスグリーン色の看板が見えてくると、真亜紅の母親が足を止めて舌打ちをした。数日前に梅雨入りしたせいで、空は灰色の厚い雲に覆われ、朝から降り続ける雨は気持ちまで湿らせてくる。

「ママ、ここまで来たんだからそんなこと言わないで」

アイリンが母親の肩を軽く叩き、笑いかけた。

「はいママ、頑張って歩いて」

アイリンが手を引くと駄々をこねる子どものように母親が重い足取りで歩き出し、その二人の後ろを真亜紅が黙ってついていく。「今田くん、優しいお医者さんだから心配しないでね」とひかりは真亜紅に声をかけ、看板を指差した。

水野がクリニックの予約を取ってくれてから三度、ひかりは真亜紅の家を訪れた。アイリンと電話で連絡を取り合い、母親が家にいる時間帯に「一緒にクリニックに行ってほしい」と頼みに行った。学校の規則として児童を受診させるには保護者の許可がなくてはならず、初回は母親の同行も必要だった。受診を渋る母親に「十万円の使い道は必ず私が訊き出しますから」「どうか私を信じてください」と何度も繰り返し説得し、ようやくここまで連れてきた。だが待ち合わせの場所で顔を合わせた時からずっと、母親の機嫌は悪い。

「お待ちしておりました。今田真亜紅さんですね」

クリニックの玄関に入るとすぐに、受付の職員が声をかけてくれる。土曜日の二時という診療時間外に予約を取ってもらったので、待合室に他の患者は一人もいない。

「はい、よろしくお願いします」

ひかりが頭を下げるのに少し遅れ、隣に立つアイリンも小さく会釈した。母親はまるで自分は無関係だというふうにそっぽを向いている。

真亜紅と母親と、通訳をしてくれるアイリンを診察室まで見送ると、ひかりはまた待合室に戻った。いまから医師との面談があり、真亜紅はその後、ＷＩＳＣ－Ⅳという知能検査を受けることになっていた。クリニック側から「母子手帳とこれまでの通知表を持参してほしい」と事前に言われ、アイリンに探してもらったが、家のどこにもなかったらしい。

「澤木先生」

この先のことを考えながら窓を叩く烈《はげ》しい雨を眺めていると、自分の名前を呼ぶ声が聞こえた。声のほうを振り向けば、光沢のある水色のシャツにベージュのワイドパンツを穿いた水野が、こっちを見て手を振っている。たったいま玄関から入ってきたのか、傘の先から雨滴が滴っていた。

「水野先生……どうして」

「どうしてって、澤木先生に会いによ。今日の二時にここに来れば、あなたに会えるってわかってたから」

「嘘……ほんとですか」

「嘘よ。本当は弟に挨拶に来たの。いちおう顔を見てお礼でも言っとこっかなーと思って」

「すみません。ほんとに。無理を聞いていただいて」

「大丈夫よ。それより、真亜紅くんは診察中？」

「はい。お母さんとお姉さんと三人で診察室に入ったところです。面談の後で今田くんはWISC－Ⅳの検査をすると聞いています」

WISC－Ⅳは『言語理解』『知覚推理』『ワーキングメモリー』『処理速度』という四つの指標の得点と、それらから全検査IQを算出できる児童用知能検査である。全世界で広く使われているもので、この検査結果から知的能力がどれくらいあるのかがわかる。

ワーキングメモリーや処理速度が平均値を下回っている子どもは、勉強に必要な能力が低いことが多い。たとえばワーキングメモリーが弱いと、数分前に習った内容を記憶に留めながら次の動作をすることが難しい。処理速度が低いと書くスピードが遅くて遅れをとってしまう。いま教育現場では発達障害という特性を持つ子どもに対する指導方法が課題になっているが、この検査はそうした子どもたちの不得手な部分を知る手がかりにもなっていた。

「これから検査だと、まだ一時間半はかかるわね」

外に出てお茶でもしないかと、水野が誘ってくる。ここで待っていても退屈でしょう、とひかりを手招きし、玄関のほうへと歩いていく。

「嘘って言ったけど、半分は本当なの」

水野はクリニックから歩いて数分のところにあるカフェに、ひかりを連れて行った。この辺りには詳しいのか、洒落たマンションの一階に入っている小さなカフェに、ためらいなく入っていく。

「え？」

「澤木先生に会いに来たって話、ほんとよ」

二人用のテーブルに腰を下ろすと、水野がメニューを手に取ってなにを飲むかと訊いてくる。

「私はアイスコーヒーを。でも、どうしてわざわざ会いに来てくださったんですか」

「休みの日に児童の受診に付き添うなんて、なかなかできないことだから。水柄からバスと電車を乗り継いでここまで来たんでしょう、一時間近くかけて。そんな熱心な先生のことを放っておけなくて」

冗談っぽく口にすると、水野が店員にアイスコーヒーを二つ注文した。

「実はね、今年の六年二組を新しく赴任してくる先生が受け持つと聞いた時、私、本当に驚いたのよ」

水野が視線をずらし、窓のほうに顔を向けた。まだ雨が降っているのか、窓ガラスは白く曇っている。

「誰が決めたのかは知らないけど、あんなに問題が山積みのクラスをいきなり持たせるなんて配慮がないなって思ってた。まあ、前担任が休職に追い込まれるくらい難しいクラスだから、他の先生たちは受け持ちたくなかったんだろうけど」

アイスコーヒーが運ばれてくる。グラスに水滴が浮かび、氷がぶつかりあう涼しげな音が微かに聞こえる。

「だからね、私決めてたのよ。新しく六年二組を担任する先生とは仲良くしようって。前担任にはなにもできなかったから、今度はできる限り協力して、私も一緒にあのクラスを支えていこうって決めてたの。新しい担任が澤木先生のように、元気で前向きな人で本当によかったと思ってる」

泣き虫は封印しているはずなのに涙が滲みそうになって、慌てて顔を下に向ける。

「そんなふうに……思ってもらってたなんて。……ありがとうございます。私、赴任してきてから、水野先生以外に誰も相談する人がいなくて……。相庭先生も、なんかほんとに冷たくて、相談しようとしても『この学校では、なにもしないことです』とか言われてしまって……」

相庭に言われたいくつもの言葉はまだ、抜けない棘《とげ》のように残っていた。中でも「善意の押し売り」という一言は、ひかりを何度も立ち止まらせ迷わせた。自分のやっていることはただの自己満足に過ぎないのだろうか、と。

「相庭先生もずいぶん苦しんだから……」

水野が低い声でぼそりと呟く。

「え、相庭先生が、なんですか」

「私はいまの六年生が三年生だった時に水柄に赴任してきたんだけど、その時は相庭先生が三年生の担任をしていたの。彼のクラスには真亜紅くんがいて、いまの澤木先生と同じように、懸命に関わろうとしていた……」

あれは新学期が始まって、まだ一か月も経っていない頃だったろうか。放課後、職員室に男児がハサミを手に侵入するという事件が起こった。男児は職員室の前扉から入ってくると、なにか呪文のような言葉を大声で叫びながら、ある男性教員の席に近づいていった。あまりに動きが速かったので誰もその子を止められず、刃先はまっすぐに、デスクの前に座っていた男性教員の首元に突きつけられた。

「その児童って……今田くんですか？」

呟いた声が震える。

「そう、真亜紅くんだった。真亜紅くんが突然、男性教員に刃を向けたのよ……」

誰もが凍りついたように動きを止める中で、相庭だけが「今田、よせっ」とその体をつかみにいった。ハサミの刃は男性教員の首ではなく、相庭の腕をかすめた。

「激怒した男性教員が、警察に通報するって大騒ぎしたの。それで相庭先生が何度も何度も謝って……。『土下座しろ』と言われたら、躊躇なく膝を折って額を床に擦りつけてたわ……」

だが事件はそれだけで終わらず、その日からその男性教員の相庭への態度がおかしくなったのだと水野が続ける。相庭の人格を否定するような発言を繰り返し、常軌を逸する大声で怒鳴り散らすこともあった。相庭は逆らうことなく黙って耐えてはいたが、日に日に憔悴《しょうすい》していることは、誰の目にも明らかだった。

「相庭先生にそんなことがあったなんて……全然知りませんでした」

「その男性教員は上司だったし、相庭先生は真亜紅くんが起こした事件に責任も感じていて、堪えるしかなくてね。周りの教員たちもとばっちりを受けたくないから相庭先生と距離を置くようになっていったの。それで相庭先生は徐々に孤立していって、いまに至るって感じかしら」

水野の話で、これまでの相庭の輪郭が大きくぶれていく。彼がいったいどういう教師なのかもわからなくなってきた。

相庭先生の話を、もっと聞かせてください――。水野にそう告げようとしたところで、彼女の携帯が鳴った。「ちょっと失礼」と言いながら、水野が携帯を耳に押し当て、カフェの出入口に向かっていく。水色のシャツに透ける細い背中を見つめたまま、ひかりはアイスコーヒーに手を伸ばした。氷が溶けたせいか、味が薄い。

「澤木先生」

電話を終えて店内に戻ってきた水野の顔が、ひどく青ざめていた。訃報でも届いたのか。

「悪いんだけど、私ちょっと失礼するわね。学校に行かなきゃいけなくなって」

「学校って？」

「水柄小よ」

バッグに携帯を押し込むと、水野が財布を取り出し、中から千円札を一枚抜き出した。

「これ私のぶん」という声が上ずっている。

「水野先生、どうしたんですか。いまから学校って、なにがあったんですか」

そもそも今日は土曜日なので、当直の教員以外は誰もいないのではないか。

「校長が呼んでるらしいの」

「校長？　校長も来るってことですか」

うん、ごめんね、と言いながら水野がカフェを出ていくのを、ひかりは呆然と見送った。

これほど取り乱している水野を見るのは初めてだった。いつも冷静で落ち着いた人なのに、いったいなにがあったのだろう。自分にもなにか連絡がきているかもしれないと、リュックを探ってスマホを取り出す。着信が一件、目に留まったが、それはアイリンからの連絡だった。

水柄会館前でバスを降りると、駐輪場に停めていた自転車に跨り、ひかりは水柄小に向かった。電車やバスに乗る前に、何度か学校に電話をかけてみたのだが誰も出ず、そのことがまた不安を煽《あお》る。水野があれほど狼狽するなんて、重大なことが起こったに違いない。校長が土曜日に出勤してくることも普通ではない。養護教諭の水野が呼び出されたということは、児童が病気や大怪我をしたということだろうか。頭の中に不吉な憶測を次々に思い浮かべながら、懸命に自転車を漕ぎ続ける。

西日に照らされた水柄小の校舎が見えてくると、ひかりはサドルから腰を浮かせた。学校前の道路は上り坂なので、よりいっそう足に力を入れる。

思った通り、正面玄関はまだ鍵が開いていた。教員が残っているのだろう。だが職員室に飛び込んだものの、誰もおらず、ひかりはそのまま勢いを止めることなく保健室に向かう。

「水野先生いますか？　澤木です」

肩で息をしながらドアを横にスライドさせると、机の前に座っていた水野が顔を上げた。

「澤木先生……。どうしたの」

水野が掠《かす》れた声で訊いてくる。四時間ほど前にカフェで見せていた焦りは、いまはない。だがどこかいつもとは違う。これまで見たことがないくらい、疲れた顔をしている。

「そんなに慌ててなにかあった？」

息が切れてなかなか言葉が出てこないひかりの代わりに、水野が訊いてくる。ひかりは首を横に振り、心の中で「そうじゃなくて」と呟くが、すぐには呼吸が整わない。

「どうぞ、座って」

机のすぐ前に椅子を置かれ、ひかりはとりあえず腰かけた。

「あの、私……気になって……。水野先生が校長先生に呼び出されたから……」

それだけをなんとか口にすると、ひかりは両手を胸に当て、大きく息を吸った。手のひらで鼓動を感じ、気持ちを落ち着かせる。こんなことなら水野の携帯の電話番号を聞いておけばよかった。

「校長に呼び出されたのは、岩田元副校長のことで刑事が訪ねてきたからよ。ああそっか……いまは副校長じゃなくて校長になってたのよね……」

深いため息が水野から発せられた。ひかりはその重さに驚いて目を見張る。

水野が思い詰めた目を窓に向け、ふつりと口を閉ざす。外はもうすっかり薄暮の風景で、長い帯状の夕焼けが空に微かに残っているだけだった。目の前にいる水野が、自分の知る彼女とはあまりにも違い、ひかりもまた黙ってしまう。こんな時間まで一人で残ってなにをしていたのかと、部屋の隅に置いてある机に目を向けると、なぜか卒業アルバムが積み上げてある。

「岩田先生……岩田洋二さんのことで、刑事になにを訊かれたんですか」

ひかりの自宅にもやって来た、あの二人組の刑事に不快なことを言われたのだろうか。相手にそのつもりはないのかもしれないが、質問を重ねられるたびに、ひかりも追い詰められているような気分になった。なにひとつ隠し事などないのに、そもそも岩田洋二という人と会ったこともないのに、自分が疑いをかけられているような感覚に陥った。水野もいま、そうした暗鬱《あんうつ》な気分になっているのだろうか。

「小児性愛者だったたって……。養護教諭としてなにか気になることはなかったかと訊かれたわ。児童の様子がおかしかったり、相談を受けるようなことがあったんじゃないかって……」

絞り出すような声で、水野が言う。すぐに意味が理解できず、ひかりは口を半開きにしたまま彼女の顔を見つめる。

「岩田元副校長は小児性愛者だったの……。刑事が言ってた。岩田元副校長が所持するパソコンから……児童ポルノのデータが見つかったって」

刑事が岩田の勤務態度を聴取した後、彼と同時期に水柄小にいた児童たちの写真を見せてほしいと頼んできた。岩田のパソコン内に残っていた画像のデータと一致する児童がいないかどうか。校長に命じられ、岩田が水柄小にいた時期に接した児童が写っている卒業アルバムを見せた。刑事たちはアルバムの写真を一枚一枚、慎重に携帯で写していった……。

水野は順を追ってひかりに説明しながら、途中で何度も言葉を区切り、息を継ぐ。

「どうしたらいいの……」

両腕で自分の体を抱くようにして、水野が首を振る。

「もし岩田先生が水柄小の児童に……と思うと、私、怖くて……。子どもたちに……申し訳ない……。私、保健の先生なのに、子どもたちの心と体を守る先生なのに、どうして……気づかなかったのかと思って」

机の上に両肘《りょうひじ》をつき、水野が自分の頭を抱え込む。ひかりは椅子から立ち上がり、水野の細い肩と背中に手を添えた。

「水野先生、実際に被害に遭った児童がいるかどうかは、まだわからないですよね」

だがそう口にしながらも怒りが全身を包み、声が震えてくる。世の中に小児性愛者が存在していることは知っている。教育者の中にもそうした人間が紛れていることもわかっている。

それでも、これほど身近に潜んでいたことに、頭を殴られたような衝撃を感じていた。

「落ち着きましょう。大丈夫です」

自分自身に言い聞かせるように、ひかりは言い切る。だが水野は顔を上げようとはしなかった。机の上に積み上げられた三冊の卒業アルバムに目を向ける。どうか、どうか、と祈りながら、彼女はページをめくっていたのだろう。子どもたちのことを思い浮かべながら……。

夕焼けは消えて、いつしか外は夜になっていた。子どもたちの話し声や、軽やかな足音。鍵盤ハーモニカやリコーダーの音色、伸びやかな歌声。授業の合間に鳴り響くチャイム――。平日の昼間は明るいざわめきがはちきれんばかりに詰まっている校内だが、いまは物音ひとつしない。ひかりは暗い窓に自分の顔を映し、たった一度だけ刑事に見せられた岩田洋二の顔を思い浮かべようとしたが、うまくいかなかった。

8

窓の向こうでは、雨がまだ降り続いていた。そろそろ梅雨が明けてもいい頃なのに、と会議室に続く廊下を歩きながら、ひかりは視線を外に向ける。カラフルな傘を差す理乃とロンがハナミズキの樹の下で楽しそうに笑い合っているのが見えたので、ふと足を止めて薄曇りの風景を眺める。

「おつかれさま」

後ろから肩を叩かれ振り向くと、水野が立っていた。いつもの穏やかな表情で手にシステム手帳とペンケースを持っている。彼女がひかりの前で取り乱したのは一か月前のあの日だけで、それ以降はいつもの落ち着いた様子で勤務を続けていた。

「おつかれさまです」

「急ごうか、もうそろそろ始まるんじゃない？」

「ああ、そうだ。もうこんな時間」

今日の放課後、緊急で職員会議を開きます――。小堺副校長からそう声をかけられたのは、午後の授業に入る十五分ほど前のことだった。あまりに突然だったので職員室にいた教師たちは何事かと顔を見合わせつつ、すぐさま午後の予定を調整していた。今日はクラブ活動がある水曜日だったため、指導をしている教師たちは活動の中止を放送で流すなど慌ただしかった。

会議室の扉を開けると、事務員を含めたほとんどの職員がすでに席に着いていた。いつもはたいてい遅れて入ってくる木下校長の姿もある。

「まだ来られていない先生もおられますが、時間になりましたので会議を始めます」

ひかりたちが椅子に座ると同時に、小堺副校長が口を開く。あまりの蒸し暑さに耐えかねた誰かが、エアコンのスイッチを入れる。

「では校長、お願いします」

小堺副校長に促され、木下校長が立ち上がる。それまで下を向いてなにか他の作業をしていた教師たちの顔がすっと前を向いた。明日の木曜日には定例の職員会議がある。それなのに緊急会議を開くのだから、よほど重大なことが起こったのだろう。

「先生方は、すでに岩田洋二先生の事件についてご存じかと思います」

木下校長の一言に、隣に座る水野の体が強張ったのがわかった。

「岩田先生は、一年前までこの水柄小で副校長をされていた方です。同時期に働いていた方もおられると思います」

岩田という名前が出ると同時に、その場の空気が変わった。誰もが息を詰め、次に発せられる言葉を待っている。

「いまから話すことは、くれぐれも外部に漏らさないでください。実は、事件の捜査を行っている警察の方より、岩田先生が児童ポルノを所持していたことが伝えられました」

　そこまで告げると、木下校長が言葉を切った。小さな叫び声や、漏れ出すため息、椅子が床に擦れる音などで室内がざわついたからだ。児童ポルノのことは水野から聞いてすでに知っていたことなのに、ひかりの鼓動が速くなる。木下校長がなぜいまこのような場で岩田の罪を公表するのかがわからず、その顔を見つめる。

「その件は、いつわかったのですか」

　右手を挙げ、二年生を受け持つベテランの女性教師が問いかける。木下校長に向けられていた視線が、その女性教師に集まる。

「先月です。六月五日に、警察から伝えられました」

「児童ポルノを所持していたということは、岩田先生は小児性愛者だったということですか。それとも転売などで金銭を得ていたのでしょうか」

　詰問するような口調で、女性教師が続ける。ざわついていたのはほんの一瞬だけで、いまは自分の鼓動が聞こえるほどにしんと静まり返っている。

「その辺りのはっきりとしたことはまだ……聞いてません。いま警察も調べている段階かと……」

　普段は歯切れの良い木下校長が、珍しく言い淀んでいた。教員たちの口から「信じられない」「どうしてそんな」「嘘だろ」「最悪でしょ」と驚愕の言葉が溢れ出す。

「みなさん、お静かに願います。とにかくいま一番の問題は、この事実が外部に漏れてしまったということです。実は本日の午前十一時頃、児童の保護者から、岩田先生の児童ポルノ所持の件について学校に問い合わせがありました」

いったいどこから情報が漏れたのか、と木下校長が顔をしかめる。本来ならば被害者のプライベートな事柄を警察が流出させることはない。だがいまの世の中、どこで誰と繋がっているかはわからない。保護者の中にはマスコミ関係者がいるかもしれず、人の噂を止めることは難しいのだと苦渋に満ちた表情で木下校長が続けた。

「電話で問い合わせてきたのは、何年生の保護者ですか」

さっきと同じ女性教師が、今度は手を挙げずに質問する。

「五年生女児の保護者です」

これから先、このような問い合わせが増える可能性がある。その際の学校側の回答を取り決めておきたい。木下校長がそう説明すると、小堺副校長が教員たちにプリントを配布した。二人で話し合い、前もって準備していたのか、そこには岩田の件に関する保護者対応のマニュアルが書かれていた。保護者向けの丁寧な文章が記載されていたが、要約すれば「学校側も事実を把握しきれておらず、いまは調査中である」というものだった。

「今後こうした問い合わせが続くようなら、保護者説明会を開くことになると思います。ですが、とにかく現時点で問い合わせがあった場合は、いま配布したプリントに書かれているように対応してください。以上で緊急会議は終了です。時間も遅いので、なにか質問があるようなら個人的に訊きに来てください」

訊きに来てください、と言ったにもかかわらず、木下校長は誰よりも先に会議室から出ていった。背中に怒りが漲っているのは、事態が面倒な方向へと進んでいるからだろうか。その怒りの理由が、煩わしさでないことをひかりは願う。

「水野先生、私たちも行きましょう」

ほとんどの教員が席を立った後も、水野だけは座ったままだった。会議中はほとんど顔を上げず、机の上に置かれたプリントを眺めていた。いまもまだぼんやりとプリントを見ているが、その目が字を追っていないことはわかる。

「先生、会議終わりましたよ」

ひかりが肩に手を置くと、

「あ……」

水野がようやく声に気づき、ぎこちない笑顔を見せた。

正面玄関を抜けて外に出ると、雨が上がっていた。水野と肩を並べて通用門のほうへと歩いて行くが、一緒に帰るのは初めてのことかもしれない。

「こんなに早く帰るのは久しぶりです」

隣を歩く水野の横顔に、ひかりは話しかける。緊急会議の後、職員室に戻った水野は他の教員たちからいろいろと訊かれていた。なにを話していたのかまではわからないが、いまは彼女を一人にしないほうがいいように思う。

「珍しく子どもたちが残ってませんね。雨上がりでグラウンドを使えないからかな」

なだらかなスロープを歩きながら、グラウンドのほうに視線を向ける。グラウンドに続く階段の端には、使用禁止を告げる白旗が立っている。

通用門の近くまで来ると、水野に待っていてもらい、駐輪場に自転車を取りに走った。まだ六時前だからか、いつもより多く自転車やバイクが停まっている。無理もない。あんな話を聞いてしまったら、同僚と話をしたくなる。木下校長には、たとえ家族であっても児童ポルノの件は口外するなと言われているので、職場で気持ちを鎮めてから帰るしかない。

「澤木先生、私は大丈夫よ」

通用門を通り過ぎたところで、さっきからひかりの話に相槌を打つだけだった水野が、ようやく口を開いた。

「いえ、別に私、心配してるとかじゃ……」

「安心して、さすがに今日は冷静だから。一か月前に初めて聞いた時は……みっともないくらい動転していたけれど」

この一か月間、警察からなにも連絡がきていないのだと、水野が声を潜める。連絡がないということは、岩田が所持していた児童ポルノの画像の中に水柄小の児童はいないということだ。もし画像と一致する児童がいたら、すぐにでも電話がかかってくるはずだ。人に聞かせるというよりも、自分自身を安心させるような水野の説明にひかりは深く頷いた。こんなことを口に出せば非難を浴びるだろうが、教員にとってまず守るべきは自分の学校の児童だ。一人の大人として、もちろん世界中の子どもたちの幸せを願っている。でもどうしたって自分が関わっている子どもの安全が一番で、水柄小の児童に被害がなかったことに安堵する水野の気持ちは、痛いほどわかった。

学校前の坂道を下りきり、道が二手に分かれたところで、

「もしよかったらうちに来ない」

と水野が言ってきた。ひかりにしてもまだ話していたかったので、「ありがとうございます」と素直に頷く。雨がたくさん降ったせいか、学校前の街路樹は輝くばかりの緑を茂らせていた。青く蒸れた草木の匂いが、風に乗って鼻先をかすめていく。

　水野の自宅は、水柄会館から歩いて五分ほどのところにある五階建てのマンションだった。立派なエントランスにはオートロックが設置され、もちろんエレベーターも付いている。

「どうぞ入って」

　水野が玄関の扉を開けると、レモングラスの香りがした。緊張を瞬時にほどく、爽やかな匂いだ。

「わ、素敵。広いですね」

　間取りは２ＬＤＫで、自分と夫、それぞれ個室を持っているのだと水野が教えてくれる。結婚生活も二十年以上経てば、相手が同居人に見えてくると笑う。

「そっちの部屋で座ってて。美味《おい》しいオレンジティーがあるんだけど、いかが？」

「嬉しい。いただきます」

　リビングの壁は、一面すべてが本棚になっていた。まるで図書室の書架のようで、難解なタイトルの専門書からベストセラー小説まで、幅広いジャンルの本が揃っている。

「澤木先生にまでいろいろ気を遣わせて、ごめんなさいね」

　トレーに載せたカップを二つ、リビングのローテーブルに運ぶと、水野が向かい側に腰を下ろす。

「いえ、先生が動揺するのは当然です」

「うん……ほんとはいまでも信じられないの。なにかの間違いなんじゃないかって……。ねえ澤木先生。百五十三人、これ、なんの人数かわかる？」

さあ、と首を傾げ、水野の顔を見た。よくない数字であることだけはわかる。

「百五十三人。これは、二〇一九年度に児童・生徒へのわいせつ行為やセクハラで懲戒免職になった公立の小中高校、特別支援学校の教員の数よ。驚きを通り越して、絶望するわよね。こんなに大勢の教職員が子どもたちを傷つけていたなんて、おぞましくて吐き気がするわ。でもね、こんな酷いことをする教職員が実際に存在すると頭ではわかっていたとしても、それでもまだ私は、岩田先生が……そういう人間だとは思えないの。違う、思いたくないのよ」

水野の言っていることは理解できた。ひかりにしても、新聞やネットでわいせつ教員に関する記事を読んでも、いまひとつ現実味を感じられないのだ。自分の周りにそんな卑劣な大人がいるとは考えたくない。

「岩田元副校長ってどんな方だったんですか」

口に出してから、唐突だったかもと反省する。だがずっと訊いてみたかったことだ。岩田洋二とは、どういう教師だったのか。

「岩田先生は……。そうね、多面的な人という印象かな。私たち教員に対しては厳しい人だったけど、でも学校行事ではカメラマン役を買って出たり、夏休み中のプール開放の当番を進んでやったり、勉強が苦手な子に補習をしたり、親切なところもあって……。でもいま思えば、親切でやっていたんじゃないのかもしれない。……いま思えばなんだけど」

水野の話に頷きながら、いつもそうだと悔しくなる。いま思えば、最近笑顔が減っていた。いま思えば、急に忘れ物が増えた。いま思えば、休み時間のたびに図書室に通っていた。いま思えば、いつも一緒にいる友達と離れて過ごしている。子どもたちのいじめや不登校も、ある日突然始まるわけではない。必ず、いま思えばという場面がある。教師を長く続ければ続けるほどに忘れられない、忘れてはいけない、「いま思えば」が増えていくのだろう。

「そうだ、真亜紅くんはちゃんとカウンセリングに通ってる？」

ひかりが黙り込んでしまったからか、水野が話題を変えた。

「今田くんは、なかなか手強いです。ＷＩＳＣ－Ⅳ検査の結果を聞きに行った後で、彼がクリニックを受診したのは、一度だけで」

言語理解、知覚推理、ワーキングメモリー、処理速度。その四つの指標の得点を参照すると真亜紅の知的能力はすべて平均的で、全般的な知能の遅れはないことがわかった。

「それにしても、あの真亜紅くんが検査を真面目に受けたことが驚きだわ。面談も含めて一時間以上かかるでしょう？　ちゃんと椅子に座って集中していたわけだから」

「そうなんです。実はそれが一番の収穫だったりして」

初めてクリニックを受診した時の真亜紅は、学校での彼とはまるで別人だった。お母さんが自分を見てくれている。自分のことを心配して病院に連れて来てくれている。そんな喜びが真亜紅の全身から滲んでいた。

「通院できない場合はどうすればいいか、弟には相談した？」

「それがまだで……」

検査結果は水曜日の放課後、出勤前の母親とアイリンと三人で聞きに行った。槙田が検査結果がすべて平均だったことを伝えると、母親は勝ち誇ったようにひかりを見て、タガログ語でなにか言ってきた。その言葉をアイリンは通訳しなかったので、たぶんいい内容ではなかったのだろう。母親は面談を終えるとすぐに帰ってしまったが、ひかりはクリニックに残った。槙田が「母親のいないところでひかりと話がしたい」と言ってきたからだった。

「今田くんは、家庭で虐待を受けていませんか。彼の問題行動の一因は、母親との関係性にあるように思えるんです」

槙田はひかりの前で、そうはっきり口にした。虐待を受けてきた子どもには、成長の過程でさまざまな症状が出現する。子どもの個性によってその出現の仕方はいろいろなのだが、真亜紅の攻撃性、多動性、乱暴行為、学習に対する無気力などは被虐待児童にはよく見られるものである。さらに虐待を受けている子どもの特徴として、本人の反省が見られないことを槙田は挙げた。粗暴な行動をとっても、何事もなかったような態度を見せる。自分が悪いことをしているという自覚のない子どもは、親に暴力をふるわれている可能性が高いのだ、と。

「このままだと今田くんの反社会的な行動はさらに増えていくだろうって、槙田先生に言われてるんです。いまはまだ小学生で心も体も幼いから母親に従っているけれど、中学に上がればそうもいかなくなるし……」

そう口にしながら、ひかりは前に八王塚の街で出会ったケイと名乗る青年のことを思い出していた。髪を銀色に染め、客引きをやっていた青年。真亜紅を「まだ学校なんか行ってんのかよ。無駄無駄無駄、早いとこやめちまえ」と詰《なじ》っていた彼にも、小学生だった頃があったのだ。

「週に一度、土曜の午後に予約は取ってるんですけど、受診日になると今田くんが消えるんですよ」

面倒なのか堅苦しいのが嫌なのか、アイリンの監視の目をすり抜けて出かけてしまう。槙田は「今田くんが嫌がるならお母さんに来てもらってください」と言うのだが、母親も来ないために当日にキャンセルすることが続いていた。

「問題行動を改善するために、認知機能のトレーニングをしなくちゃいけないんですけど……」

本人も母親もやる気がないので、なかなか思うように治療ができない。

「真亜紅くんのお父さんって、どういう人なのかしら。日本の方よね？　真亜紅くんのために動いてくれたらいいのに」

妙案を思いついたというふうに、水野が目を見張る。

「水野先生は、今田くんのお姉さんと話をしたことはありますか」

「それがないのよ。私が赴任してきた年に卒業したから。おとなしい子だったって、聞いてるけど」

アイリンが日本にやって来たのは、彼女が三歳の時だったという。それまではフィリピンで二人暮らしをしていたのだが、母親が突然「日本人と結婚することにした」と言い出したらしい。

「その日本人というのが、真亜紅くんのお父さんってこと？」

「そうです。アイリンさんは、その男性のことをイマダさんと呼んでました。母親とイマダさんは現地のナイトクラブで知り合ったそうです。イマダさんが旅行に来ていて、母親に一目惚れしたとかで」

イマダさんは優しい人だったと、アイリンは懐かしそうに口にしていた。ただ、日本に来て初めて会った時は驚いた。お父さんができると喜んでいたら、イマダさんの髪が真っ白で、おじいさんみたいだったから。

「優しい人っていっても、結局は別れたんでしょう？　イマダさん、無責任じゃない？　外国人の妻と二人の小さな子どもを置いて出ていくなんて、私はちょっと許せないな」

「いろいろ事情があったようです。イマダさんは当時、江堀市にある菓子工場で働いていて、アイリンさんに日本語を教えてくれたり、よくしてくれたみたいで」

「事情って、どういう？」

「今田くんが生まれて、母親が荒れ出したみたいなんです。育児のストレスからか、毎晩のように飲み歩くようになったらしくて……」

同郷の知り合いと連絡を取り合い、彼らが出入りするパブに入り浸るようになり、ついにはそこで働き始めた。幼い真亜紅がいることを理由に、イマダさんは夜に働きに出ることを反対した。だが母親は「それなら別れる」と聞く耳を持たず、離婚してしまった。

そこからはずっと同じだ、とアイリンは虚《うつ》ろな目でため息をついていた。

イマダさんと別れてからの母親は、新しい恋人を作っては別れるの繰り返しだった。恋人は日本人の時もあるし、外国人の時もある。そのうちの何人かは家に連れて来て、自分たちと一緒に住まわせた。母親が真亜紅を手元に置いているのは、愛しているからではない。真亜紅に対する態度を見ていると愛しているとはとても思えない。真亜紅をイマダさんに引き取らせなかった理由は、このまま日本に住みたいからだ。日本国籍を持つ真亜紅を養育していれば、定住者として日本での在留資格が認められるから……。

ひかりはそのイマダさんがいまどこにいるのかを、アイリンに訊いてみた。だがアイリンは「わからない」と首を振り、イマダさんとはもう十年以上会っていないことを教えてくれた。

「そう。真亜紅くん……お母さんからだけではなくて、その恋人たちからも暴力を受けてきたのかもしれないわね。澤木先生も知っているかもしれないけど、あの子、一年生の時に同じクラスの女の子をプールに突き落としたらしいの。私が水柄小に赴任する前の話で実際に見たわけじゃないんだけど。ただ、その事件を起こした後の真亜紅くんが変だったって、教師たちの間で問題視されていて……」

「変って、どういうことですか」

「その時の記憶がすっぽり抜け落ちてたそうよ。自分が女の子をプールに突き落としたという記憶が、全部」

本当に憶えていなかったらしいと水野が繰り返す。どれだけ巧妙に記憶がないふりをしていても、相手は幼い子どもなのだ。それが演技ならば必ず見抜けると、その事件を知る教師たちは口を揃えた。

「それで今田くんは？　そのプールの一件の後、どうなったんですか」

「今田真亜紅には衝動性の発達障害がある。そう認識されて現在に至る、かな。母親も当時からネグレクトに近かったたし、その時の担任も彼に深く関わろうとはしなかったから、それ以上の指導はなかったの」

でも本当は疑問を感じていた。衝動性の発達障害があるからといって、他人に危害を加えることに必ずしも直結しないからだ。周囲の状況を考えずに、思い立つとすぐに行動するようなことはあっても、暴力をふるうことはほぼない。根拠もなく、真亜紅を発達障害だと決めつけることにも違和感があった。でも当時の自分は、校長や副校長、周りの教師たちに自分の意見を伝えることができなかったのだと水野が首を振る。

「被虐待児を見つけるのって、思うより簡単じゃないのよ。親はもちろん、子どもも隠すから」

「そうですね……。私も今年で教師になって五年目になりますけど、これまでは一度も出会いませんでした。でもそれは……見えてなかっただけかもしれません」

見ようとしなければ見えないものが、この世にはある。自分はいままたその事実に気づかされている。

「親自身も、自分がやっていることを虐待だと思ってないことも多いから。怒鳴ったり叩いたり蹴ったり、それが育児だと本気で思っている親もいる。そういう親に育てられた子どもは当たり前のように暴力を受け入れてしまうし、自分がされてきたことを平然と他人にしてしまうのかもしれない。何年か前に、両親が子どもをエアガンで撃った事件、憶えてる？ライフル型のエアガンで、プラスチック製のBB弾を一歳の男児に向けて撃ったっていう……。あの事件にしても、子どもが亡くなった後で発覚したのよ。玄関のドアを隔てた他人の家の中では、なにが起こっているのかわからない」

グラウンドの片隅に建てられた粗末な小屋の中で、ウサギを撃っていた真亜紅。自分で作った段ボール製のピストルを手に握りしめ、ゴムを弾《はじ》いていた。ひかりが厳しく咎《とが》めても、どうしてこんなことをするのかと問い詰めても、顔色ひとつ変えなかった。「愉しい」からと呟き、「エモい」と言い残して何事もなかったかのように去っていった。

どうしてこれほど子どもへの虐待が多いのだろうかと、やりきれない気持ちになる。こっちが必死で守っても、守ろうとしても、心ない人間が隙をついて子どもたちを痛めつける。子どもたちを傷つけているのが実の親の場合、自分たち教師はどうすればいいのか。

「私、小学校の先生になるのが夢だったんです。小学生の頃からずっとぶれずに、先生になりたいと思ってました。まだ世の中を知らないまっさらな子どもを育てるなんて、なんて大きな仕事なんだろう、やりがいのある仕事なんだろうって。でも実際にやってみると、その大きさに振り回されています。いつも空回りして、全力で前に進んでいるつもりでも実は後退していることなんかもあって。今田くんにしてもそうです。正直どうすればいいのか答えがないんです、母親との関係にしても……」

児童との距離を縮めたと思っていても、わずか数日にして親によって引き離される。そうした経験はこれまでにも何度かあった。子どもを育てるのはやっぱり親で、自分がいますべきなのは、真亜紅の母親の理解を得ることだった。でもどうすればいいかわからない。

「そうだ、澤木先生。認知機能のトレーニングだけど、学校でやったらどう？　週に一度の通院が難しいなら学校ですればいいんじゃない？　まず澤木先生がトレーニングの内容を学んで、それを真亜紅くんに教えるの。うん、それが一番手っ取り早いわよ」

ハートルームを使えばいい、本来なら臨床心理士が使う部屋だけどいまは空いているから、と水野が声を弾ませる。

「でもそんな勝手なことをしたら、問題になりませんか。そういうことはきちんと上に許可をもらってやらないと……」

「そんなこと言ってたら真亜紅くん、あっという間に卒業よ」

できることをやればいいの、と水野は頷き、校長には私から言っておくからと腰を上げる。

キッチンに向かう彼女の横顔を見ていたら、槇田医師のことを思い出した。彼に認知機能のトレーニングに関する本を紹介してもらったのだが、それきりになっている。

できることをやればいい。

今日は久しぶりに日記帳を開き、この言葉を書き留めておこう。

9

朝の空に広がる入道雲を見上げながら、正面玄関に続くスロープを歩いていた。昨日から夏休みに入ったが、今日はプール開放がある日なので、あちらこちらから子どもたちの声が聞こえてくる。梅雨が終わるといっきに気温が上がってきたので、プール遊びはさぞ楽しいだろう。

「澤木先生、おはようございまーす」

声のほうに視線を向けると、優美が小さな男の子の手を引いていた。「いっそげ」「いっそげ」と歌うように急かしながら、男の子を走らせている。

「おはよう。夏学習に参加するの？」

夏休みが始まってからの三日間は、各学年とも午前中のみ学習会を開いていた。そこで夏休みの宿題をやってもいいし、自由研究に関する相談なども受けつけている。優美がその学習会に参加するのだと思って訊くと、弟をプール開放に連れてきたのだという。着替えをさせないといけないので、とひかりを追い抜いていく。

「いってらっしゃい、プール楽しんでー」

教室では頼りになる学級委員。家では弟の面倒を看《み》るお姉さん。優美はどこにいても大忙しだなとその背中を見送る。

今日は九時に、真亜紅とハートルームで待ち合わせをしていた。だが来てくれるかはわからない。

職員室から持ち出した鍵でハートルームに入り、まず窓を開け放った。普段は使っていないので、梅雨の間の湿った空気がどっぷり溜まっている。

「あ、今田くん」

網戸を閉めていると、扉の向こうに真亜紅が立っていた。来てくれたんだ、とその場で声を上げたくなるのをぐっと堪え、

「おはよう。入ってきて」

と手招きする。物憂げな顔をした真亜紅が、のろのろと歩いてきた。アイリンにせっつかれて渋々来たのかもしれないが、それでも約束を守ってくれたことが嬉しい。

「どうぞ、そこに座って」

黄色いカーテンや壁にかかる菜の花の水彩画など、室内は明るく飾ってあった。部屋の中央にはテーブルと椅子が二つ置かれ、その一つに真亜紅を座らせる。

「じゃあさっそくだけど始めるね」

家から持ってきたトレーニング用のペットボトルを七本、ひかりはリュックの中から取り出した。

このトレーニングは認知機能を高める効果があるとされ、槙田から薦められた本に載っていたものだ。著者は児童精神科の医師で、感情を表現することの大切さをペットボトルを使って説明する方法が記されている。

「いまからこの空っぽのペットボトルに、一本を除いてすべて水を入れます。今田くんも手伝ってくれる？」

テーブルに並べた七本のペットボトルを、ひかりは指差す。七本のうち六本が五百ミリリットルで、一本だけ二リットルのサイズだった。

ハートルームから廊下に出て、すぐ前に水道がある。ひかりは真亜紅を促し、二人で空ボトルを抱えて水を入れに行く。面倒くさそうにではあるが、真亜紅がボトルに水を満たしていく。彼が蛇口から水を注ぎ、満杯になったペットボトルをひかりが部屋のテーブルまで運ぶ。連係プレーはうまくいき、あっという間に六本のペットボトルに水が満ちる。

「オッケー、完了。手伝ってくれてありがとう」

ハンカチタオルで水滴を拭《ぬぐ》うと、ペットボトルを横一列に並べた。部屋に差し込む光が反射し、ボトル内の水がきらきら光っている。

「ではいまから、このペットボトルに名前をつけます。今田くん、テープを使ってこの紙を貼っていってくれるかな」

真亜紅に手渡した名刺サイズの紙にはそれぞれ、「苦しい」「こわい」「悲しい」「不安」「さびしい」「いかり」「うれしい」という文字がマジックで書かれている。ひかりが自宅で準備してきたのだが、感情の種類は本に書かれていたものを、そのまま参考にした。マイナスの感情が多いのは、それこそが人を苦しめるからなのだろう。

「水が入ってない空っぽのペットボトルには『うれしい』の紙を、一番大きな二リットルのペットボトルには、『いかり』って書かれた紙を貼ってね」

真亜紅はあと八か月もすれば小学校を卒業し、中学生になる。時間の流れを止めることはできず、中学生になった彼を追いかけていくこともできない。だから卒業までにできるだけのことをしようと決めた。真亜紅が自分の教え子でいる間に、やれることはやっておきたい。

「いい？　このペットボトルの水は、今田くんの感情だと考えて。『苦しい』『こわい』『悲しい』『不安』『さびしい』『いかり』『うれしい』。どれも感じたことがあるでしょう？　じゃあ次はこの感情をリュックに入れていきます。このリュックは今田くんの心です。今田くんの心の中に、感情を一つずつしまっていってください」

通勤に使っている黒色のリュックには、七本のペットボトルがちょうど収まる。自宅でリハーサルしてきたので、ここまでの流れはスムーズだった。

「二リットルのペットボトルは重いから、指を挟まないように気をつけてね」

「いかり」のペットボトルが他に比べて大きいのは、最も厄介でトラブルの原因となる感情だからだ、と本には書かれていた。たしかに対人関係におけるトラブルは「いかり」が発端になることが多い。

「はい、全部入ったね。そしたら今田くん、このリュックを担いでください」

ひかりはリュックの口を閉め、真亜紅を促した。「めんど」と呟きながらも、真亜紅が言われるままにリュックを手に取る。

「どう？　けっこう重いでしょ」

五百ミリリットルサイズのペットボトルは、約五百グラムほどの重量がある。二リットルのペットボトルなら約二キロ。一本は空っぽなので、およそ四・五キログラムを真亜紅は背負っていることになる。

「マイナスの感情を自分の心に溜めておくというのは、こういう感じなんだよ」

真亜紅の両肩に、リュックのベルトが食い込む。

「はい、じゃあいったんリュックを肩から外して、ペットボトルを一本、中から取り出してみようか。『いかり』以外ならどれでもいいから自分で選んで、外に出してみて」

真亜紅が「苦しい」を選んで取り出すと、ひかりはリュックを再びその背に担ぐよう告げた。

「どうかな、ちょっとは軽くなった？　じゃあまたもう一つ取り出してみようか」

真亜紅はむっつりと黙ったまま同じ動作を繰り返し、次は「悲しい」を手に取ってテーブルの上に置いた。ペットボトルを外に出すことは、感情を表現するのと同じなのだとひかりは伝えていく。負の感情はこうして外に出してやらないと、その重みで自分自身が辛くなってしまう。

真亜紅が最後に手にしたのは、それだけ残すようにと伝えていた「いかり」のペットボトルだった。ひときわ大きな「いかり」を外に出すと、それまで無表情だった真亜紅の顔つきが微かに変わった。なにか言いたげに、テーブルの上に置いた二リットルサイズのペットボトルを見つめている。

「『いかり』を外に出すとすごく軽くなるでしょ？　体が楽になるのを感じられた？　『いかり』って、重くて苦しい感情なんだよ。だから自分の中に溜め込まずに、ちゃんと外に出さないといけないの。でもなにも考えずに外に出して、誰かにぶつけたら大変なことになる。だから『いかり』は慎重に扱ってほしいの」

今田真亜紅はなにを考えているかわからない。こっちがなにを言ったって聞いてやしない。指導した言葉が頭に入らない。この学校にいる多くの教師たちが陰でそう言っているのは知っている。たしかにこの子は言葉が少ないし、表情も乏しい。でもだからといってなにも感じていないわけではないのだ。この子にだって「苦しい」「こわい」「悲しい」「不安」「さびしい」「うれしい」が毎日生まれ、心の中に溜まっている。ただ自分の気持ちを表現するのが苦手なだけで、人知れず苦しんでいるのだ。感情を外に出すのが不得意な真亜紅が、どうして「いかり」だけは表現できるのか。そのことについてひかりは真剣に考えてみた。そして思ったのだ。この子はこれまで、怒りをぶつけられるだけの人生だったのではないだろうか、と。母親に怒鳴られ、父親と心を通わす機会もなく、母親の恋人だった男たちに疎《うと》まれて育ってきた。幼い頃から叱られ、否定され、傷つけられてきたその先にいまの真亜紅がいる。

「終わり？　帰っていいの」

空っぽになったリュックを肩から下ろし、真亜紅が訊いてきた。相変わらずの仏頂面だが、声に反抗的な尖りは感じられない。自分の伝えたかったことがこの子に届いたのかはわからないが、それでも最後までトレーニングをやり遂げてくれたことに安堵する。

「終わりといえば終わりなんだけど……ペットボトルの水がもったいないから、花壇の花にあげに行こうか。夏の水やりは朝とか夕方とか、気温が高くない時間帯にするのがいいの。いまはまだ十時過ぎだから、ぎりぎりいけると思う。一緒に来てくれる？」

無視されるかと思ったが、真亜紅が無言のままテーブルの上に置いていたペットボトルをリュックの中に入れていく。水が入った六本をすべて入れると、そのまま肩に担いで部屋を出ていった。

スロープの途中にある花壇の前まで来ると、「この花壇に水やりしよっか」とリュックを担ぐ背中に向かって声をかける。サルビア、マリーゴールド、アサガオ、ニチニチソウ――。花壇では、目に滲みるほど鮮やかな夏の花々が光を浴びて咲き誇っていた。真亜紅がリュックを地面に下ろし、中からペットボトルを取り出す。

「ここ？」

真亜紅が指差した辺りには、花弁もガクも濃い紅色をしたサルビアが群れになっていた。

「うん、土が乾いてるからここにしよ。花の根元に水がかかるようにしてね」

真亜紅が二リットルのペットボトルのキャップを外し、脇に挟むようにして飲み口を根元に近づけていく。だが途中でボトルを傾けていた手を止め、顔を上げる。ひかりの目を見つめ、なにか言いたそうに口をすぼめる。

「どうしたの？」

「花に『いかり』の水ってあり？」

見れば、ペットボトルにはまだ紙が貼られていた。紙に「いかり」と書かれている。

「そうだよね。そんな水あげたら、可哀そうだよね」

ひかりは苦笑しながら紙を剝がし、手の中で丸める。「いかり」の紙が剝がされると、真亜紅は再びペットボトルを脇に挟み、そのままお辞儀するように体を前に傾けた。花壇に水が滲み込むと、土の匂いが立ち上ってくる。

太い水流が土の色を変えていくのを見ながら、人の怒りもこんなふうに花がのみ込んでくれたら、どれだけ楽だろうかとひかりは思う。一年生の時に、真亜紅は同じクラスの女子をプールに突き落とした。二年生の遠足では学校近くの低山で行方不明になり、救助隊に捜索されている。三年生の時には男性教員にハサミを向ける事件があって……。これまでにこの子が起こした事件を並べると、手がつけられない問題児のような印象を受けてしまう。でもその事件の一つひとつの発端には、この子の怒りがあったのではないだろうか。給食の竜田揚げをめぐって教室で大暴れした時のように、この子を暴走させる言葉を誰かが言い放ち、それに対する怒りをコントロールできなかっただけなのではと思うのだ。

花に「いかり」の水をやるのをためらう子なのだ。人の気持ちがわからないわけではない。ペットボトルの水がすべてなくなると、真亜紅はそのまま帰っていった。手ぶらで来ていたので特に荷物もなく、スロープから通用門へと歩き去っていく。真亜紅がいつも手ぶらで学校に来るのは、ランドセルを持っていないからだと優美から聞いた。一年生の時、保育園で使っていた青色のリュックサックをランドセルの代わりにしていて、クラスのみんなに「それ違うよ」と言われた。その日から真亜紅は、学校に手ぶらで来るようになったのだという。

「さて、と」

真亜紅の姿が完全に見えなくなると、空になったペットボトルをリュックに入れて立ち上がる。トレーニングの感想は聞けなかったけれど、明日も同じ時間に来るよう誘ってみると、微かに頷いたようにも見えた。感情の種類を増やしてみようか、それとも別のトレーニングをやってみるかと考えつつ、軽くなったリュックを肩に担いだ。ふと見上げれば厚い雲はすっかり消えて、夏らしい青空が広がっている。

スロープを戻り、ハートルームに向かっている途中でプールのある方向から子どもたちのはしゃぎ声が聞こえてきた。あまりに楽しそうな声に誘われ行ってみると、低学年の児童たちがプールで水飛沫《しぶき》を上げているのが見える。

「おつかれさまです」

監視をしていた黒金と谷《たに》という女性教師に挨拶をし、「見学していいですか」とプールサイドを指で示した。「どうぞどうぞ」と言われ、その場で靴と靴下を脱ぎ、裸足になって中に入っていく。

「高柳さん」

見学を申し出たのは、プールサイドに設置されたテント下の長椅子に優美が座っていたからだ。優美がぽつんと一人、退屈そうにしていたので声をかけたくなった。

「あ、澤木先生」

見学者は優美だけだった。まだ余裕のある長椅子に、ひかりも腰を下ろした。

「先生も監視員の当番ですか」

「ううん、私はただの見学者」

優美とゆっくり話すのは久しぶりだった。彼女は学級委員なので業務連絡はするが、個人的な話をする余裕もなく、夏休み前の面談もわずか十分ほどで終わっている。手のかかる児童が他にいるので、優美のように自分でなんでもできてしまう子どもは、どうしても後回しになってしまう。

「ねえ先生、小さい子って、どうしてこんなに水が好きなんですか。うちの弟たち、夏になるとプールプールって毎日うるさいんです。学校のプール開放も絶対に休まず参加するし」

優美とひかりの視線の先には、水中を飛び跳ねる子どもたちの姿があった。どの子も目を爛々《らんらん》と輝かせ、か細い喉を反らして歓喜の雄たけびを上げている。太陽がゆらめく水面に乱反射し、光の欠片がテント下まで差し込んでくる。

「小さな子が水を好きな理由には、人間の発達が生命の進化と同じ過程をたどるからだ、という説があるの。人間の発達っていうのは、つまり脳の発達のことなんだけどね」

「能？　怖いお面被って舞うやつですか」

「そっちじゃなくて、脳みその脳ね。……高柳さんってぼけたりするんだ？」

優等生の優美しか知らないので、笑ってしまった。

「生命っていうのは、魚類からスタートして両生類、爬虫《はちゅう》類、鳥類または哺乳《ほにゅう》類という順番で進化していくじゃない？　実は人間の発達も、これと同じ流れをたどると言われてるんだよ。赤ちゃんは初め魚類と同じで羊水《ようすい》の中に浮かんでるでしょ。その赤ちゃんが少し育つと両生類、爬虫類のように地を這うハイハイを始めて、やがて鳥類、哺乳類のように立って歩くようになる。つまり、発達の初めの段階にいる幼い子どもは魚類に近いから水を触りたがるし、両生類や爬虫類のように土にまみれて泥んこで遊ぶのが好きなんだよ」

「それって、小さな子は動物に近いってことですか」

「そうだね。じっとしていられなくて動き回ったり、床に寝そべったりするのも、脳が未熟だからなの。脳の大脳皮質という部分が発達すれば思考力や記憶力などが上がって、本を読んだりブロックでなにかを作ったり、知的な遊びができるようになるんだけどね」

ただ子どもによってその発達速度はさまざまで、だから教育現場は混乱の連続なのだ。現状だと発達が遅れている子どもを否定してしまい、可能性の芽を摘んでしまうことがある。児童一人ひとりに向き合ってその成長に適した指導ができればいいのだが、そうたやすいことではない。

「澤木先生すごい。なんでも知ってる」

黒金が拡声器を使って、「全員水から上がりなさい」と子どもたちに声をかけていた。ここ数年は気温が高くなりすぎて、プールの中にいても熱中症が起こるようになった。水温が高いために意識が朦朧《もうろう》とし、それが原因で溺れる事故も起こっている。そのため監視員の教師たちは児童にこまめに休息を取らせ体調に気を配らなくてはいけない。

「なんでもってわけじゃないけど、子どもの発達については大学で専門的に勉強したの。興味がある分野だったから、論文もたくさん読み込んだし」

水から上がり、プールサイドに座っていた男の子がこっちに向かって手を振ってきた。あの子が優美の弟なのだろう。賢そうな切れ長の目がよく似ている。青色の帽子を被っているということは、二年生だ。

「弟さん、可愛いね。お名前はなんていうの？」

「雄吾《ゆうご》です。可愛いけど、可愛くない時もありますよ」

雄吾は下の弟で、その二歳上にもう一人弟がいるのだと優美が教えてくれる。弟じゃなくて本当は妹がほしかったのにと笑う。「先生、さっきの話の続きなんですけど、大学ってどんなことを勉強するんですか」と優美が話題を戻したので、ひかりは教育学部で学んだことを詳しく説明した。勉強だけではなく、ボランティアサークルに入って子どもたちとキャンプに行ったり、スキーをしたり。大学の四年間は自分にとってかけがえのない時間だったと伝える。

「私も――」

優美の言葉が、拡声器から響く黒金の声でかき消された。休憩時間が終わったのか、子どもたちがいっせいに水の中に入っていく。「こら、飛び込むなって言っただろっ」「プールサイドを走っているのは誰だ！」水飛沫があちらこちらで上がり、子どものはしゃぎ声と黒金の野太い声が、真夏の空気を揺らしている。

「ごめん高柳さん、聞こえなかった。もう一度言ってくれる？」

静かな目で弟の姿を追っている優美の横顔を、ひかりは見つめる。

「私も先生みたいに大学に行って、いろんなことを勉強したい。……そう言ったんです」

ふと大人びた表情を浮かべた後、優美が自分の素足に視線を落とした。テント下に座ってはいるものの、太陽が動き、足先は光が当たっている。

「うん、勉強すればいいと思うよ。好きな分野の学問を学ぶって、すごく楽しいから。先生は大学時代が一番充実してたかな。高校までは興味のない教科も勉強しなきゃいけないしね」

足先を見つめていた優美がすっと息をのみ込んだ。顔を上げ、再びプールのほうへと目を向ける。

「先生、私は大学には行きません。高校を出たら働くんです」

優美の視線の先には、水と戯れる雄吾の姿があった。

「え……。でもそういうことは、いま決めなくてもいいんじゃないかな」

「ううん、もう決めてるんです。だってうち、お金ないから」

お金がない――

この呟きを、自分はこの四か月間、どれだけ聞いただろう。六年二組の児童たちは口癖のようにこの言葉を使う。うちはお金がない。そう言われるたびに返答に詰まり、気まずい沈黙を作ってきた。

「でもね、高柳さん。お金がなくても大学に進学する手段はあるんだよ。奨学金という、学費を前借りする制度があるの。奨学金を受けて大学に通って、社会に出て働くようになってから返済するの。成績が優秀なら、返す必要のない給付型の奨学金を受けることもできるし」

額や首筋から汗が流れてくる。長椅子にくっついているお尻や膝の裏も、しっとり蒸れているのがわかった。ついさっきまで笑顔だった優美が顔を曇らせている。この子の家の事情はなんとなくわかっていたつもりだけれど、もちろんすべてを知っているわけではない。

「高柳さん自身はどうしたい？　高校を出たらすぐに働きたい？」

プールから雄吾が手を振ってきた。優美が笑顔で両手を振り返す。

「わかりません。でもお母さんに言われてるんです。高校は行かせてあげるけど、卒業したら働いてねって。だから私、高校を卒業したら働くんです。家から通える中で、一番お給料の高いところに就職しようと思っています」

弟たちは大学に行かせてあげたいから、と優美が息を漏らすように呟く。プールの縁につかまってバタ足をしていた雄吾が、こっちを見て嬉しそうに笑った。

「お父さんも同じご意見なの？」

「お父さんは……」

言いかけて、優美が口をつぐんだ。その一瞬のためらいに、優美に父親はいなかっただろうかと記憶をたどる。でもたしか、家庭調査票の保護者欄には父親の氏名が記されていたはずだ。

「お父さんはちょっと病気で……心の」

消え入りそうな声だった。踏み込みすぎたと、自分を戒める。子どもにだって他人に踏み込まれたくない領域はある。

「ご病気なのね。ごめんね、先生、根ほり葉ほり……」

「ううん、いいんです……お父さんは昔、都内の銀行で働いてたんです。でもいろいろと仕事のストレスがあったみたいで鬱病になっちゃって……。私が四歳の時だったんですけど、あの時は本当に家の中がぐちゃぐちゃでした。お父さん、しばらく休職して治療に専念したんです。でも回復できなくて退職することになって。お父さんが銀行を退職した後は、家族五人で江堀市に引っ越してきました。知り合いの紹介で、お母さんが水柄にある食品工場で働くことになったんです。お父さんも単純作業ならできるだろうって働こうとはしたんですけど、やっぱり具合が悪くて。だからお母さんがいまも一人で頑張ってるんです。勤務は朝八時半から夕方の六時までだけど、忙しい時期は夜まで残業があるんで、お母さんがいない日は私がご飯を作ってます」

優美が家のことを話すのを、ひかりは黙って聞いていた。夏休み前の三者面談に、優美の母親は仕事の都合で来られなかった。だからまだ会ったことがない。でもきっと頑張り屋さんなのだろう。優美を見ているとわかる。

「高柳さんは小さい頃から家の手伝いをしてきたんだね。それなのに先生、これまであなたにお願いしてばかりだった。学校でもいろいろ仕事を任せてしまって……ごめんね」

周りのことをよく見ていて、困っているとすぐに手を貸してくれるので、いつしか優美に頼りきっていた。家で母親代わりをしているのだ。学校ではのんびりと過ごさせてあげればよかった。

「ううん、全然大丈夫です。学校は楽しいことがいっぱいあるし」

「そう？　だったら嬉しいけど……。高柳さんはいつも元気だから、あなたがいてくれるとクラスがぱっと明るくなるんだよね」

優美が口端を上げ、ひかりを見つめてくる。

「お母さんに言われてるんです。不幸は明るい場所を嫌うんだよって。だからうちの家にこれ以上不幸が来ないように、私、笑うんです」

剽軽《ひょうきん》な表情にひかりも笑みを返したが、この子の笑顔がそんな思いから生まれていたことを知り、胸が痛んだ。いつも朗らかに笑っているので、この子は大丈夫だと安心しきっていた。

「高柳さん、一つだけ真面目な話していいかな」

ひかりが真剣に口にすると、優美も真顔になって頷く。

「さっき言ってた進学のことなんだけど、いまはまだ決めないでほしいと先生は思ってる」

そろそろ終了時間が近づいてきたのか、黒金が児童たちを並ばせ、プールの中を同じ方向に歩くよう促していた。子どもたちが同じ方向にいっせいに歩き出すと、流れるプールのように渦ができるのだ。人間洗濯機と呼んでいるこの遊びは終了間際にするのが常だった。

「高校を出たら働く。それも一つの人生だと思うけれど、進学するという選択肢もいまはまだ手放さないでほしいの」

プールの水が一定方向に流れ出すのを見つめながら、言葉に力を込める。いまの日本では高校を卒業した生徒の八割以上が大学や専門学校に進学する。残りの約二割は就労かそれ以外の生き方を選ぶわけだが、その中には進学を望んでいた子どもも少なくないはずだった。

優美は学習態度も真面目で勉強への探究心もある。その感性を伸ばし続けてほしいと願うことは、ひとりよがりなのだろうか。優美が、周りの環境が作り出す渦に巻き込まれてほしくないと願う一方で、でもどうすればその渦から抜け出せるのかはわからない。

「でも先生、私は頑張っても大学には行けないと思います」

「どうしてそう思うの？」

「だって……。この前、文香ちゃんに塾の算数のテキストを見せてもらったら、めちゃくちゃ難しかったんです。文香ちゃんが受験する中学校の国語の入試問題も見せてくれたんだけど、論説文……っていうのかな。それが、日本語なのになにが書いてあるのかわからなかったんです。それで私、文香ちゃんと自分の間には、もう大きな差がついてるんだなって思ったんです。私はこれからも塾に通うことはないし、だから差は広がっていくだけで、頑張っても追いつけないんです」

きっぱりと言い切る優美を、力なく見つめる。大丈夫、いまついている差はこれからの努力で埋められる。勉強も運動もこの調子で頑張り続ければいい。進学を諦める必要なんてない。優美を励ます言葉を頭の中にいくつも並べ、でもどれも彼女に響くとは思えず打ち消していく。自分自身、本当にそう思っているのか、わからない。本人の努力だけではどうにもならないことがあることを、痛いほど感じていた。

笛の合図で人間洗濯機が終わり、子どもたちがプールサイドに上がってきた。不揃いな列を作り、満ち足りた顔をしてシャワーのほうへと進んでいく。「ゆっくり。順番を守りなさい」という黒金の太い声が拡声器を通して聞こえてくる。誰もいなくなったプールはまだゆらゆらと波打ち、夏の日射しを反射している。

「弟連れて帰らなきゃ」

気詰まりな沈黙に、優美の軽やかな声が落ちた。

「気をつけてね」

長椅子に座ったまま、その背中を見送る。数歩歩いたところで優美が足を止め、「先生さようなら」と振り返り、笑顔で手を振ってきた。ひかりも耳の辺りまで右手を上げ、「さようなら」と返す。

なにも……言えなかった。

優美の力になるようなことを、なにも言ってあげられなかったと思うと、体に力が入らない。あの子はいつだってふがいない担任を助けてくれるのに、自分はなにもできなかった。

子どもたちを帰らせた後、黒金が駆け足でプールサイドに戻ってくる。この人はいつも元気だな、とその日焼けした顔やTシャツから伸びる筋肉のついた腕を眺めていると、

「澤木先生、これ頼んでいいですか」

やたらに柄の長い虫取り網を手渡された。通常の虫取り網なのだが、柄のところに釣り竿のような長い棒がくっつけられている。

「水面に浮かんでるゴミ、除去してもらえますか」

ひかりは頷き、ゆっくり立ち上がってプールサイドに近づくと、水面に浮かぶゴミをすくっていく。蟬《せみ》が溺れていたので、腰を引きながら救出に励んだ。

「すいません、助かります。谷先生が用事あるとかで先に帰っちゃったんですよ」

プールサイドで水温を測定していた黒金が振り返る。

「全然問題ないです。今日は見学させてもらって、ありがとうございます」

「いえいえ。高柳さんが楽しそうにしてたからよかったですよ」

こんなに暑いのに見学だけなんて可哀そうだと思っていたのだ、と黒金がガラス棒状の温度計を目の高さまで持ち上げる。

「そうだ澤木先生、今朝また保護者から電話があったって知ってますか」

「電話？　なんのですか」

「例の、岩田元副校長のやつです。これで三件目らしいです。さすがにこれ以上増えたら、木下校長も保護者説明会を開くかもですね。でもどこから漏れてんでしょうね、ＳＮＳで流れてんのかなぁ」

水面を漂っていた蟻を指でつまみ、プールサイドに逃がしてやりながら黒金がぼやく。

「何年生の保護者からですか？」

「たしか、卒業生の保護者だったと思いますよ」

「卒業生？　どうして卒業生の保護者が……」

「いや、なんか岩田副校長って、授業にもがっつり入ってたそうなんです。何年か前の六年生のクラスが、凄まじく学級崩壊したらしくて。そこの担任の心が折れて休職してた間、授業は岩田先生が教えてたって話ですよ。たしかその辺のことは相庭先生が詳しく知ってると……」

黒金の声が遠くに聞こえ、太陽に照らされ熱くなっていたはずの背中に寒気が走った。凪いでいた水面が歪んで見え、「すみません、暑さのせいか気分が悪くて」と虫取り網を足元に置いてテント下に戻る。そしてそのまま長椅子に置いていたリュックを手に取り、プールサイドを出た。

「大丈夫ですか」

心配そうな黒金の声に振り向き、会釈を返す。

黒金の口調はいつもと変わりなかったが、彼は事の重大さに気づいていないのだろうか。

岩田が授業に入っていたということは、彼と直接関わった児童が多数いるということだ。嫌な予感が胸を塞ぎ、本当に気分が悪くなってきた。ひかりはそのまま体育館のほうへと歩き、人のいない裏側に回ると風のある場所を選んで腰を下ろした。軽い熱中症にでもなったのか、吐き気がしだいに強くなってくる。冷たい水を飲みたかった。でも体を動かすと喉の奥にあるものが込み上げてくる。日陰にいても体温が徐々に上がっていくのがわかる。日本の夏は、いつから命の危険を感じるほど暑くなったのだろう。

しばらくの間、両目を閉じて休み、体が少し楽になったのを確認してからゆっくりと立ち上がった。それでも全身の気怠さは取れず、壁をつたって歩き出す。ついさっきまで真亜紅のトレーニングがうまくいった気がして浮かれていたのに、いまはただ気分が重い。

保冷剤を使わせてもらおうと保健室に向かったが、部屋に水野の姿はなかった。保冷剤は冷蔵庫にあるけれど、断りもなく取り出すのも気が引けて、水野が戻ってくるのを待つことにする。バッグが机の横に掛けてあるので、出勤はしているのだろう。

しんとした廊下に、誰かの足音が響いていた。いつも騒がしい昼時なのに校舎はひっそりと静まり返り、学校ではないどこか別の場所にいるようだった。

だんだん立っているのが辛くなってきて、部屋の隅に置いてある丸椅子を取りに行こうとした時だった。机の上にアルバムが重ねてあるのが目に入る。以前にも彼女が見ていた、水柄小の卒業アルバム――。

引き寄せられるように一歩、二歩と近づくと、ひかりは机に向かって手を伸ばした。光沢のあるアルバムの表紙を、そろりと開く。最初のページに出てきたのは六年生の集合写真で、空を見るように顔を上げた児童たちを、高い位置から撮ったものだった。もちろん知らない顔ばかりだが、でもなぜか懐かしい気持ちになる。

集合写真の次のページには、教職員の集合写真が載っていた。岩田洋二はすぐに見つけられた。校長の隣に座る、紺色のスーツを身に着けたその姿は、写真で見る限り実直そうな男だった。薄い髪を撫でつけ、銀縁の眼鏡をかけている。

——何年か前に学級崩壊したクラスがあった。

黒金がそう言っていたが、どの年次だったのだろう。学級崩壊は珍しいことではなく、担任の力量不足だけが原因ではない。クラスにたった一人でもこちらの指示に従わず騒ぎ続ける児童がいれば、それだけで授業は成り立たなくなる。

岩田が水柄小に勤務していたのは三年間。その間に関わった六年生は、一学年が二クラスとして、六クラス。六クラスのうち、学級崩壊したのは、どこ？

一冊目のアルバムを見終えると、二冊目に手をかけた。どのアルバムも構成は同じで、一ページ目は六年生全体、二ページ目は教職員の集合写真になっていて、三ページ目からクラス写真が載せられている。写真が掲載されているページの続きには、子どもたちの作文が綴られていた。

二冊目を見終えると、三冊目のアルバムを開く。こうやって見ていても、何年度のクラスが学級崩壊したかなんてわからない。どのクラスの担任も苦労などなにもないような、澄ました顔で写りこんでいる。それでもひかりは写真を凝視するのをやめられずにいた。上中下段の三列に並んだ児童たちの顔を、下段の端から順に確認していく。笑顔のない子。どこか暗い目をしている子。不満げにカメラを見ている子。写真撮影の日に登校しなかったのだろう、ページの右上の枠内にいる子……。

「アイリン……」

写真の中によく知る顔を見つけた。南国の果実のように瑞々《みずみず》しい肌にアーモンド形の目を持つ美少女。彫りの深い大人びた顔立ちは、他のまだあどけない少女たちの中で際立っていた。

とっさに目線をページの下にずらし、このクラスの担任教師を見る。まだ二十代前半だろう若い男性教師だった。黒金ほどではないが体格の良い、短く刈り上げた髪がいかにもスポーツマンといった男性で、写真の印象からこの担任ならば学級崩壊は起こらない気がした。なんとなくほっとして、視線をスナップ写真に移した時だった。

「そのクラスよ」

すぐ後ろから声が聞こえてきた。

びくりと両肩を持ち上げ振り返ると、水野が立っている。ドアが開いたことも足音にも、まったく気づかなかった。

「そのクラスなの」

水野が低い声で繰り返す。

「……なにがですか」

アルバムを閉じ、ひかりは水野と向き合う。

「学級崩壊が起こって、担任が休職したクラスは……その六年一組なの。岩田元副校長が代理で授業をしていたっていう……。このクラスの女子児童の保護者から、今朝、学校に問い合わせがあったのよ」

ひかりは慌てて表紙を開き、もう一度、六年一組の集合写真に視線を落とした。このクラスが、岩田から直接指導を受けていた子どもたち……。

「あっ」

思わず声が漏れたのは、アイリン以外にも見覚えのある顔があったからだった。指差そうと思ったら、力が入り、写真の顔を爪の先で突いていた。

「その子がどうかした？」

「いえ……」

言葉に詰まると、水野が顔を強張らせ「その子を知ってるの？」と声が強くなる。

「その子、阿賀奏斗《あがかなと》くんというの。私もさっき聞いたばかりの話だけど、この年次の六年一組は、阿賀くんを中心に担任に反抗していたらしいの。数人で徒党を組んで『死んでくれ』だの『おまえの顔なんて見たくない』だの面と向かって担任を罵《ののし》って。どこで撮ったのか知らないけどSNSに担任のプライベート動画を流したりもして。授業を妨害して、休職するまで担任を追い詰めて、それから阿賀くんはぴたりと学校に来なくなったそうよ。このアルバムの写真を撮ったのが十月だったから、彼が不登校になったのはその後ね、たぶん……」

水野の話を聞きながら、ひかりは八王塚の街で出会った男の顔を思い出していた。耳の軟骨部と鼻にリングピアスを嵌め込み、髪をシルバーに染めていた若い男。

阿賀奏斗。奏斗の頭文字は——Ｋ。

自分をケイと名乗っていたあの男は、アイリンの同級生だった。

「澤木先生は阿賀くんを知ってるの？」

水野がまた同じことを訊いてきた。

「いえ……知りません。私……ちょっと、失礼します」

アイリンとケイがかつて同級生だった。ただそれだけのことなのに、ひかりの胸に暗鬱とした感情が生まれてくる。保健室を出て廊下に出るとむっとした熱気に体を包まれたが、いまは自分の体の不調など気にならなかった。

10

雲の切れ間から差し込む朝の光は、夏の明度を保っていた。今日から九月とはいえ、気温はカレンダーをめくるようには下がらない。夏の間に茂った雑草の波を横目で見ながら、ひかりは自宅のアパートから学校まで自転車を走らせていた。

長い夏休みが終わり、二学期が始まった。六年二組の子どもたちに会える。そのこと自体は心が沸き立つほどに嬉しいのだが、その一方でここからまた怒濤《どとう》の日々が始まるのだという緊張もあった。

いつもより十分ほど遅れて職員室に入ると、もうすでに何人かの教員が出勤していた。

「おはようございます」

すれ違う教員に挨拶しながら自分の席に向かう。

「相庭先生、おはようございます」

隣の席にいる相庭にも声をかけると、「どうも」とこちらを見ずに返してくる。

「夏休みはどこか行かれたんですか」

迷惑がられることをわかっていて、ついつい話しかけてしまった。気詰まりなのが苦手なので、何度嫌な思いをしても打ち解ける努力をしてしまう。

「特には」

「あ、そうなんですね」

これで会話終了か、と心で呟きながらひかりも自分の机の前に座った。夏休みの後半は一週間ほど休暇を取って実家でくつろいだので、無愛想な返答くらいはなんともない。

「澤木先生、二組の児童が呼んでますよ」

リュックから取り出した筆記用具やバインダーをデスクの上に並べていると、三年生を担任している谷に肩を叩かれた。

「ありがとうございます」

出入口を振り向けば、ロンが扉の向こう側に立ち、まっすぐにひかりを見ていた。

「グエンくん、おはよう」

「おはようございます」

両手をまっすぐ下に伸ばし、ロンが腰を深く折る。日本の習慣に馴染もうとする努力が、彼の所作にはいつも表れている。

「どうしたの」

ロンが頭を起こすのを待って、ひかりは問いかけた。今日は始業式だけなので、なにか忘れ物をしたというわけでもないだろう。

「先生……ぼくは、学校に来ません」

「え？」

「ぼくは今日、先生に、学校に来ませんを言いに来ました」

たどたどしく、でもはっきりとロンが同じことを繰り返す。

「グエンくんが今日、学校に来ないってこと？　でもいまは来てるでしょ？」

少しわかりづらいロンの日本語を、頭の中で整理してみる。

「ぼくは家族で引っ越します。だから今日、最後に学校に来ます」

そこまで言い終えたロンは、見開いた両目に涙を浮かべた。それを目にしてようやく、彼が自分に伝えたいことに気づく。

「グエンくん、引っ越すの？　だからもう、この水柄小には通わないってこと？」

言葉を区切ってゆっくり訊き返すと、ロンが小さく何度も頷いた。こくりこくりと顔を下に向けるたび、涙の雫《しずく》が廊下に落ちる。

「今日ぼくは、先生にさようなら言いに来ました。お母さん、それしていいと言いました。だからぼくは帰ります。澤木先生、さようなら」

ロンが踵を返し、廊下を走っていく。

「グエンくん、待ってっ」

背中に向かって叫んだものの、その姿は瞬く間に視界から消えてしまう。

「澤木先生、朝礼が始まりますよ」

扉の近くにいた黒金に促され、呆然としながらもひかりは職員室に戻る。ロンは冗談であんなことを口にする子ではない。いや、冗談であるわけがない。両目いっぱいに浮かべた涙は、言葉よりも強く彼の悲しみを伝えていた。

「相庭先生」

朝礼が始まる中、声を潜め、隣に立つ相庭に声をかけた。職員室の前方で副校長の小堺が二学期の行事の話をしている。

「グエンくんがいま職員室に来て、家族で引っ越しすると言ってきたんですけど、なにか聞いてますか？」

転校ということであれば、保護者から前もって連絡があるはずだ。転校先の小学校と連携を取らなくてはいけないし、このような形で突然学校に来なくなることなどあり得ない。

「言葉の通りでしょう」

相庭がぼそりと返してきた。

「言葉の通りって、どういうことですか」

「グエンは今日から学校に来ない、ということですよ」

表情ひとつ変えずに言われ、よけいに困惑する。

「でもそれなら転校するってことですよね。相庭先生はグエンくんが二学期に転校すること、聞いておられたんですか」

知らなかったのは自分だけかと思って口調が強くなったが、相庭は呆れたようにひかりを見て、「私も知りませんよ」と首を振った。

「小堺副校長」

朝礼が終わると同時に、ひかりは職員室の前のほうへと足早に進んだ。

「うちのクラスのグエンくんのこと、なにか聞いてますか」

もしかすると自分が休暇を取っている間に、保護者から連絡があったのではないだろうか。

「グエンというのは、ベトナム人の児童ですよね」

「そうです。六年二組の男子です。二学期から転校をするという連絡が、保護者からきていませんか？　業務日誌を確認していただけますか」

担任への連絡を忘れていたとしても、記録は残っているはずだった。夏休み中の業務連絡は、日誌に書いておくことになっている。その業務日誌は、小堺副校長のデスクの横に紐を付けて引っ掛けてある。

「うーん、転校の件はなにも書かれてませんね。その男子の名前もありませんし」

まるで焦る様子のない態度に苛立ち、「見せてください」と業務日誌に手を伸ばす。小堺副校長の言う通り、ロンに関する記述は見つからない。

「逆に、澤木先生はどうしてその男子が転校することを知っているんですか」

小堺副校長が、窺うように目を細める。

「さっき、グエンくん本人が引っ越しすると言いに来たんです」

言いながら、あれは本当に別れの挨拶だったのだろうかと考える。あまりに唐突すぎて、なにがなんだかよくわからなかった。だけどたしかにロンは「さようなら」と口にしたのだ。そんな簡単な日本語を間違えるわけがない。

「まあ、珍しいことではないですよ」

驚くだろうと思っていたら、小堺副校長の口から出た言葉は意外なものだった。まるで児童が欠席するという報告を受けた程度の軽さだ。

ひかりの手から業務日誌を抜き取ると、元の場所に掛け直す。始業のチャイムが鳴ったことで、彼がこの話を打ち切ろうとしているのがわかった。

「珍しいことじゃないって、どういう意味ですか。グエンくんは本当に転校するんでしょうか。保護者から、担任の私に連絡がきていないんですよ？　子どもが『さようなら』って挨拶に来ただけです」

通常なら児童が転校する際は、新しい学校に通学する日の前日まで在学していた元の学校に籍を置いておく。転出と転入の間は、空白が一日でもあってはならないからだ。それは子どもたちの義務教育の機会を保障するためで、法律でも定められている。それなのに自分は、ロンの転校先の小学校の情報をなにも知らない。あの子のことを新しい小学校に申し送ろうにも手段がないのだ。

「こんな……担任の私が状況をなにも把握できてないなんて、おかしくないですか。これじゃあまるで……夜逃げみたいじゃないですか」

興奮しているのか自分の声がどんどん大きくなっているのはわかったが、どうしようもなかった。小堺副校長のやけに落ち着いた態度も気に入らない。ロンの突然の転校を自分と同じように心配してくれると思っていたのに。

「澤木先生、ここでなにをしてるんですか。早く教室に行ってください。二組の生徒が騒いでいて、迷惑です」

苛立ちを含んだ声に振り向けば、少し離れたところに相庭が立っていた。いま気づいたが、職員室には自分と小堺副校長以外、誰もいない。

「いまちょっと……大事な話をしていて」

「だから、夜逃げです。グエンの一家はこの町から消えるんです」

ひかりと小堺副校長の話を聞いていたのか、相庭が冷たく言い放つ。

「この町から……消える?」

「小堺副校長の言う通り、この水柄小では珍しいことではありません。外国籍の子どもの中には親が不法滞在をしているケースもありますから、そうした場合は親が入管に目をつけられたらすぐにどこかへ転出してしまうのです。もちろん学校に転出先の情報なんて入るわけがない」

わざわざ別れを言いに来たのは真面目なグエンだからだろう、と相庭が淡々と続ける。これまでも水柄小では同じようなことが何度かあった。前日まで登校していた外国籍の児童が、ある日突然学校に来なくなる。保護者とも連絡が取れず、担任が自宅を訪ねると、もぬけの殻。そんなことでいちいち騒いでいたら、他の児童に迷惑がかかると相庭が眉をひそめる。

「……グエンくんのご両親は、不法滞在者なんですか」

ロンからは、父親は飲食店で働いていると聞いていた。母親も同じ店に勤めているので、自分も時々その店で食事をさせてもらえるのだと嬉しそうに話していた。

「それはわかりません、あえて確認もしてませんし。前にも話しましたが、もし不法滞在者であれば、われわれにも通報する義務が出てきますからね」

たとえ不法滞在者であっても、多くの自治体は十五歳までの子どもの就学を認めている。グエンの両親が水柄小への通学を望んだので受け入れただけだ、と小堺副校長がさらに説明を加える。

「じゃあグエンくんは、引っ越し先でも学校には通えるということですね。新しい学校に転入したら、そこの担任から水柄小に連絡が入る。明日か明後日か……私はそれまで待っていればいいってことですか」

申し送りはその時にするということだろうか。

「さあどうでしょう。移転先ですぐに小学校に通うとは限りませんからね。澤木先生は知りませんか？　外国籍の保護者には子どもを就学させる義務がないんです。もしグエンの家の状況が厳しいのであれば、学校に通わせる余裕はないかもしれませんしね。二〇一九年のデータによると、東京都の外国籍の就学不明児の人数は、たしか八千人を超えていたと思いますよ。就学年齢の外国籍の児童が都内には二万五千人ほどいるので、実に三分の一に近い数の児童が学校に通っているかどうかわからない状況にあるようです。ですよね、相庭先生?」

小堺副校長がニュース番組のコメンテーターのように数字を持ち出し、相庭にちらりと目をやる。だが相庭は小堺副校長と目を合わせることもせず、「澤木先生は早く教室に」とだけ口にし、足早に職員室を出て行った。


二組の教室が見えてくると、葉擦れのようなざわめきが聞こえてきた。そうだこの感じだ、と子どもたちがいる学校の雰囲気を久しぶりに思い出す。夏休みの間は静かすぎて、初めのうちこそ快適だったがじきに物足りなく思えてきたのだ。

「遅くなってごめんね。はいっ、みんな席に着いて」

腹の底から声を出すことすらも懐かしい。全身に電気が流れる。頭が高速で回転する。気持ちが昂っていく。

教壇に立つとすぐに空席に目を向けた。空いているのは大河と真亜紅と、ロンの席だ。教室に空席があると、大事なものを家に忘れてきたような気持ちになる。それが今日は三つもだ。

「みんな元気でしたか」

三人の不在に少なからず動揺したが、目の前の児童たちにすべての神経を集中させた。教室内をざっと見渡し、髪が整えられているか、服が汚れていないか、肌に傷や痣《あざ》がないかなどを確認していく。

「それではまず、夏休み中の宿題を集めます。列の後ろの人から前に回してください」

始業式の今日は、半日で終了となる。新しい当番を編成したり係活動を決めたりと、新学期にすべきことは山積みだった。でも新学期の始まりはいつも、子どもたちに休み中の思い出を語ってもらうことにしている。

「はい、じゃあいまから夏の思い出をスピーチしてもらいます。なんでもいいので、この夏一番印象に残ったことを先生に教えてください」

えぇーっと非難めいた声が上がったが、気にせず教卓の上にストップウォッチを置く。持ち時間は一人一分と決めた。

「ほんとになんでもいいからね、そうめんが美味しかったとか、そういうのでもオッケーだよ。でも『なにもありません』だけはなしね」

ひかりの言葉に、子どもたちの頭が揺れる。目を輝かせている子もいれば、頬杖をついて考え込む子もいる。心底嫌そうにしている子には、「一言だけでもいいよ」と声をかけていった。

帰りの会を済ませ、児童たちを教室から送り出すと、ひかりは教壇に立ってクラス全体を見渡した。太陽の光が教室のすみずみまで届き、その平等な明るさが胸を衝く。

――だから、夜逃げです。

相庭の言葉を思い出しながら、教室の後方まで歩いて行く。後ろ側の壁には書写の授業で書いた習字の作品が展示してあるのだが、その下のほうに貼られている一枚に手を伸ばした。

子どもたちに「好きな言葉を書きましょう」と指示すると、ロンは『明日』を選んだ。「タテの線とヨコの線だけで簡単だから」と本人は恥ずかしそうにしていたが、とても彼らしいと思った。誠実で友達に優しく、誰とでも仲良くできるロンにはきっと、素晴らしい『明日』が来る。あの子を見ていると、そう信じることができた。

台紙を留めていた画鋲《がびょう》を引き抜き、『明日』を壁から外す。墨で書かれた太く黒い文字が並ぶ中にぽっかり空白ができると、要の部分が抜けてしまった気持ちになる。

『明日』を手に持ったまま、ロンの机に近づいていった。体を屈め、机の中をのぞきこむと見事なまでに空っぽだった。プリント一枚残っていない。夏休み前の帰りの会での「机の中のものは持ち帰ってね」というひかりの指示を守ったのだろう。そうなのだ。あの子はいつも、人の言うことをきちんと聞く。

ロッカーにもロンの私物は一つもなかったので、廊下に設置してある棚をのぞいた。図工の時間に描いた水彩画が保管してある。

「グエンくんだ……」

重ねられた二十二枚の中からロンの絵を探し当てた時、ひかりは思わず呟いた。四つ切りの画用紙の中にロンがいたからだ。手に白墨を持ったロンが口を開けて笑っている。『私たちの未来』というテーマで取り組んだこの絵には、「教師」として教壇に立つロンが鮮やかな色彩を使って描かれていた。

――グエンくんは将来、先生になりたいの？

図工の時間、丸筆を手に一心不乱に絵を描いている彼に、そう訊ねたことがある。

――ぼくは、学校の先生なりたいです。先生はいつも生徒いろいろ助けます。

そっか、グエンくんならきっとなれるよ。絶対にいい先生になるよ。あの時自分はそんなふうに返したのだ。とても軽く。彼の夢がいともたやすく実現できるような言い方で。でも本気で思っていた。この日本の教育現場にロンのような背景を持つ教師が増えたなら、多くの子どもが救われるのではないかと。その時のことを思い出すと胸が痛んだが、でもこんなところでロンを懐かしんでいる時間はなかった。一言でいいから、ロンともう一度話をしようと、手の中にある絵を筒状に丸める。いまからロンの自宅を訪ねるつもりでいた。

駐輪場に走って自転車を取りに行き、ひかりはロンの自宅に向かった。

彼の家を地図で確認した後、携帯の地図アプリにも住所を打ち込んでおく。方角的には優美や真亜紅の自宅がある水柄団地の辺りだが、「ドリームハイツ」という建物の名前を見る限り団地ではないようだった。

昼下がりの太陽を全身に浴びながら、思いきり力を込めてペダルを踏んだ。周りの景色がとてつもない速さで流れていく。地面に凸凹があるたびに車体が弾み、前のカゴに入れている習字や絵が飛び出しそうになるので左手で押さえ、右手だけでハンドルを握る。バランスを崩し何度もふらつきながら、それでも速度を緩めることはしなかった。

水柄団地の前を通り過ぎると、雑草が生い茂る空き地がさらに増え、古いアパートがぽつりぽつりと建っているのが見えた。携帯の地図アプリが目的地だと告げてくる。地図で確認しても、ロンの自宅近辺に到着していることはわかった。だが似たような外観のアパートがいくつもあって、どれが「ドリームハイツ」なのかがわからない。

自転車を道路の端に停め、首を巡《こうべ》らせ辺りを眺めていると、少し先のほうでオレンジっぽい明るい色が動いたように見えた。人がいるのかもしれない。ひかりは再び自転車に跨りペダルを踏み込む。進んだ先には周りの建物に比べてひときわ年季の入った、黒ずんだ外壁のアパートが建っていた。

「土井さん、高柳さん？」

まさかここで二人に会うとは思ってもいなかった。さっき視界をよぎったオレンジ色は、優美が着ているTシャツの色だ。

「二人とも来てたの？　よかった、グエンくん、まだ発《た》ってないんだね」

振り向いた二人の顔が、不安げに曇っている。

「びっくりしたー。先生がいるなんて思わなかった。私たちは、ロンにプレゼントを持ってきたんです。ね、理乃ちゃん」

優美の隣で、理乃が小さく頷く。家でクッキーを焼いてきたのだと、優美が手に持っていたピンク色の袋を目の辺りまで掲げる。理乃の手にも、贈り物らしき白い紙袋があった。中になにが入っているのか、彼女の手にある紙袋はやけに重そうだ。

「先生はどうして？　それ、ロンの忘れ物？」

優美が自転車のカゴに目を向ける。

「忘れ物じゃないんだけど、グエンくんの作品が教室に残っていたから」

筒状に丸めたものを指差すと、優美が「見てもいいですか」と訊いてくる。

「どうぞ」

丸まっていた画用紙を、優美が丁寧な手つきで広げた。手に白墨を持ったロンが現れ、その絵を見たとたん、理乃の両目に涙が浮かぶ。

「理乃ちゃん、ダメだって。笑ってバイバイしよって約束したじゃん」

優美が理乃の肩に手を置き、ぽんぽんと叩く。引っ越すことをロンから聞いた時は自分も泣いてしまった。でも今日は笑って見送ろうと決めてここまで来たのだと、優美がいつもの笑顔でひかりに教えてくれる。

「高柳さんと土井さんは、グエンくんが引っ越すことをいつ知ったの？」

「夏休みです。私と理乃ちゃんとロンとで、夏休みの宿題をしようってことになって。理乃ちゃんの家に集まった日に聞きました」

「引っ越しの理由は知ってる？」

「はい。お父さんとお母さんの仕事がなくなったって……。働いていたお店が潰れたそうです」

働く場所がなくなったので家賃が払えなくなった。次の仕事が見つかるまで、知り合いの家で暮らす。ロンからはそう聞いていると優美が教えてくれた。

「そう……」

ロンがこの地を去る理由は想像していた通りだった。国の経済状況が悪化すると、弱い立場の人から順にドミノ倒しのように崩れていく。

「あ、ロン出てきた。理乃ちゃん、先生、ロンだよ。ヤマトもいるっ」

二階建ての古い木造アパートには各階に二部屋ずつあり、ロンは一階の手前の部屋から姿を見せた。腕の中に黒猫を抱えていて、ひかりたちの姿に驚いたのか目を丸くしている。女子二人は弾むように駆け出し、それぞれ持ってきたプレゼントを渡しに行った。

「先生、なんで来ましたか」

ピンク色の袋と白い紙袋を胸の前に抱え、ロンがひかりを見た。腕の中にいた黒猫は地面に下ろされ、草むらのほうへと歩いていく。

「グエンくんにこれを渡そうと思ったの。両方とも力作だから」

ひかりが自転車のカゴに入れていた習字と絵を見せると、ロンは悲しげに口を歪め、

「ありがとうございます。でも持っていく、できません」

と首を横に振る。

「引っ越すところ、とても狭い。ぼくの荷物、少し言われています」

ごめんなさい、とロンが眉を下げる。

「そっか、わかった。じゃあ先生が預かっておくね」

「ごめんなさい」

「謝らなくてもいいよ。取りに来られるようになったら、取りにおいで」

言葉が途切れ、沈黙が落ちたところにクラクションの音が響いた。振り向くと、外国人の男が軽トラックを運転し、すぐそばまで近づいてきていた。ひかりたちが邪魔なのか、男はフロントガラスの向こう側で犬猫を追い払うように手を動かしている。

「グエンくんのお父さん？」

「違います。知らない人。引っ越し手伝います」

運転席の窓を半分下ろし、男が外国の言葉で叫んでくる。

「ぼく行きます。さようなら。先生、握手します」

差し出されたロンの右手を、ひかりはつかんだ。いまつかんでいるこの手を離したら、もうロンは自分の教え子ではなくなる。そう思うと握った手を離すことがためらわれ、力を入れたまま動かせない。だがさらに長く大きな音でクラクションが鳴らされ、ロンが慌てて手を引いた。ひかりの手だけが、まだなにかをつかもうと宙に浮く。

ロンが背を向け走り出すと同時に、家の中から両親らしき二人が段ボール箱を抱えて出てきた。両親が運び出した荷物は段ボール箱五つだけで、ほんの数分で軽トラックの荷台に積み終える。荷物の積み込みが終わると、父親が軽トラックの荷台を濃いグリーンの幌で覆った。

「先生さようなら。理乃、優美、バイバイ」

ロンがもう一度、全力で走り寄ってくる。理乃はさっきから泣きっぱなしで、優美だけが「また遊ぼうね。バイバイ、ロン」と笑顔を返す。ひかりはなにを言えばいいかずっと考えていたのだが、

「グエンくん、この先なにがあっても勉強は続けてね」

とその細い肩に手をかける。

――ぼく、書くできます。でも読みません。読む、わかりません。

ロンにそう打ち明けられた日――彼が日本語を理解していないことを知った日から、二人で猛勉強を続けてきた。ひかりはロンに新一年生が使う五十音表を与え、憶えてくるように告げた。平仮名が読み書きできるようになったら「あさ」「ねこ」「ぎゅうにゅう」など耳に入ってきた日本語の意味を電子辞書で調べるよう指導した。漢字は読めなかったとしても音を聞いて単語の意味がわかれば、日常生活は格段に楽になる。授業中の板書や配布するプリントすべてに平仮名のルビを振り、理乃もそれを真似てロンの教科書の漢字を平仮名に直してくれた。

「グエンくんは努力ができる人だよ。努力はきっと報われる。たとえいますぐ報われなくても、あなたの人生のどこかで、あの時頑張っておいてよかったと思える時がくる。だから絶対に諦めないでほしい」

ひかりがそう伝えると、ロンは無言のまま深く頷き、両目に涙を浮かべた。ロンの素直さと聡明さと真面目さは、日本語を習得する武器だった。彼が強く生きていくために、まだまだ教えることがあったのにと突然の終わりにやりきれなくなる。

「ロンッ」

軽トラックの助手席から、父親らしき男が呼びつける。両親とも挨拶をしたかったが視線を逸らされ、あからさまに対話を拒むその様子に、近づくことができない。

「ぼく行きます」

くるりと背を向けたロンの腕を、理乃がつかむ。

「住所わかったら……教えて」

切実な声に、ロンの顔も悲しげに歪む。

何度も振り返りながら、ロンは軽トラックのほうへと歩いていった。だが途中で足を止め、体を反転させてこちらに向かって走ってくる。

「先生これ」

戻ってきたロンが息を弾ませ、小さな紙切れの束を取り出す。自分への手紙かと心が浮き立ったが、よく見ればなにかの割引券だ。

「これ……なに？」

けばけばしいくらいカラフルな色どりの割引券には、「ａｔｅ」という店名が印刷されている。

「ぼく引っ越しますって言ったら、真亜紅がプレゼントしました。たくさんです。でもぼくはここに行きません。このチケット見つかるお母さん怒ります。先生あげます」

クラクションが大きな音で鳴り響き、ロンが切羽詰まった顔をする。荷台に乗り込んだ母親が、グリーンの幌のわずかな隙間から顔を出し、早口でなにか言っていた。

「わかった。先生が預かっておくね」

ひかりが割引券を受け取ると、ロンはほっとした笑顔を見せ、また走って軽トラに戻っていった。

軽トラが視界から消えてしまうと、自分とロンを繋いでいた糸がふつりと切れた気がした。強制終了。ここから先はなにもできないという虚無感が全身に広がっていく。

結局、ロンの両親とゆっくり話す機会は持てなかった。夏休み前の三者面談は欠席だったので、顔を見たのも今日が初めてだった。両親の仕事はすぐに見つかるのだろうか。間借りするという知人は親切にしてくれるのだろうか。ロンはまたすぐに学校に通えるのか……ロンの暮らしはこの先どうなるのだろう。訊きたいことがいまさらながら、溢れてくる。か細く薄い猫の鳴き声が、草むらから聞こえてきた。

「土井さんはなにをプレゼントしたの？」

ハンカチで涙を拭っている理乃の背に、そっと手を添えた。やけに重そうな紙袋の中身はなんだったのか、と問いかける。

「辞書です」

辞書、と聞いてひかりはロンの字を思い出す。時間をかけて一画、一画、まるで絵を描くように綴る彼の丁寧な文字は、書写のお手本のようだった。

「先生、理乃ちゃん、わざわざ本屋さんで注文したんです。『日本語・ベトナム語・英語辞典』っていう辞書」

水柄地区には書店がないので、二人で大型スーパーまで買いに行ったのだ。自転車で一時間近くかかり、暑くて死にそうになった。でも書店員さんがすごく親切で、どの辞書がわかりやすいかを一緒に考え、一番使いやすそうなものを取り寄せてくれたのだ、と優美が嬉しそうに話してくれる。

「ロンは理乃ちゃんのこと、一生忘れないよ。だってクッキーは食べたらなくなっちゃうけど、辞書はずっとそばに置いておけるもん」

よしよし、と優美が理乃の頭を撫でる。

「先生も。元気出して」

ぽんぽんと肩を叩き、優美がひかりをも気遣ってくれる。

「ロンね、先生が日本語を教えてくれるから嬉しいって、いつも言ってました。先生が学校に電子辞書を持ってきたでしょ？　日本語をベトナム語に訳せるやつ。あれを使うようになってから、ロンはちょっと変わったんです。なんていうか、それまでは一人か女子といることが多かったのに、男子たちとも遊ぶようになって」

優美に慰められながらも、まだまだ不十分だったという後悔が強くなる。ロンに出会うまで外国籍の子どもの実情をほとんどなにも知らなかった。自分にもっと知識や能力があれば他にもなにかできたのかもしれない。

家主がいなくなったアパートの部屋の前まで三人で歩いていった。鉄製の玄関ドアは塗装が剝げ、郵便ポストには錆《さび》が浮いている。表札に名前はなく、でもこの場所でロンはたしかに暮らしていたのだ。優美と理乃が、中を見透かすようにドアを見つめている。

「そろそろ帰ろっか」

寂しそうに佇む優美と理乃に、声をかけた。大人でも子どもでも、好きな人との別れが辛いのは同じだ。寂しい時間を分かち合ったことで、三人の間に親密な空気が流れる。優美が「ヤマト」と名前を呼びながら草むらをかき分け、「今日はうちにおいで。ご飯あげるよ」と小さな黒猫を抱き上げた。

真夏とそう変わらない強い日射しの中を、ひかりは自転車で走っていた。帽子を忘れてしまい、額や首筋から汗が滴ってくる。水柄川の川辺の草地に、背丈ほどある黄色の小花を咲かせたセイタカアワダチソウが群れになって生えているのが見える。夏休み中は川で遊ぶ親子連れをちらほら見かけたけれど、さすがにいまは誰もいなかった。

今日は九月の第一土曜日で、真亜紅の受診日だった。それなのに一時間ほど前に、アイリンから「真亜紅がいない。ずっと捜しているけど見つからない」という電話がかかってきたのだ。午後二時の予約まで、あと二時間しかない。

水曜日に新学期が始まり、木曜日、金曜日と三日間、真亜紅は学校に来ていない。真亜紅だけではなく大河の欠席も続いていた。昨日はさすがに二人の自宅に家庭訪問をしたのだが、大河は夏休みの間に生活リズムをすっかり崩し、朝、起きられないようになっていた。休暇前までは週に三回くらいは登校できていたのだが、いまは完全に昼夜が逆転している。真亜紅にいたっては自宅を訪ねても誰もおらず、新学期になってまだ一度も顔を見ていない。

日に焼けたアスファルトの道路を走り続けていると、ようやく巨大団地の一角が見えてきた。五階建ての集合住宅が二十八棟並ぶ団地は、外壁に振られた番号がなければ見分けがつかず、どの建物も広く濃い影を地面に映している。

「今田くん、澤木です。家にいますか？」

呼び出しブザーを鳴らしたが反応がないので、ドアを軽くノックした。居留守かと思いドアに片耳を近づけてみたが、中から物音は聞こえてこない。

自転車を停めていた駐輪場まで戻るとすぐに、『槙田ココロのクリニック』にキャンセルの連絡を入れた。ああまたか、という心の声が聞こえそうな受付の応対にも、もう慣れてしまった。今日は夏休み中に真亜紅と二人で取り組んだ認知機能トレーニングの成果を、槙田医師に評価してもらうつもりだったのに……。

周りがやけに静かで、敷地内には人の姿もない。

土曜の午後が、ぽかりと空いてしまった。

自宅アパートの玄関ドアを開けると、散らかった室内が目の前に現れた。スニーカーを脱いで部屋に上がり、そのままベッドに倒れ込む。テーブルの上には食べかけのチキンライスの皿があり、マグカップにはコーヒーが半分残っていた。

両目を閉じたままベッドで横たわっていると、気持ちがどんどん落ちてくる。こんなに頑張っているのにうまくいかないのは、どうしてなのだろう。真亜紅にしても大河にしても、一学期の間に積み上げてきたものが崩れてしまった。ロンもう、自分の目が届かない場所にいる。

三学期の修了式前まで二組を受け持っていた前担任、尾ノ上という女性教師は、なにかきっかけがあって頑張ることを諦めたのだろうか。彼女はどこまで踏ん張ったのだろう。子どもたちの問題にどう向き合い、そしてどんな悩みを抱えていたのか……。尾ノ上が疲弊し、徐々に病んでいく姿がいまの自分に重なっていく。

いつのまにかうとうとしていて、目を覚ますと少し気持ちが落ち着いていた。

ひかりはゆっくりと体を反転させ、仰向きになって天井を睨みつける。

昔から、諦めの悪い性格だった。

小学一年生の時にいったんはやめた水泳を中学で再開したのも、あのまま終わるのが悔しかったからだ。スイミングスクールでコーチに怒鳴られ、大っ嫌いになった水泳。でも嫌いなまま、苦手なままで大人になったら、自分は負けたことになる。十二歳の自分はそんなことを考え、だからあえて中学校では水泳部に入った。自分でも厄介な性格だと思う。負けず嫌いすぎて、正直、生き辛い。でもどうしても、まだなにかできるのではと顔を上げてしまうのだ。

「よし、行ってみるか」

横たえていた体を起こしてベッドから下りると、通勤用の黒いリュックを探った。リュックから膨らんだ財布を取り出し、カラフルな紙の束を引き抜く。ロンから預かったパブ「a te」の割引券。あの後、気になって「ate」という店を検索してみると、フィリピンパブだということがわかった。発音はよくわからないが「ate」はタガログ語で「おねえさん」の意味らしい。真亜紅がその店の割引券を大量に持っていたということは、そこが彼の母親の勤め先なのだろう。

子どもがとる行動には、すべて理由がある。

そう教えてくれたのは誰だったか、と思い返しながら、ひかりは八王塚駅の改札を抜けた。今日が土曜日だからか、それとも夕方五時過ぎという中途半端な時間帯だからか、駅前は意外にも人出が少ない。

「ate」の詳細を調べると、住所は八王塚になっていた。八王塚といえばいまから四か月前、ゴールデンウィークの最中に真亜紅が補導された場所だ。あの日自分は、真亜紅がなぜこんな場所をうろついていたのか疑問に思っていた。水柄地区から八王塚までは、バスと電車を乗り継いで四十分以上かかる。そんな遠くの繁華街までわざわざ遊びに来ていたのかと、呆れていたのだ。でもこの場所で母親が働いているのだとしたら……。寂しくなって、ふと近くまで来てしまったのだとしたら……。まだ十二歳なのだ。一人で過ごす休日は心細く、寂しい。

携帯を片手に、ひかりは細い路地を右へ左へと曲がっていく。地図アプリに住所を入力しているので、道案内の音声に従ってネオンの灯《とも》り始めた歓楽街を歩いた。駅から遠ざかるほどに周囲の空気がどんより濁って感じるのは、気のせいだろうか。

路地の行き止まりまで来たところで、地図アプリが目的地を示す。

画面から視線を外して周囲を見回すと、細い道の両側にパブらしき店がひしめき合っていた。その何軒かあるうちのひとつに、「ａｔｅ」の看板が掛かっている。

ここだ……。店の前まで来たとたんに、緊張が増した。担任が児童の親の職場に現れるなんて非常識だし、絶対に迷惑がられるだろう。でもこのままだと真亜紅がどこにいるかすらわからない。三日も無断欠席が続いているのに、これ以上見過ごすことはできない。

ひかりはガラス張りになったドアの前に立ち、店内をのぞいた。ドアは蛍光オレンジやピンクのライトで装飾され、そのネオンによって半袖から伸びる腕が妖しく染まる。店内もライトに照らされ、窓からカラフルな光が漏れ出ていた。

「いらっしゃあい」

思いきってドアを開けると、甘い声が飛んできた。

「おねえさん、一人？」

店内の中央に円形のカウンターがあり、その中にいる豊満な体つきの外国人女性が口端を上げる。

「すみません、澤木といいますが、こちらに今田さんはおられますか」

いくつかのボックス席はすでに客で埋まっていた。男性客とホステスらしき女たちが無遠慮な視線を向けてくる。

「イマダさん？　イマダ……ああ、ルビーのことだね」

女は頷くと、カウンターを出て店の奥へと歩いていく。やっぱりここは真亜紅の母親が勤める店だったのだと、賑わうフロア内に目を向けた。考えてみれば二十七歳にもなって、こうしたパブに入るのは初めてかもしれない。

入口付近で女が戻ってくるのを待っていると、強い力で腕を引っ張られた。肩関節が抜けるほどの痛みに振り向けば、真亜紅の母親が両目を吊り上げ立っている。

「アンタナニシテル？　ココマデクル、ナニ？」

腕をつかまれたまま母親に外に連れ出され、引きずられるようにして店の裏側に回った。

「アンタナニ？　ココマデクル、ナニ？」

怒りに満ちた表情で母親が声を尖らせる。連れて行かれたのは狭い路地だった。袋に入ったゴミが積み上げられ、饐《す》えた臭いが充満している。

「店まで来たことは本当に申し訳ありません。すみませんでした。でももう三日間も今田くんが学校に来ていないんです。どうしてか理由を教えてください」

「シラナイヨ」

吐き捨てるように言い、母親がきつい目を向けてくる。

「今田くんは、いまどこにいるんですか」

「ダカラ、シラナイ。アンタ、コンドキタラ、コロスヨ」

母親に凄《すご》まれ、ひかりは口を閉ざした。言いたいことは溢れるほどにあるのだが、うまく伝えられない。言葉に詰まるひかりを残し、母親が裏口から店内に入っていく。粗末なアルミ製のドアを開ける時に一度だけこちらを振り返り、ペッと唾を吐いた。

「澤木先生」

その場所で呆然と立ち尽くしていると、いま母親が入っていった勝手口から、髪を高く結い上げた若く美しい女が出てきた。ノースリーブの黒いドレスを着た女が、ひかりのそばに寄ってくる。どうして自分の名前を知っているのかと体を硬くすると、

「ママがすごく怒ってます。あの人、キレたらなにするかわかりません。早く帰って」

女が眉を寄せ、ひかりを柔らかく押した。

「……アイリンさん？」

まさかと思いながら、濃いメイクの顔をのぞきこむ。

「先生、早く行って」

「アイリンさん、どうしてあなたがここで？」

後ずさり距離を取ると、本当にアイリンなのかともう一度、その顔を見つめた。カールされた長いまつ毛が忙《せわ》しく瞬き、「早く帰って」と繰り返す。

「先生、実は真亜紅、三日前から家を出てるんです。いろいろあって……。私もすごく心配で、いま捜してるん……あぁっ」

勝手口の扉が大きく開き、母親が出てきた。アイリンの腕をつかみ、店内に引きずり込む。

「アイリンさんっ」

母親がひかりの顔に煙草を投げつけてくる。足元に落ちた小さな火に恐怖を感じながら、

「アイリンさんっ」

もう一度呼ぶと、母親は甲高い声で怒鳴りながら大きな音を立て、扉を閉めた。

すぐに携帯でアイリンに電話をかけたが、呼び出し音が虚《むな》しく響く。未成年の彼女がなぜパブで働いているのか。真亜紅はいまどこにいるのか。訊きたいことはたくさんあったが、いままた店に立ち入れば母親の逆鱗《げきりん》に触れて騒ぎになるだろう。

ピンクやオレンジの光が滲むガラスを見つめ、ひかりはこれまで感じたことがないほどの烈しい怒りを感じていた。パワハラ、セクハラ、マタハラ、男女格差に介護問題、ブラック

企業や少子高齢化……。いま思いつく限りでも、日本が抱える問題は終わらない山手線ゲームのように次から次へと挙げられる。でもその中でも、子どもに対する暴力は、極悪に違いない。

　いつしか日が翳り、ネオンの色がいっそう濃く浮かび上がっていた。歓楽街の賑わいはこの時間帯からが本番なのだろう。飲み屋がひしめく路地に驚くほど人が増えている。輝きを増す光の中を、ひかりはどこを目指すでもなく歩いていた。


　自宅のアパートに戻ると、すでに夜の九時を過ぎていた。心も体も疲れきっていて、明日が日曜日であることが唯一の救いだ。

「こんばんは、澤木さん」

　アパートの駐輪場に自転車を停めていると、それまでどこに潜んでいたのか、見覚えのある二人の男が目の前に現れる。声を上げそうになるくらい驚いたが、ハンドルを握りしめ、なんとか平静を装う。

「こんな時間にすみません。以前もお目にかかりましたが、立木警察署の益子です」

「伊藤です」

　二人の名前は憶えていた。人生で初めて刑事と対話したのだ。忘れられるわけがない。

「あの……なにか御用ですか」

自転車のスタンドを立て、鍵をかける。そんなひかりの様子を、二人は静かに観察している。

「失礼ですが、今日の午後六時頃、八王塚の『ａｔｅ』というパブにおられましたね。どういったご用件で訪ねられたのか、教えていただけますか」

前置きもなく問われ、全身の動きが止まる。

「いきなりなんですか」

「実は今日、私たちもあの辺りにおりましてね。偶然お見かけしたものだから、なにか用事があって行かれたのかと思ったんですよ」

ひかりの目の、さらにその奥を見透かすように益子が訊いてくる。

「あの店でうちのクラスの児童の母親が働いているんです。ちょっと急用があったので訪ねただけです」

慎重に答えなくてはと思った。自分の返答を、刑事たちが漏らさず記憶に刻んでいる気配が伝わってくる。

「児童の母親が働いてる？」

伊藤と益子が表情を変え、口を滑らしたことを後悔した。警察はまだそのことを知らなかったのだ。もし探りを入れられ、未成年のアイリンが店に出ていることがわかれば面倒なことになる。

「名前を教えていただけますか」

益子が上着の内ポケットから手帳を取り出した。

「え……」

「その児童の名前を教えてください」

益子はひかりを見据えたまま、視線を外さない。

「……今田真亜紅です」

どんな字を書くのかと問われ、親の名前も訊かれたが、父親はおらず、母親は名字しか知らないと返した。店では「ルビー」と呼ばれていたが、本名かどうかはわからない。

「ありがとうございます。大変助かりました」

真亜紅の住所も訊かれたので正直に教えた。隠したところで調べたらすぐにわかることだろう。

「あの……あの店でなにかあったんですか」

どうして警察が「ａｔｅ」のことを訊いてくるのか。嫌な予感に眉をひそめる。

「最近わかったことですが、被害者があの『ａｔｅ』という店に頻繁に通っていたようなんです。今日は聞き込みに行っていたんですが、日本語がまるで通じず弱りました。また後日、出直しです」

ひかりから情報を得られたからか、益子の目にさっきまでの鋭さはなくなっていた。だがひかりの胸の中には、冷たい石のようなしこりが生まれる。

「澤木さん、どうかされましたか」

「いえ……。被害者というのは、私の部屋の隣に住んでいた岩田洋二さんのことですか」

「そうですが」

あのパブが、岩田の行きつけだった——。それはいったいどういうことなのか。岩田洋二は、自分が勤める学校の児童の保護者が働いていることを知らずに、「ａｔｅ」に通っていたのだろうか。そんな偶然が……あるのだろうか。

「あの、私、失礼します」

心臓の鼓動が速くなっていくのを感じながら、足早に二人の横を通り過ぎた。動揺していることを気取られたくなくて、わざとゆっくり歩く。

「澤木さん」

だがそんなひかりを、伊藤の低い声が呼び止めた。このまま無視したい。とっさにそう思ったが、足を止めて振り向く。

「このアパートに入居されてから、あなた以外に女性を見かけませんでしたか」

「女性……ですか」

二人から顔を背け、記憶をたどる。入居したのは、いまからおよそ五か月前。引っ越しは三月二十五日だった。挨拶をしようと翌日隣家を訪ねたが留守で、階下は高齢の男性が一人で暮らしていた。

引っ越しから数日間は誰とも顔を合わせていない。

でも……姿を見たわけではないのに、自分はこのアパートに女性が住んでいると思っていた。どうしてだろう。自分以外にも女性の住人がいると思い込んでいた。

「見かけたことはないんですが、女の人が住んでいるなとは思ってました」

口にすると、伊藤と益子がさりげなく目線を交わす。その様子に、自分がなにか決定的なことを言ったのだと気づく。

「どうして女の人が住んでいると思ったのですか？　声が聞こえてきたんですか」

「声……ではないと思います。声を聞いたならそう記憶してるはずですし……」

聴覚ではなく、視覚からの情報だった気がする。このアパートには女の人が住んでいる、と思い込むなにかを見たような……。

「澤木さん、思い出してもらえませんか。現在、このアパートの居住者にあなた以外の女性はいません。あなたはどうしてここに女性が住んでいると思ったのですか」

伊藤の目が細くなり、鋭さを増した。女性が事件に関与しているということだろうか。慎重に答えなくてはとひかりは両目を閉じ、懸命に記憶を呼び起こす。

引っ越しの荷物がアパートに届いたのは、夜の遅い時間だった。費用を安く抑えようと、引っ越しの時間指定をしない「フリー便」を利用したらそんな時間になってしまったのだ。

引っ越し業者は、二十代くらいの若い男性二人で、彼らに荷物を運び入れてもらいながら、ひかりは足元を懐中電灯で照らすなどの手伝いをしていた。

そうだ、自分はその暗闇の中でなにかを見たのだ。

あれは……トラックの荷台から下ろした自転車を、アパートの駐輪場まで移動させている時だった。空いているスペースを探していたら、一台のスクーターが停められていた。持ち主がうっかり忘れたのか鍵が付けっぱなしになっていて、危ないな、盗まれたらどうするんだ、と気をもんだのだった。

その時私は、そのスクーターの持ち主は女性だと思った。このアパートに暮らす女性のものだろう、と。

どうしてそう……思ったのか。

スクーターの鍵に、キーホルダーが付けられていたから……だ。

闇の中で光る星形のキーホルダーは、女性が好むような可愛らしいデザインだった。

「澤木さん、なにか思い出しましたか？」

探るような声に呼ばれ、慌てて顔を上げれば、伊藤と益子が真正面から見つめてくる。

「いえ……なにも」

目を合わせたまま、ひかりは首を横に振った。でも頭の中では、ある事実がはっきりと浮かんでいた。

反射素材でできたそのキーホルダーは、アイリンが彼女のスクーターの鍵に付けていたのと同じものだった。

ひかりがこのアパートに引っ越してきた夜、アイリンがこのパレスＭＩＺＵＥを訪れている。

11

刑事たちがアパートから立ち去るのを見届けた後、ひかりは部屋にこもり、これまでの話を懸命に繋ぎ合わせようとした。だが考えれば考えるほど混乱し、結局、自転車に乗って水柄団地までやって来た。真亜紅の家を訪ねたが十一時を過ぎたいまもまだ誰もおらず、駐輪場で待つことにする。空一面に雲がかかり、いつもよりずっと暗い夜の中で、ひかりはぼんやりと突っ立っていた。

岩田洋二が、「ａｔｅ」の常連客だった。

それはいったい、どういうことなのか。

岩田は、真亜紅の母親のことを知っていたのか。いくら考えても答えが出ず、アイリンに直接訊くしかないと思った。ひかりが江堀市に引っ越してきた日にパレスＭＩＺＵＥの駐輪場で見たスクーター……あれが彼女のものだったのかどうかも確かめたかった。

遠くのほうからエンジン音が聞こえてきた。徐々に近づいてくる気配を感じながらそちらを見ていると、スクーターのヘッドライトらしき丸い光がひかりの胸の辺りを照らす。

「……澤木先生？」

駐輪場の前でエンジンを切り、アイリンがヘルメットを外す。

「おかえりなさい。ごめんね、こんなところで待ち伏せしてるみたいになっちゃって」

「いえ……」

空いたスペースにスクーターを停め、アイリンが電話に出られなかったことを謝ってくる。

「それはいいの。仕事中だったんでしょ」

刑事たちと話をした直後、携帯に何度か電話を入れた。息苦しくなるほどの胸騒ぎに耐えられず、岩田のことをすぐにでも確かめたかったからだ。でもいまは電話が繋がらなくてよかったと思っている。あのまま興奮状態で問いただしたら、なにを口にしていたかわからない。

「澤木先生は、真亜紅を捜してくれてるんですか？」

家で話しませんか、とアイリンが言ってくる。今夜は母親が帰ってこないから、と。

重い足音を響かせながら、互いに無言のまま家のある五階まで階段を上っていく。部屋の前まで来ると、アイリンが肩に掛けていた布地のトートバッグから鍵を取り出しドアを開けた。

「どうぞ」

「おじゃまします」

玄関から続く短い廊下のすぐ先に、ダイニングキッチンが見えた。言われるまま、ひかりはその八畳ほどの部屋へと足を踏み入れる。部屋の中央に置かれた四人掛けのテーブルの上には化粧品やドライヤー、歯ブラシ、薬袋、丸まったストッキングなどが散乱しており、アイリンがそれらをテーブルの端に寄せた。

「座ってください。なにか飲み物を持ってきます」

「あ、気にしないで。アイリンさんも疲れてるでしょ。座って」

褪せた蛍光灯の光に晒されたアイリンは、疲れ果てた顔をしていた。綺麗に結い上げられていた髪は緩んでほつれ、マスカラの黒が周りに移ったのか両目がひどく落ち窪《くぼ》んで見える。

ひかりとアイリンはテーブルを挟むようにして椅子に座った。

「……怒ってますか」

「怒るって、なにを？」

「私が……あの店で働いてたことです」

アイリンがばつの悪そうな表情で視線を逸らす。

「怒ってはないよ。でも、ちょっと驚いたかな」

「……すみません。毎日やってるわけじゃないんです……。普段はコンビニでバイトしてて、店は時々……」

人手が足りない時に呼ばれるのだ、とアイリンが細い声で口にする。今日はホステスをしていたけれど、店の裏で洗い物や掃除をするだけの日も多い。アルコールはこれまで一度も飲んでいません、と呟く姿は、児童が忘れ物を告げに来る時のように頼りなげだった。

「謝らなくてもいいんだよ。……お母さんに頼まれて働いてるんでしょ？　断りにくいよね。

でも時間も遅いし、高校に知られたら問題になるんじゃない？」

　アイリンが椅子から立ち上がり、キッチンのほうへと歩いていく。キッチンの上の小窓を開け、流しの下の収納庫からスポーツ飲料のペットボトルを二本取り出し、そのうちの一本を「飲んでください」とひかりの前に置いてくれる。

「私……高校には行ってないんです。高校なんて行かなくていいって、ママに言われたんです。私ができる仕事なんてどうせ限られてる。水商売をするんだったらできるだけ若いほうがいいって。早く働いて家計を助けろって」

　ひと息に言うと、これ以上この話はしたくないというふうにアイリンが口を閉ざした。部屋の中がしんと静まり返り、階段を歩く足音が響いてきた。アイリンがペットボトルに手を伸ばし、きゅっと握りしめる。

　気まずさを埋めるため、ひかりはペットボトルを手に取り、キャップを開けた。そのまま口をつけると、甘く生ぬるい液体が喉を潤していく。そういえば前に、自分の家には冷蔵庫がないのだと真亜紅が言っていた。発泡スチロールの箱に氷を詰めて冷蔵庫代わりにしている、と。窓から風が吹き込み、テーブルの上のポストカードを床に落とす。

「先生、真亜紅が家を出たのはママの男……鍵谷《かぎや》っていうんですけど、そいつに殴られたからです。殴るっていっても、生易しいもんじゃなくて……。あいつ、真亜紅の首を絞めながら本気で殺すみたいな感じで」

しばらく黙りこんだ後、覚悟を決めたかのようにアイリンが再び口を開いた。その時のことを思い出しているのか、目には怯《おび》えが滲んでいる。

「それで私、警察に電話したんです。そうしたらあいつが、鍵谷が私の腕をつかんで携帯を取り上げようとして……。その隙に真亜紅が、家から飛び出していきました。逃げたんです。そばにあった青いリュックサックだけ持って……。それから真亜紅と連絡がつきません……」

鍵谷はこれまでのママの男たちとは違う。比べものにならないくらいたちが悪い。もう長く定職に就いておらず、何度も逮捕歴があり、反社会的な人間たちといまも繫がっている。だからいままで真亜紅も鍵谷に歯向かうことはなかったのにと、アイリンが顔を歪める。

「その、鍵谷っていう人と今田くんとの間で、なにか揉めるようなことがあったの？」

ひかりが問うと、アイリンが瞳に暗いものを滲ませ、また口をつぐんでしまった。理由を知っている様子だったが、唇を固く引き結んだまま徐々に目線を下げていく。

「……わかった。話したくないことなら、無理には訊かない。とにかく、いまは今田くんの居場所を捜しましょう。もしこのまま見つからないなら、警察に届けないといけないし」

真亜紅が家出をするのは、初めてではない。そのうち帰ってくるとアイリンは言うが、十二歳の子どもが行方知れずになっているのだ。これ以上放ってはおけない。

「前に家出した時、今田くんはどこにいたの？」

「遊び仲間の家です。ゲーセンで知り合った、年上の」

「その人たちの連絡先、アイリンさんは知らないの？」

「連絡先までは……」

あ、でも、と呟きながらアイリンが部屋の隅に置いていたトートバッグから携帯を取り出してくる。

「電話番号とかは知らないんですけど、私のインスタをフォローしてる人がいるから……そこから繋がるかもしれないです」

インスタ、フォローと言われても、いまひとつわからない。以前勤めていた小学校で、仲の良かった教師がうっかり児童の保護者と繋がってしまい、「行動を見張られているような気がする。かといってブロックするのも角が立つし」と嘆いているのを目の当たりにした。その話を聞いて以来、ひかり自身は積極的には利用してこなかった。

「どう？　なにか手がかりはあった？」

「いま真亜紅の遊び仲間らしき子に、メッセージを送ってるところです。何人かいるんで……ちょっと待っててください」

彼女が一心に画面を見つめている間、なにをするでもなく室内を見ていた。小ぶりの流し台には食べ残しの麺がはみ出たインスタントラーメンの容器が重ねられ、手で握り潰した跡のあるビールの空き缶がこんもりと積み上げられている。大ぶりのガラス製の灰皿がコンロの上に置かれ、山盛りになった吸い殻がいまにも溢れそうだった。ダイニングキッチンから続く隣の部屋は色とりどりの派手な衣装で埋まり、床が見えない。

アイリンの指の動きが止まった。なにか考えこむような顔つきで画面を見つめている。

「なにかわかった？」

「真亜紅の居場所が……」

「わかったの？」

立ち上がってテーブルに覆い被さるようにして画面をのぞきこむと、アイリンがメッセージを指差した。たった一言、『Kのとこ』と書かれている。

「Kって……阿賀奏斗くんのこと？」

どうして真亜紅が、彼のところに……。

「先生、奏斗のこと知ってるんですか」

「あ……うん。今田くんが八王塚で補導されたことがあったでしょ？　その時に駅前で会ったの」

彼の本名を知っているのは卒業アルバムを見たからだと伝えると、困惑顔のままアイリンが頷く。

「アイリンさんは、阿賀くんと親しいの？」

「親しくなんてないです。真亜紅、どうしてあんなやつのところに……」

アイリンが首を横に振りながら眉をひそめる。

「阿賀くんは、あなたの同級生だよね？」

「はい。でも奏斗は六年生の途中で不登校になったし、中学には一度も来なかったんです。再会したのは、私がママの店に出るようになってからです。あいつ、八王塚のホストクラブで働いてるから」

アイリンの話を聞きながら、一度だけ会った阿賀奏斗のことを思い出していた。あの日、真亜紅に「メイサ店に出てんの？」と訊いていた。メイサは、アイリンのことだったのだ。

「阿賀くんに連絡取ってもらっていい？」

「……はい」

アイリンが気乗りしない表情でため息をつく。

「連絡先はわかる？」

「まあ……いちおう。あいつも私のインスタをフォローしてるから。いまはこっちからブロックしてるけど、捜せば見つかると思います」

ＳＮＳでの繋がりは細く薄く、糸よりも不確かなものに感じる。でもその繋がりが生活の中心にある人は案外多いのかもしれない。小さな画面の向こうで何本もの手と手が繋がりあっているのを、ひかりはこのわずかな時間に見せられた気がした。

「澤木先生、奏斗から返信来ました。電話……してみます」

アイリンの青ざめた顔を見て、

「私がかけようか」

と手を伸ばした。

「いえ、私がかけます。先生だとたぶん……ダメだと思うから」

「どうして？」

「奏斗は教師を恨んでるんです。世の中に存在する教師全員を憎んでるというか……。だから澤木先生が電話に出たら切られると思います」

アイリンが指先を画面に置いた。呼び出し音が鳴ってわずか数秒で、電話が繋がる。

「……もしもし。真亜紅、そっちにいる？」

低い声で話し始めるのを、ひかりは息を潜めて聞いていた。ひとしきり奏斗とやりとりをした後で真亜紅が電話口に出てきたのか、「帰って来なさい」「いつまでそこにいるの」「もう大丈夫だから」「今日はママもあいつも帰って来ないから」ときつく叱ったり優しくなだめたりを繰り返している。

「私も話していいかな」

アイリンが頷き、携帯を渡してくれる。

「もしもし今田くん？　澤木です」

ひかりの声に驚いたのか、電話の向こうで短く息を吸う音が聞こえた。

「二学期が始まったのに学校に来ないから、どうしたのかと心配してたの。とにかく一度、会って話がしたいの。今田くんがいま思ってることを先生に聞かせてくれないかな。先生、いまから迎えに行くよ」

ひと息に話すと、しばらく間をおいて真亜紅の返事を待った。だがなにも聞こえてはこない。

「家を出た理由はお姉さんから聞いた。今田くんが逃げ出してくれて、本当によかったと思ってる。怪我は大丈夫？」

大人の男に暴力をふるわれることが、どれほど恐ろしいか。手加減なしに殴られる痛みを想像するだけで胸が引き絞られる。命からがら、文字通り命懸けで、この子は家を飛び出したのだ。

「今田くん、いまから迎えに行くね。もし家に戻りたくなかったら、先生のところにおいでよ」

なにひとつ反応はなかったが、電話の向こうで聞いていてくれていると信じてひかりは話し続けた。長い沈黙の後、

『あのさ』

と甲高い声が耳を刺す。真亜紅の声ではない。奏斗だ。

「はい？」

『こいつ、帰りたくないって言ってんだわ』

平淡で冷たい声だった。決して荒々しくはないが、敵意と憎悪が滲んでいる。顔は見えないのに、ひかりに対する烈しい嫌悪が伝わってくる。八王塚の路上で初めて会った時の愛想のよさは、店に誘導するための営業だったのだろう。

「でもほっとくわけにはいきません。私は今田くんの担任だから、責任があるんです」

『責任？　おまえら教師は、ほんっと表裏で生きてるからな。表の顔で教師としての責任だなんだって言っても、裏ではおれらみたいな人種のこと、見下してんだろ？　内心ではクズ扱いしてるくせによー。ああ、そうだ、おまえのＬＩＮＥのＩＤ送れよ』

「ＩＤ？　なんのために？」

『いいもん見せてやる』

嫌なら別にいいけど、と電話を切られそうになったので、すぐさまIDを伝えた。自分にLINEを送らせることで奏斗の連絡先が手に入るという計算もあったが、いまここでこの回線を遮断されたら真亜紅を捜す手がかりを失ってしまう。

「なに……これ」

わずか十数秒後、奏斗から画像が送られてきた。携帯の画面に、様変わりした真亜紅の顔写真が浮かびあがる。鼻はガーゼで覆ってあったが、両目の周りは青黒く腫れあがり、血の塊がこびりついた唇は両端ともめくれあがっていた。隣にいたアイリンが、ひっ、と短く息を吸う。

こんな……こんな酷い仕打ち、たとえどんな理由があったとしても許されない。子どもをここまで痛めつけるなんて人間のすることではない。苦しくて、ひかりは一瞬、携帯の画面から目を逸らした。でもすぐにまた直視する。これが現実なのだと自分に言い聞かせる。知らなかったでは済まされない、これが真亜紅の生きている日常なのだ。

携帯が再び震え、冷たくなった指先を滑らせて電話に出ると、

『せんせー、どうだった？』

愉しげな声が聞こえてきた。

「今田くんはいまどうしてるの、怪我の状態は？」

情けないくらいに声が震える。

『さーねー。鼻の骨はたぶん折れてるだろうな、見るからに歪んでるし』

これでわかったか、と奏斗が勝ち誇る。

『ババアの男にここまでやられてんだ、帰れるわけないだろ、バーカ』

絶句したままうな垂れるひかりの手から、「澤木先生代わって」とアイリンが携帯を抜き取る。

「わかった。じゃあ九時に。……真亜紅を家に置いてくれて、ありがとう」

電話を切ったアイリンの全身から、力という力が抜けていくのがわかった。携帯をテーブルに伏せて置き、息を吐く。

「明日の朝九時に、奏斗と八王塚駅で待ち合わせました。真亜紅を連れて来るって」

ほっとしたのか、アイリンの口調がいつもの落ち着いたものに戻っている。

「私も、一緒に行っていい？」

鼻の骨が折れているなら病院に連れて行かなくてはいけないし、なによりも真亜紅に会いたい。会って話がしたい。

「どうかな……奏斗は学校の先生が嫌いなんで……。ああ、でも、あいつに気づかれないように離れた場所にいてくれるなら」

目の前のペットボトルを手にすると、アイリンが喉に流しこむ。真亜紅の居場所がわかったからか、表情がわずかに和らぐ。

「阿賀くんはどうして教師を憎むの？　アイリンさんは彼が不登校になった理由を知ってる？」

六年生の途中から不登校になったというが、なにかきっかけがあったのだろうか。

「私たちが六年生に進級したタイミングで、それまでの担任が産休に入ったんです。それで四月から新しい男の先生が来たんですけど……。それがなんていうか、その男の先生、初めから奏斗に対して当たりがきつかったんです。他の子が同じことをしても怒らないのに、奏斗だけは叱られたり……」

たとえば授業中の私語にしても、別の児童なら見過ごすところを、奏斗は許されなかった。「黙れ」と凄まれたり、時には教卓に手を打ちつけて威嚇《いかく》してくることもあった。奏斗に対する厳しさは傍から見ていても息苦しかったと、それまで淡々と話していたアイリンの顔が険しくなる。

「奏斗の態度があそこまで悪くなったのは、その男の先生が来てからでした。それまでも問題児ではあったけど、なんだろう……言い方変だけど、普通の子だったんです」

ひかりの耳に、申し送りをする教師同士のやりとりが、いまにも聞こえてくるようだった。

「あのクラスは、阿賀奏斗を抑えないと学級崩壊しますよ」前担任が産休に入るタイミングで赴任してきたという男性教師は、誰かにそんなふうに言われたのではないだろうか。だから過剰なほどの厳しさで奏斗を抑えつけた。まだ若く、教師としての経験が浅かったことも災いしたのかもしれない。支配をまとめることだと勘違いし、空回りする教師を、ひかりも実際に目にしたことがある。

「じゃあその男性の先生が、不登校のきっかけになったんだね」

「いえ……それは少し違います。奏斗が不登校になったのは、その男の先生が休職してからだから」

「休職？　ああ、そうだったね。その先生、結局は学校に来なくなったんだよね」

「はい。ある日を境に、これまでの担任の仕打ちにキレた奏斗が猛烈に反抗し始めたんです。授業中に机の上に立ったり、先生の持ち物に油性のペンで『死ね』って落書きしたり。先生のプライベートを撮った動画をクラスのみんなに見せたりもしてました。それで担任が心を病んで学校に来なくなって、その代わりに授業に入った先生がいたんですけど……」

代理の教師は一貫して奏斗を無視した。奏斗が騒いでもなにをしても注意をしない。視線すら向けない。テストを白紙で出してもなにも言わず、同じようなことをした他の児童には居残りをさせたが、奏斗にだけは声をかけなかった。黙殺。あれほど完璧な無視を自分は見たことがない。奏斗が見える自分のほうがおかしいのか。そう疑わしくなるほどの完全なる抹消だったと、アイリンが顔を曇らせる。

「簡単だと思いました」

「なにが？」

「教師が生徒を潰すなんて、簡単だなって。無視すればいいんです。そこに存在しないものとして扱えばいいんです。そうしたら子どもの心なんてすぐに折れるから」

代理の教師が授業に入って半月も経たないうちに、奏斗は学校に来なくなった。奏斗と一緒になって騒いでいた他の男子たちも、自分が同じ目に遭うことを怖れておとなしくなった。

「その、代理で入った先生っていうのは……岩田洋二副校長のこと？」

アイリンの顔色が変わった。目を見開き、呼吸を止める。そのあまりの強い反応にひかりのほうが戸惑う。

「どうして澤木先生が岩田を……知ってるんですか」

アイリンの声が掠れる。

「それは……」

張りつめた空気にたじろいでいると、携帯が鳴った。アイリンが反射的に携帯を手に取り、無表情のまま話し始める。タガログ語を使っているのでおそらく母親からの電話だろう。

「先生、明日なんですけど」

アイリンが電話を切り、ひかりを見てくる。

「うん?」

「私、真亜紅を連れて児相に行きます。ママが明日、鍵谷と一緒に家に戻るって言ってるから、あいつがいる間は児相の一時保護所で過ごすつもりです」

「児相」という言葉がアイリンの口からさらりと出てきたことに、ひかりは軽い衝撃を受けた。

「アイリンさんは、これまでにも児相に行ったことがあるの?」

「はい、何度か。一度目は私が小学二年生の時で、ママが何日も帰って来なくて家に食べ物がなくなって……。真亜紅を連れて学校に行きました。そしたら児相の人が学校まで迎えに来てくれました。あとは今回みたいにママの男が暴れるたびに、二人で逃げ込みました」

短い時は数日間、長い時は一か月以上、一時保護所で暮らすこともあった。だが保護されている期間は自由に外出ができず、学校にも通えないので、真亜紅はすぐに家に帰りたがる。そうしたら母親に連絡して迎えに来てもらうのだとアイリンが話してくれる。

「お母さんは迎えには来てくれたのね？」

「ママは真亜紅がいないと、自分がこの国で暮らせないと思ってるんです。いまは真亜紅を育てているから定住者っていう日本に住める資格があって、でもあの子がいなくなると取り上げられると怯えてるんです。本当にそうなのかは知らないけど」

「アイリンさんは、家を出て、今田くんと二人で施設で暮らすつもりはない？」

もうずいぶん前から考えていたことを、ひかりは思いきって口にした。あの母親とこれ以上一緒に暮らすことは無理ではないか。未成年の娘をパブで働かせ、息子にはまるで関心を持たない。関心どころか自分のパートナーの暴力も看過している。それならばいっそ、離れて暮らしたほうが姉弟のためなのではないか。これまでも何度か、ひかりはそう考えていたのだ。

「私は……ママと暮らします。ママは、私がいないと生きていけません。だからここで真亜紅と三人で暮らします」

今回のことは警察には通報しないでほしい。今後は真亜紅を鍵谷には会わせないから、騒がないでほしい。ママが同じ男と一年以上続くことはない。そのうち鍵谷とも別れるはずだから、とアイリンの声がくぐもる。

「そう……わかった。ごめんね、突然こんなこと言い出して。じゃあ私、そろそろ帰るね」

一人で大丈夫だと言ったのに、アイリンが団地の駐輪場まで見送ってくれる。雲はいつしか消えていたが、見上げた夜空に月はなかった。

「先生、今日はいろいろとすみませんでした」

駐輪場には外灯が設置されていて、光の周りに羽虫が集まっていた。ここへ来た時はまだらにあった窓灯りは、もうほとんど消えている。

「私は平気だよ。それよりアイリンさん、いろんなことを一人で頑張りすぎちゃダメだよ」

外灯の下に立つアイリンが唇を引き結び、ひかりを見つめてきた。彼女と一緒にいて気づいたことがある。どれほど酷いことが起こっても、この子は決して涙を見せない。

「先生も……」

「え？」

「先生も、いつも頑張ってますよ？」

「そりゃあ大人は頑張らないと。でもアイリンさんはまだ十六歳だよ。誰かに手を貸してもらわなきゃいけない年齢なんだから、大変な時はちゃんと助けを求めて」

「誰かって……。これ以上、誰に助けを求めればいいんですか」

アイリンの声が夜気に滲む。

「それは……」

「じゃあ澤木先生、さようなら。また明日」

言葉を探している途中で、アイリンが背を向けた。いつもこうだ。言葉に迷い、まごついている間に、子どもたちは諦めるほうを選び取ってしまう。

「あの、アイリンさん」

背中に向かって声をかけると、建物に入っていこうとしていたアイリンが足を止めた。

「あのね、私、三丁目にあるパレスＭＩＺＵＥっていうアパートに住んでるんだけど、そのアパートに来たことない？」

引っ越しの日にアパートの駐輪場でスクーターを見かけた。そのスクーターの鍵には反射素材の星形のキーホルダーが付けてあって、それがアイリンのものとよく似ていた。だからあのアパートを訪れたことがあるのかと思った。

深刻にならないよう、できるだけさらりと言ってみる。肩越しに振り返ったアイリンの表情は、周りが暗くて読み取れない。

「あのアパートに、アイリンさんの知り合いが住んでいたりする？」

生ぬるい風が吹き、周囲の樹々を揺らしていた。葉擦れの音が虫の羽音に交じって耳に届く。

「……そのスクーター、私のじゃありません」

数秒の沈黙の後、アイリンがぽつりと返した。

翌日、真亜紅と奏斗は、約束より二十分ほど遅れて八王塚の駅前にやって来た。連れて来た真亜紅を引き合わせると、奏斗はアイリンに体を寄せて話しかけていたが、やがてひかりが立つ場所とは反対方向に歩いていった。

「今田くん」

奏斗の姿が完全に視界から消えるのを確認してから、小走りで二人に近づいていった。真亜紅とは半月以上会っていなかったので、その姿をすぐ近くで目にしたとたん、安堵のあまり肩の辺りから力が抜けていく。

彼は見慣れた青いTシャツにハーフパンツを穿いていた。ずいぶん汚れているので、この一着を何日間も着続けていたのだろう。風呂にも入っていないのか、耳の下まで伸びた髪は脂でべとついていた。

「今田くん、怪我は大丈夫？」

どうしておまえがここにいるのだ、という不機嫌な顔で真亜紅がひかりを見る。腫れあがった両方の目はうっすらとしか開いていない。

「先生と一緒に、いまから病院に行こう」

鼻を覆っているガーゼに、血液や滲出液が滲み出ていた。本当に骨が折れているかもしれない。

「ご飯は食べてる？　顔以外に怪我はない？　体調は？」

Tシャツの襟ぐりからのぞく肉の薄さに胸が痛む。もともとほっそりしていたが、夏休みに会った時よりもずいぶん痩せて見えた。この数日間、まともなものを食べていないのではないか。

「今田くん、お姉さんと三人でご飯食べに行こうか。お腹すいてるでしょう？　前に一緒に行ったマックとか」

真亜紅が背負っている小さな青いリュックサックに、ひかりは手を伸ばした。だがその背に軽く触れた瞬間、「触んな」と真亜紅が体を捩った。

「うるさい。帰れよ」

自分に向けられた言葉とは思わず、ひかりは自分の背後を振り返る。

「真亜紅、やめなよ。澤木先生、あんたのこと心配して来てくれ……」

「頼んでない」

真亜紅が切符売り場に向かって歩いていく。

「今田くん……」

「先生すみません、私たちここで」

施設で過ごすための着替えが入っているのだろうか。重そうなボストンバッグを右肩に掛け、左手にトートバッグを提げたアイリンが目線で真亜紅を追う。切符売り場の前に立つ彼は、憮然とした表情で雑踏に紛れていた。

「だったら私も一緒に」

ついて行くね、と口にする前に、「弟と二人で行きますから」とアイリンに遮られる。

「先生と一緒だと……真亜紅が嫌がると思うんで」

言いにくそうに告げられ、喉まで出かかっていた言葉をのみ込む。

真亜紅との関係はまた、振り出しに戻ってしまった。

「そう、わかった……。児童相談所までの行き方はわかる？」

江堀市を管轄する児童相談所は、水柄地区からだとバス一本で行ける。だがＪＲ八王塚駅からだと三度の乗り換えが必要で、一時間以上かかってしまう。児相への連絡はすでにしてあるが、はたして子どもたちだけで行かせていいものか。

「わかります。何度も行ってるんで。じゃあ」

「あ、アイリンさん、ちょっと待って。児相の職員さんは……あなたたちに親切にしてくれる？」

児童相談所の噂はそれなりに耳に入ってくる。いい噂もあれば、そうでないものもある。教師と同じで、職員にもいろいろな人がいるから。

「大丈夫です」

アイリンが顎の付け根に力をこめる。「ならよかった」とひかりが頷くと、

「私たちは選べませんから」

とアイリンが首を横に振った。あまりにも冷たい声にたじろぎ黙っていると、彼女が真正面から見つめてくる。

「澤木先生、日本に来る前、ママは私に『日本人は優しくて親切だ』と言ってました。日本で暮らせることを楽しみにしていました。まるで夢の国に行くみたいに。でも私が知ってる多くの日本人は、ママにも私にも真亜紅にも、親切ではありませんでした。私たちに、選ぶ権利なんかないんです」

それだけを告げると、アイリンは踵を返し真亜紅のもとへと歩いていった。自動券売機で真亜紅に切符を買い、手渡してやる。二人が肩を寄せ合うようにして改札に向かっていく姿を見送りながら、自分はいま初めて、彼女の本音を聞いたのだと思った。

どうして罪のない子どもが苦しまなくてはいけないのか。この子たちがなにをしたというのか……。自分の訴えは、たぶんどこにも届かない。

でも声を上げずにはいられない。

神様、どうか、この世に生まれたすべての子どもたちを、幸せにしてください――


水柄会館前のバス停でバスを降りると、ひかりは重い足取りで駐輪場に向かった。八王塚駅の改札で姉弟を見送った後、一人でここまで帰ってきたのだが、やっぱりついて行けばよかったと後悔している。児相に連絡を入れ、真亜紅を病院に連れて行ってもらうよう頼んでおいたが、自分が付き添うべきだった。

自転車に跨ると、深く息を吸いこみ空を見上げた。九月最初の日曜日は雲ひとつない晴天で、空気は澄みわたっている。

アパートに戻ってもすることがないので、わざと遠回りをする。いつもなら右へ行くところを左に曲がり、少し下り坂になった道を進んでいく。そのまま初めて通る道ばかりを選んで進んでいくと、水柄川に行き着いた。休日だからかたくさんの人が遊びに来ていて、魚捕り網を手に父親と一緒に川に入っている子どもがいる。ひかりは自転車を押して歩き、その楽しげな様子を眺めた。川のせせらぎに笑い声が重なり、明るい日射しが幸せな時間を照らしていた。

だが夏を惜しむように遊びに出ている人が大勢いる中で、いまあの二人は電車に乗って児童相談所に向かっているのだと思うと、気分が晴れることはない。

　全身に熱がこもるほどの長い時間をかけてアパートまでたどり着くと、男が二人、駐輪場の方向から歩いてきた。ひかりを待っていたのだろう。

「こんにちは澤木さん。休日にすみません」

　ひかりは自転車を降りて、伊藤と益子を交互に見た。

「今日はどちらまで？」

　益子がわざとらしい笑みを浮かべる。

「言う必要ありますか？　プライベートですよ」

「いや、すみません。失礼しました」

　半笑いで謝罪され、よけいに腹が立つ。ひかりがどこへ出かけていたかを訊ねるより先に、アパートの前で張り込んでいた理由を伝えるのが礼儀ではないのか。

「なんの御用ですか」

「実は澤木さんに、マリエル・ガンダさんのことをお訊ねしたくて」

「マリエル？　誰ですか、それ」

「今田真亜紅の母親ですよ」

昨夜、ひかりのアパートを訪れた後で再び「ａｔｅ」に行ったのだが、マリエルには会えなかった。自分たちが閉店を待っている間に裏口から出ていたのだ、と益子が説明する。

「マリエルさん以外の従業員の方には話を聞けたんですか？」

「ええ、昨日その場にいた者には」

「だったらいいんじゃないですか。従業員全員に訊く必要があるんですか」

岩田洋二が「ａｔｅ」の常連客だったのなら、他の従業員も彼のことをよく知っているだろう。全員の話を聞けなくても、ある程度の情報は得られたはずだ。

「マリエルさんの携帯の番号を教えてもらえませんか？　保護者の連絡先は把握されてますよね」

「連絡先は聞いてません。教えてもらえなくて」

真亜紅の母親の電話番号は、いまも知らない。真亜紅のクリニックの受診もアイリンが間に入ってやりとりしてくれるので、自分が直接母親に連絡を取ることはなかったのだ。

「そうですか。ところでマリエルさんのご家族は、息子の今田真亜紅くんだけですか」

「いえ……。娘さんがいます。今田くんのお姉さんです」

伊藤の合図に益子が頷き、上着のポケットから手帳を取り出した。昨日と同じようにひかりの回答を書きつけていく。

「あの、どうしてマリエルさんをそれほど重視するんですか？」

質問が途切れたところで、ひかりは益子に詰め寄った。

「いやちょっと、引っ掛かることがありましてね」

「引っ掛かること？」

「マリエルさんと被害者の間で何らかのやりとりが行われていたようなんです」

「やりとり？　学校のことじゃないんですか。今田くんのお姉さんのことで話があったとか」

給食費や学用品費などが未払いだと、担任に代わって副校長が連絡を入れることも珍しくはない。

「もちろんその可能性も考えました。ですが被害者の携帯にマリエルさんからの画像の受信履歴があったようで」

「ただの送信ミスじゃないんですか」

「まあそれも話を聞いてみないことには。あと、被害者はどうもスマホを二台、持っていたようなんです。日常的に使っていたほうは見つかったんですが、もう一台がまだ発見されてなくて」

「スマホを二台？　それってどういうことですか。もう一台のスマホは誰が……」

話の途中で、

「益子」

圧のある声が、ひかりの言葉を遮る。伊藤が益子に目配せをしてくる。捜査の内容を不用意に口にするなということか。益子が慌てて口を閉ざし、「すんません」と頭を下げた。

知りたかったことはすべて訊き終えたのか、刑事たちは礼を言い、あっさりと引き上げていった。これから真亜紅の母親を追跡するつもりなのだろうか。

すっきりしない気分のまま、ひかりは自転車を駐輪場に停め、自分の部屋へと戻っていく。外階段を上がりながら、さりげなく刑事たちの黒いセダンが停められているほうに視線を向けた。

鍵を開けて部屋に入ると、奥の部屋の窓際に立ち、カーテンの陰から外をのぞいた。こんな真似をしていると自分が犯罪者にでもなったような気がするが、刑事たちの車が動き出すのを確認して、ほっと息を吐く。

あの二人がアイリンに興味を持たないでいてくれることを願う。

未成年の彼女がパブで働いていること自体は、それほどの罪にはならないかもしれない。だが昨夜、ひかりがアイリンに、引っ越しの日にアパートの駐輪場で彼女のものらしきスクーターを見かけたことを伝えた時、嫌な感じがした。彼女が自分を拒絶し、これまでの信頼関係が崩れたような気がしたのだ。なにを拒絶されたのか、言葉ではうまく説明できない。淡々とした彼女の話し方はいつも通りだったし、態度が豹変したわけではない。

ただ直感で、この子はいま心を閉ざしたのだと思った。

子どもは未熟で弱い自分自身を守るために、自分に関わる人間を敵と味方に振り分ける本能がある。それは教師になって気づいたことだ。

――そのスクーター、私のじゃありません。

アイリンはひかりの質問に対してそう答えた。

でもひかりはその言葉を嘘だと直感した。敵になったひかりには本当のことを言わないのだろう。

「ちょっと寝よ……」

今日はもう限界だ、体力が尽きた、とベッドの上に倒れ込む。マットレスの上に体を横たえると同時にお尻の下に硬いものが触れ、携帯をズボンの後ろポケットに入れていたことを思い出す。危ない危ない、と体を反転させてうつぶせになりながら、ポケットから携帯を抜き出した。自分の体重で液晶画面が割れてしまうところだった。

手を伸ばし、携帯をヘッドボードに置こうとしたその時。

「あ……」

喉の奥から声が漏れた。

——携帯は高価なものだから、ちゃんと保管しておかなきゃ。布団の下なんかに置いてたら、画面がひび割れちゃうよ。

自分がいつかどこかで口にした言葉が、頭の中に浮かんでくる。

あれはたしか、大河と二人でインスタントラーメンを作った日だった。

卵入りのラーメンを大河が食べている間に、ひかりは隣の子ども部屋の掃除をしていた。スナック菓子の空き袋や、飲みかけのペットボトルを片っ端からゴミ袋に放り込んでいる最中に、シーツについた茶色の染みが気になったのだ。シーツを洗濯機で洗うため、敷布団から外そうとしたその時に、敷布団の下にスマホを見つけた。

あの日大河は、そのスマホは祖父のものだと言っていた。

でも自分は、彼のその言葉を丸ごと信じたわけではなかった。家には電話がないと言っていたはずなのにおかしいな、と違和感を覚えつつ、まあいいかと聞き流したのだ。

あの日大河の部屋で見つけた銀色のスマホは、本当に、彼の祖父のものだったのだろうか。

ベッドに横たわったまま、固く両目を閉じる。

瞼の裏に浮かんできた角ばったフォルムのスマホが銀色の鈍い光を放ち、眠気がいっきに醒めていった。

12

十月に入って、空がまた少し高くなった。頭上に広がる鳥の羽根のような形をした雲を見上げ、あまりにも早い季節の移ろいに焦りを感じる。

「はい、これで一組は全員終了です。次、二組お願いします。先生、児童たちをこの辺りから並ばせておいてください」

軽やかな声に促されて視線を下げると、ベテランらしき男性カメラマンがアスファルトの上に置かれた椅子の横を指し示していた。手際よく撮影できるよう、子どもたちを名簿順に整列させておくよう言ってくる。わかりましたと頷き、正面玄関前の広場に散らばっている二組の児童たちを呼び集める。

「みんな、ここから一列に並んでね。髪や服がちゃんと整ってるか、近くにいる人がチェックしてあげて」

十月に入ってすぐ、先週の金曜日から卒業アルバム用の撮影が始まった。初回は授業風景と給食風景をさらりと撮影し、一週間後の今日、六時間目にクラス写真と六年生全員の集合写真を撮る予定だった。だが今日は二組が全員揃わなかったため、相庭に嫌味を言われながら個人写真の撮影に変更してもらった。一組は全員揃ったのだが、二組は真亜紅と大河が欠席している。

カメラマンの指示に従って、二組の児童たちが次々に椅子に腰かけていく。緊張している子もいたが、「今日の給食なんだった？」などとカメラマンに話しかけられ、最後はちゃんと笑顔を見せていた。

楽しそうな空気の中、順調に進んでいく撮影を少し離れて眺めていたが、いまここにいない二人のことを考えると胸が塞いだ。一大イベントに立ち会っているというのに集中できず、気持ちがどこかへ離れていく。ロンの転入先の小学校からも連絡はなく、引っ越して一か月が経ったいまもまだ、学校に通えていないのかもしれなかった。

「……スミスくん？　なにしてるの？」

ふと気がつくと、テンポよく進んでいた撮影が止まっていた。次に撮影するはずの宙が椅子から立ち上がり、バットを構えるポーズを作っている。プロ野球選手のものまねをしているようで、男子たちが盛り上がっている。

「いまちょっと翳ってるんで、太陽待ちしてるんです。最近のカメラは性能が良すぎて、これだけ明るさが違うと別の日に撮った写真みたいになっちゃうんですよ」

戸惑うひかりに、カメラマンがすまなそうに言ってきた。「先生、見てよ」と宙が指差すほうに視線を向けると、大きな入道雲が太陽を隠していた。雲の上部は太陽に照らされ輝いているのに底のほうは真っ黒で、いまにも雨を降らせそうだ。

「先生がnervousな顔してるから、太陽がへそを沸かして雲に隠れちゃったんだよ」

宙が胸の前で両腕を組み、頬を膨らませて剽軽な顔を作る。

太陽がへそを沸かす？　どういう意味かと考えていると、

「宙くんさぁ、それ、へそを曲げるの間違いだよ」

と優美がつっこんだ。「へそで茶を沸かすとごっちゃになってる」と理乃が笑えば、宙が大袈裟《おおげさ》にうな垂れ、みんなの笑いを誘う。そんな子どもたちのやりとりを見守りながら、二組は本当にいいクラスだと改めて思う。でもこの場にいない二人のことを考えると、喜んでばかりもいられない。


帰りの会を終え、児童たち全員が教室から出たのを見届けてから、職員室に戻った。今日は放課後の事務仕事をせずに大河の家に寄ってみるつもりだった。二学期に入ってからまだ一度も、彼は学校に来ていない。

ぽん、と肩を叩かれ振り向くと、水野がわざと怖い顔を作って立っていた。

「水野先生……」

体からふっと力が抜ける。

「どうしたの、また相庭先生に叱られた？」

「いえ……すみません、ぼうっとしてました」

保健室で少し話さないかと誘われ、ためらいながらも頷く。そういえば私用で保健室に行くのは二学期に入って初めてだった。

「澤木先生、最近、私のこと避けてるでしょう？」

保健室に入ると水野は机の前に座り、ひかりには丸椅子を用意してくれた。まるでカウンセリングでもするように机を挟んで向き合う。

「そんな……避けるなんて。二学期に入ってからばたばたしてたんで」

「真亜紅くん、児相の一時保護所に入ってたんでしょう？　それなのに澤木先生が一度も私のところに話をしに来てくれないなんて、避けられてるとしか考えられないじゃない？」

どうして相談してくれなかったのかと水野に微笑みかけられ、保健室登校する子どもの気持ちになってしまう。どんなことでも受け入れてもらえそうな菩薩《ぼさつ》のような包容力に、すべてを打ち明けたくなる。

「真亜紅くんはどうして学校に来ないのかな。一時保護所を出て家に戻ったのなら登校できるのに……。あの子がこんなに長い期間学校に来ないなんてこと、今回が初めてじゃないかしら」

水野の言葉通り、これまでの真亜紅は、どのような状況でも学校だけは休まず来ていた。アイリンが「学校は行きなさい」と言い含めていたからだろう。真亜紅にとってアイリンは母親のような存在だ。幼い頃から彼を世話していたのはアイリンで、だから真亜紅は姉を悲しませることはしない。

「実は今田くんが欠席しているのには、理由があるんです。登下校中に母親の交際相手に見つかるのを避けてて……」

児童相談所の職員の話では、真亜紅は鍵谷を怖れているのだという。もし登下校中に見つかったらまた暴力を受けるかもしれないからと、いまは外出を控えていると聞いた。

「警察には通報したの？」

「はい。児相のほうから連絡してもらいました。アイリンさんには通報しないでと言われたんですが、今田くんの怪我がさすがに看過できないくらい酷かったんで」

姉弟に面会するため、ひかりも週末には児相まで足を運んでいた。でも真亜紅が奏斗の家から戻ってきたあの日以来、どうしてか二人は素っ気なく、顔を合わせたとしても積極的に話してくるようなことはない。

「なんか……いい感じだったのにね」

「なにがですか」

「澤木先生と真亜紅くん。二人の間に徐々に信頼関係が芽生えてきたっていうか。ちょっとずつ良い方向に向かっているように見えてたのにな」

「そう……見えてましたか」

本当はひかりも少し感じていた。自分の言葉に真亜紅が耳を傾けてくれるようになった、そんな気がしていたのだ。

「うん、真亜紅くん、変わったなって思ってたの。そりゃそうよね、自分を見捨てず、必死に関わろうとしてくれる先生にやっと出会えたんだから、嬉しくないわけがないよね」

でも結局は親なのよ、と水野が首を横に振る。子どもが変わろうとしても、親がそのタイミングで変われなければ、人生の軌道修正はそう簡単じゃないのよと顔を歪める。

「そういえば、大河くんも不登校が続いてるんじゃない？」

不意に大河の名前を出され、思わず強い目で水野を見返した。でもすぐに視線を外し、さりげなく窓のほうへと顔を向ける。目を合わせていると、自分の迷いを見透かされるのではないかという怖さがあった。

益子から、岩田の二台目のスマホがまだ見つかっていない、という話を聞いてからの一か月間、ある疑念がひかりを苦しめていた。大河の部屋で見つけた角ばったフォルムの銀色のスマホ。あれは本当に、彼の祖父のものなのだろうか……。

確かめなくてはという義務感と、このままなかったことにしたいという臆病な気持ちが、一日ごと一時間ごとにめまぐるしく入れ替わる。

「澤木先生？」

「あ、すみません、ちょっと考えごとを……」

「大丈夫？　働きすぎなんじゃない？　最近、いつ見かけても思い詰めた顔してるわよ」

優しい眼差しに気持ちが緩み、すべて話してしまおうかと思う。抱えている不安を手放したくて、スマホの一件を水野に相談しようかという誘惑が頭をよぎる。だから自分はこれまで水野と二人きりで話すのを避けていたのだ。羊水に浸されているようなこの空間で彼女に向き合うと、なにもかも打ち明けたくなる。

「あの、水野先生。実は佐内くんの家に行ったら――」

もはや自分一人の胸に、疑心を溜め続けるのは耐えられなかった。やっぱりすべて話してしまおう。そう決めて、水野のほっそりとした顔を見据える。

「うん？」

水野が、ひかりの目をのぞきこんでくる。心の奥まで見通すようなその深い目を見ていると、心の内でまた葛藤が起こる。スマホのことをいったん口に出せば、もう引き返せなくなる。水野はきっと確認しようと言うはずだ。そのスマホが誰のものなのか、いますぐにでも確かめに行こうと、彼女はひかりの手を引くに違いない。

「佐内くんの家に行ったら……玄関先に彼のおじいさんが出て来るんです。でも家の中にいる佐内くんは呼んでくれなくて、結局は門前払いのような感じになってしまうんです」

喉元までせり上がっていた「スマホ」という一言を、ぐっとのみ込んだ。結局、自分は勇気がないのだ。もし持ち主が大河の祖父ではなかったら……。そう考えると、このままなにもせずにいるのが正解のように思えるのだ。自分がどうするべきか、答えが出ない。

「おじいさんに、大河くんが学校に来ない理由を訊いた？」

「はい……。佐内くん、夜通しゲームをしてるそうです。だから朝起きられなくて学校に行けないんだって。ちょっと違和感を覚えるのは、おじいさん、佐内くんが学校に行かないことを全然気に病んでないんです。朝起きられないんだからしょうがないよな、って平然と言うんですよ」

ひかりが話をすり替えたことに気づく様子もなく、水野が眉をひそめる。その心配そうな表情に、罪悪感がちくりと胸を刺す。

「話をしたのはおじいさんだけ？　お母さんには会えなかった？」

「何度も家を訪ねてるんですけど、お母さんに会ったことは一度もないんです」

「そうなのよね。これまでの担任も、お母さんに会ったことがないって言ってた。おじいさんと話ができたのも澤木先生を含めて二人だけだし……。もしかしたら一緒には暮らしてないのかもしれないわね。月に何度か気が向いた時に顔を出すとか、そういう感じなのかも。だとしたら、あの子があんなふうなのも納得できるわね」

「でもおじいさんがいるのに」

「おじいさんはアルコール依存症で、入退院を繰り返しているんでしょう？」

「まあ……」

「そんな状態で子どもを育てるのは難しいと思うわよ」

　日常生活を整える力は、感情とは別物なのだと水野が真剣な目をひかりに向けてくる。朝決まった時間に起きる。歯を磨き、朝食を食べ、衣服と持ち物を整えて家を出る。当たり前の日常を送ることは簡単に見えて、意外に難しい。保護者ができないことを、まだ幼い子どもにできるわけがない。朝決まった時間に学校に行かせるためには、保護者も子どもと一緒に起きて送り出す準備をしなくてはいけない。大河の家にはその基本的な生活のリズムが作られていない。大河の不登校は彼自身の問題というよりも、家庭環境によるものだから改善が難しい。

「じゃあどうしたらいいんですか？　佐内くんをどうすれば……」

「実はね、澤木先生」

水野が机の引き出しを開け、クリアファイルを手に取ってひかりに差し出す。

「まずはこれを読んでみて。私ね、夏休みを利用して、この施設に見学に行って来たのよ。弟のつてで施設長や職員さんに話も聞いてきた。それで、ここを大河くんに勧めたらどうかと思って」

澤木先生にも見てほしいの、と渡されたクリアファイルには、パンフレットと、束になって綴《と》じられた資料が挟まれていた。


緩やかな坂道を下った先の石造りの階段の前で、ひかりは自転車のブレーキをかけた。大河が一緒にいる時は二人で自転車を持ち上げこの階段を上って行くのだが、自分だけではとてもじゃないが無理だった。階段の前に自転車を停め、ここから先は歩いていく。

昨日は遅くまで水野と話し込んでしまい、大河の自宅を訪れる時間がなくなってしまった。それで今日、家庭訪問することにした。土曜日なので時間はたっぷりある。水野から預かった施設のパンフレットと資料を携え、今日こそ祖父と大河の将来を見据えた話をしようと決める。

自転車を細道の端に寄せて鍵をかけ、前のカゴに入れてある黒いリュックを背負って階段を上っていく。午後三時を回ったところだが日射しは明るく、近くに田んぼでもあるのか、藁《わら》の焦げるような芳ばしい匂いが漂ってきた。

石段を上りきると、もうすっかり見慣れた寺の本堂が現れる。初めてここに来たのは春だったが、いまは荒れた庭に秋が訪れている。茂りすぎた雑草の中でハギやオミナエシといった秋の花が揺れ、苔むした灯籠の前には真っ赤な彼岸花が炎のように群れ咲いていた。

膝上まで伸びた草を踏みしめ、寺の裏側に回った。普段は目隠しのドア代わりに立て掛けてあるベニヤ板が今日は外されていて、すぐ目の前に古い平屋が見える。

「こんにちは、水柄小の澤木です」

格子戸を開けて玄関先に立つと、薄暗い廊下の奥に向かって声を張った。しんと静まり返った室内から、ゲームの電子音が聞こえてくる。

「すみませーん、佐内さん。水柄小の澤木です」

大河の祖父は居留守を使うような人ではない。二学期に入ってからこれまでも何度かこうして家を訪ねて来たが、その都度必ず玄関先まで出て来てくれる。ただ、大河を呼んできて、会わせてくれることはない。どうしてか祖父は、孫の生活を改善しようという気はさらさらない様子なのだ。

「佐内くん、先生だけど、ちょっと出て来てくれないかな」

勝手に家に上がるわけにもいかず、だが何度声をかけても反応がなかった。電子音は聞こえてくるので部屋にいるはずなのに。ゲームに夢中になっている時は外界を完全に遮断してしまうので、声が届かないのだろう。

「佐内くーん、澤木です。出て来てくださーい」

こうなったら根比べだと思い、大河の名前を呼び続けた。だんだん街頭に立つ選挙の立候補者のような気持ちになってくる。

廊下の奥から大河が現れたのは、声かけにほとほと疲れ、上がり框《かまち》に腰を下ろそうとした時だった。

「先生？　なに」

「佐内くん……」

廊下を軋《きし》ませ、大河が近寄ってきた。悪びれたふうもなく、ひかりの訪問に驚いているのか目を丸くしている。夏休みから会っていないので、顔を見るのは七月以来だ。髪が、耳の下まで伸びていた。

「やっと会えたね……。元気だった？」

顔を見るとただただ胸がいっぱいになる。頭から溢れそうになるくらい考えてきたあれこれが、一瞬にして真っ白になる。

「今日おじいさんは？」

夏休みに入る前は「プール開放にも参加したい」と言っていたが、結局一度も来なかった。

「病院」

休みの間はずっと家にいたのだろうか。

「また入院されたの？」

訊きたいことはたくさんあったが、こうして言葉を交わせるだけで十分だ。

「ううん、検査。なんか病気かもって。お母さん連れてった」

首の後ろを指で掻きながら、大河は瞬きを繰り返し、不思議そうな顔をしている。どうしてここにひかりがいるのか、まだよくわかっていないのだろう。もしかすると、二学期に入ってからこうして何度も訪れていることを、祖父から聞いていないのかもしれない。

「先生ね、夏休みが終わっても佐内くんが学校に来ないから、心配して様子を見に来たんだよ。会えて本当に嬉しいよ……。ほんとに、すごく……。今日はお母さんがいらっしゃるのね？」

「うん、いる」

大河の顔に明るい色が灯る。

「ねえ佐内くん、お母さんとおじいさんが帰ってくるまで、ここで待っててていいかな?」

「いいよ」

小さな声で返すと、大河はひかりに背を向け、廊下の奥へと歩いていこうとした。その背中に、

「先生も、おうちに上がらせてもらっていいかな」

と声をかける。

大河が頷くと、ひかりはスニーカーを脱ぐために踵を浮かせ、だがまたゆっくりと元に戻した。

やっぱり帰ろう。

帰ったほうがいい。

家に上がるのはよくない——という心の声がひかりを引き止める。

大河と二人きりでこの家にいたら、自分はきっと捜してしまうだろう。

子ども部屋に入り、万年床になっている敷布団をめくり、電源の入っていない銀色のスマホを捜し、……そしてたぶん見つけてしまう。

スニーカーを履き直し、足元に置いていた黒いリュックを手に取った。今日はこのまま引

き返そう。心の中で決めたその時、

「先生、ラーメン食べる？」

大河が振り返り、笑顔を見せた。その表情があまりに愛しくて、ひかりは引き寄せられるように家に上がる。

板の間にあるちゃぶ台に向き合って、大河が作ってくれた卵入りの味噌ラーメンを食べた。相変わらず部屋は散らかり放題で、祖父のズボンや靴下やパンツがあちこちに脱ぎ捨てられている。ステンレス製の流し台からは饐えた臭いが漂い、退院してからもまだ飲んでいるのかアルコール臭も混ざっていた。

「ごちそうさまでした」

大河が手のひらを合わせ、こくりと頭を振る。

「ごちそうさま。美味しかったよ」

ひかりが同じように手を合わせると、大河は二人分の器を流し台まで運んでいった。

そのまま子ども部屋に入っていき、なにかを腕に抱えて板の間に戻ってくる。金の延べ棒でも扱うかのように大事そうに持ってきたのは、これまで持っていたのとは別の、新しいゲーム機だった。

「先生これ」

大河が真新しいゲーム機をひかりに見せてくれる。スタイリッシュなフォルムと、赤と青の色鮮やかな光沢が、古い物で埋め尽くされた板の間でひときわ光り輝く。

「おじいさんに買ってもらったの？」

こんな、見るからに魅力的な玩具を与えられたら、子どもは逃れられないだろう。ひかりは敗北感にも似た思いで息をつく。

「ううん、お母さん」

首を横に振りながら大河が電源を入れた。プツッと異次元に繫がった音が微かに聞こえると同時に大河にもスイッチが入ったのか、目の色が変わる。本来なら止めているところだが、ひかりは大河をそのまま板の間に残し、隣の子ども部屋に向かった。

もはや寝具には見えない、よれて黒ずんだ敷布団の端にそっと手をかける。めくり上げる前に一度、板の間を振り返った。大河は砂壁にもたれて一心不乱に画面を見つめ、もはやここにひかりがいることなど忘れてしまっている。

思いきっていっきに、敷布団をめくり上げた。

だがそこには染みだらけの絨毯《じゅうたん》があるだけで、捜していたものはない。

深くて重いため息が、無意識に漏れた。「よかった」と思わず本音が口をつく。やっぱりあのスマホは大河の言う通り、祖父のものだったのだと胸を撫でおろす。いまは祖父の手に戻ったのだろう。自分はなにを怖れていたのだろうと、一人で悩んでいたこの一か月間を思い、情けない気持ちになる。自分は大河を疑ってしまった。あの子の言葉を嘘だと決めつけていた。疑心暗鬼とはよくいったもので、暗い想像ばかりしているから、なんでもないことを悪いほうへとこじつけてしまうのだ。

ははは、と漫画の吹き出しのように笑いながら、窓のほうへと歩いていく。この部屋はいつ来ても、淀んだ空気がこもっている。

一日一回は換気をするよう大河に教えなくてはと思いながら、色褪せたカーテンを引いて窓を開けた。網戸をほんの少し横に引くと、秋の涼やかな空気と木の匂いが部屋に流れ込んでくる。どこかで「ニャッ」と猫の鳴き声がした。

「ヤマト？　今日はここにいるの？」

大河の家の裏には、立派なイチョウの木が数本植わっていた。もともとはここも、寺の庭だったのだろう。生命力の強いイチョウは、食用にもなり漢方薬も作れる。だから昔は、寺にイチョウを植えたのだと本で読んだことがある。

「おーい、ヤマト。出ておいでー」

もう少し秋が深まり気温が下がったら、黄葉が見られるだろう。金色に輝く扇形の美しい葉を想像しながら、ひかりは晴れ晴れしい気分で首を巡らせ、黒猫の姿を探した。群れになって生えているススキの穂が、銀色に光りながらさらさらと風にそよいでいる。

あれは――なんだろう。

涼風に乗って香ってくる甘い匂いを楽しみながら色とりどりの秋を楽しんでいると、なんとなく目を引く一角があった。隙間なく雑草に覆われた裏庭だったが、どうしてか一部だけ草が生えていない。校庭の隅に作られた金魚やメダカの墓のように、そこだけ黒い土がのぞいている。

黒くこんもりと盛られた土は見れば見るほど不自然で、ひかりは網戸を全開にして身を乗り出した。じっと一点を見つめているとある不吉な想像が頭に浮かび、網戸を元に戻し、窓を閉め、カーテンを引く。

ゆっくりとした動作で体を反転させると、足音を立てないよう注意しながら子ども部屋を出た。板の間を通り抜け、埃が溜まった廊下を玄関に向かって歩いていく。玄関先で靴を履き、格子戸を引く。

裏庭には、どうすれば行けるのだろう。

玄関を出て、とりあえず外壁に沿って家の周囲を歩いてみると、いまさっき子ども部屋から見ていたのと同じ光景が目の前に現れた。大きなイチョウの木が、空に向かってそり立っている。

ひかりは無言のまま、土が黒々と剝き出しになった一角に近づいていった。そしてその場でしゃがみこみ、一呼吸も置かずに盛られた土を掘り返す。指先がみるみる黒く染まり、爪と指の間に湿った土が入りこんだ。

土に埋められた柔らかい物に指先が届くまで、いくらもかからなかった。

一度顔を上げ、周囲を窺う。

誰もいないことを確かめると、もう一度土の中に手を差し入れ、埋まっていた物を取り出した。指先に触れた柔らかい物の正体は、水分をたっぷりと吸い込んだ使い古しのタオルだった。

汚れたタオルを草の上に置き、息をのんだ。本来ならば素手で触りたくないボロ雑巾のようなタオルを、花びらを剝ぐように左右に開く。

タオルの中身を目にした瞬間、めまいに似た浮遊感がひかりを襲う。

もしかしたらという不安は、この一か月間、ずっと頭の片隅にあった。いや、予感していた。あるいは覚悟していたのかもしれない。

元は白だったのだろう、土にまみれたタオルに包まれていたのは、ビニール袋に入った銀色のスマホだった。

心地よい葉擦れの音も、虫や鳥の鳴き声も全部、はるか彼方に遠ざかっていく。

どれくらいの時間、その場所にいたのだろう。気がつけば土の上に座りこんでいた。一時間くらい経ったような気もするが、ほんの十数分のことかもしれず、時間の感覚がなくなっている。玄関のほうから人が話す声が聞こえてきて慌てて立ち上がれば、山側から吹いてくる風のせいで手足が冷たくなっていた。

ビニール袋ごとスマホをズボンのポケットに入れ、裏庭を出て玄関側に回った。大河を呼ぶ祖父らしき声が聞こえてきたのでこのまま立ち去ろうかとも思ったが、家の中にリュックを置いていることに気づく。

どうしたものかと躊躇していると、玄関の格子戸がガラリと開き、見知らぬ女が顔をのぞかせた。花のような甘い香りが、ふわりと鼻先をかすめる。

「はじめまして、澤木と申します。佐内くんの担任をしております」

反射的に背筋を伸ばし、頭を下げた。

ひかりにつられるように、女が小さくお辞儀をする。

「あの……佐内くんのお母さんですか」

思わず訊ねたのは、目の前の女があまりに若く思えたからだ。襟ぐりがVの字に深く開いた白いレースのブラウスに、濃いピンクのタイトスカート。耳にパールが連なった大ぶりのピアスをつけ、首元にはユリの花をモチーフにしたペンダントが揺れている。可愛らしく着飾ったその姿は、自分よりもずっと年下に見える。

「佐内くんの……お母さんですよね」

もう一度確かめると、女は頷き、

「はい。あの……どうぞ」

とためらいながらも中に入るよう言ってくる。連絡もせず、突然訪ねてきたことを咎められるかと構えていたが、母親はおずおずと、でもとても丁寧に接してくれた。

さっきラーメンを食べた板の間で、ひかりは母親と向き合った。くすんだ室内に母親の姿だけが浮き上がって見える。

「今日は突然おじゃましてすみませんでした。実は二学期に入ってから佐内くんが学校に来なくなったので、何度かこうして足を運んでいます」

派手なメイクはしているものの、母親からは気の弱さが漂ってきた。おとなしいというか、頼りないというか、十二歳の息子を持つ母親にはとても思えない。このまま街を歩けば、まだ大学生くらいに見えるのではないだろうか。

「たいちゃんから……聞いてました。六年生になったら新しい女の先生が来て、なんか、うちの風呂場の虫退治までしてくれたって。……すみません」

言いながら、母親が肩をすくめる。

「いえ、私のほうこそ勝手なことをしてすみませんでした。おじいさんが入院されていた時だったので、ちょっと気になってしまって」

「あ……そうですね。すみません、私、いまは別のところに住んでて。働いているお店の近くに……」

母親が新宿で暮らしているという話は、今日初めて知った。仕事終わりが夜中になるので水柄まで戻ってくるのは無理だという。職場をもう少し近くにすればとも思うが、そこまで言える立場ではない。

「ほんとは……私も水柄に住めればいいんですけど……。でもいまのオーナーの店以外では仕事したくないんです。新宿においでよって、たいちゃんに言ったこともあるんですけど、あの子ここを離れたくないって。……すみません」

ひかりの沈黙を非難と受け止めたのか、母親が慌てて言葉を繋ぐ。ネイルが施されたワインカラーの指先をいじりながら、消え入りそうな声で「すみません」を繰り返す。

母親と話をしているうちに、ひかりは自分が大きく誤解していたことに気づいた。

これまで自分は、大河の母親に対して悪い印象しか抱いていなかった。わが子に食事を与えず、風呂にも入れず、身なりにも気遣ってやらない非情な人間だと思っていた。大河はネグレクトを受けていて、母親は加害者だと決めつけていた。

でもそれは、少し違うのかもしれない。

この人は、子どものことを愛している。

「私は佐内くんに、学校に来てほしいと思っています」

責める口調にならないよう、ひかりは伝えた。

「はい……私も学校は行ったほうがいいと……思います」

「前に訊いたら、佐内くん、朝起きられないから学校に行けないって言ってたんです」

朝起きられないのは朝方までゲームをしているからで、昼夜が逆転しているせいで学校に行けなくなっていることを、母親はどこまでわかっているのだろうか。一緒に暮らしていないので、大河の生活を把握できていないのかもしれない。

「でも……たいちゃん、ゲームが本当に好きで……。うちは母子家庭だし、一緒に男の子の遊びをしてくれるパパもいないし、せめて大好きなゲームくらいさせてあげないと……。ゲームまで取り上げたら可哀そうだから……」

「それでまた、新しいゲーム機をプレゼントされたんですか」

「はい、たいちゃん、すっごく喜んで。ちょっと高かったけど、買ってあげてほんとよかったー」

母親が、今日初めて笑顔を見せた。その満足そうな笑みを前にすると、これ以上なにも言えなくなる。ゲームをもらった時の大河は、とても嬉しそうな顔をしたのだろう。その顔を見て、この人は幸せを感じたに違いない。それが彼女の思う子育てなのだ。

「おじいさんが入院されている間は佐内くん、学校に来てたんです。六年生になって初めての登校でした」

大河と初めて会った日のことをひかりは思い出していた。女児と見間違うほど髪が伸び、襟ぐりが伸びきったTシャツと、ぶかぶかの大人サイズのハーフパンツを身に着けていた。全身からきつい臭いを放ち、そしてひどくお腹をすかせていた。

「それからも、多い時は週に四日ほど登校するようになりました。運動会も参加してくれて……。お母さんは知ってますか。佐内くん、足がすごく速いんです。リレーでは大活躍して、クラスのヒーローでした」

佐内くんは「サウ」と呼ばれ、同じクラスの男子たちにとても人気がある。捨て猫の飼い主を探したり、スーパーの駐車場で猫が車に轢かれないように見守っていたりと、優しい性格が人気の秘密だと思う。インスタントラーメンの作り方を教えたらすぐに憶えて、実は今日もご馳走してくれた。

大河は心根が優しくて、多くの人に好かれる子だと、ひかりは母親に伝えた。学校に来るようになれば学力も上がる。一年生か二年生か、大河が勉強がわからなくなった時点まで戻って、彼にもう一度勉強を教えたいと思っている。彼は教えたことをきちんと守る子だから、根気よく教えていけばきっとみんなに追いつけるはずだ。もっともっと、いろんなことができるようになる。

ひかりが一方的に話していると、

「先生……」

母親の口から、助けを請うような心弱い声が漏れた。

「先生……私、たいちゃんが生まれてからずっと、ダメだって言われてきたんです」

一番初めにダメだと言われたのは病院の産科だったと、母親が両目いっぱいに涙を溜める。陣痛が辛すぎて泣き叫んでいると、助産師に「お母さんがそんなんじゃダメでしょっ。赤ちゃんも頑張ってるんだからっ」と叱られた。授乳時間に起きられなかった時は、「ママなら起きなきゃダメでしょ」ときつく咎められた。保育園に入ってからも園長や保育士に呼び出されては「お母さんがしっかりしないと、大河くんはなにもできないダメな子になってしまう」と怒られ、小学校に入学したら担任の先生に「周りの子どもについていけてない。状況はとても深刻です」と遠回しにダメ出しをされた。

「でもダメって言われても、どうしたらいいのか、私にはわからなくて……。私にお母さんがいたら教えてもらえたかもしれないんだけど、うちはずっとお父さんと二人で……」

ひかりはこの日初めて、大河の母親が小学二年生の時から父子家庭だったことを知った。母親とは死別し、父親が一人で自分を育ててくれたのだという。

たいちゃんのことを褒めてくれたのは澤木先生が初めてだ、と母親は顔を両手で覆い、嗚咽を漏らす。自分がたいちゃんを妊娠したのは十六歳の時だった。生理がこないことを誰にも相談できずにいたら、いつのまにかもう中絶できない時期に入っていた。妊娠を知った父親は怒り狂ったけれど、最後は「お父ちゃんと一緒に育てよう」と言ってくれた。高校はやめた。つき合っていた男にも捨てられた。それからはたいちゃんを養うために働いている。

辛い記憶を無理に引きずり出すような告白を聞いていると、母親の顔が、優美や理乃、文香……六年二組の女子たちに重なった。あの子たちが大河の母親と同じような境遇に立たされ途方に暮れているような、そんな苦しい気持ちになる。この人も頑張ってきたのだ。彼女なりに懸命に生きてきた。でも周囲の人たちに否定され、自信を失い、しだいに孤立していった。

「私は……。私はお母さんのことをダメだとは思いません。ちゃんと働いて、佐内くんを養ってきたじゃないですか。十二年間、彼を育ててきた。頑張ってこられたと思います」

子どもに暴力をふるう親がいる。子どもを私物のように好き勝手に支配する親がいる。子どもを捨てる親がいる。子どもの命を奪ってしまう親すら、この世には存在している。でもこの人は仕事をし、生活費を渡すために時々は家に戻り、わが子の喜ぶ顔が見たいと最新のゲーム機を土産に買ってくる。彼女の子育てはダメではない。その証拠に、大河はとても素直で優しい。

「先生……私、どうすればいいんですか。おじいちゃんはこのままでいいって言うんです。無理に外に出しても、たいちゃんがしんどいだけだって。私が……私もずっといじめられて不登校だったから、おじいちゃんは学校も先生も信用してなくて……」

でもこのままではいけないことは、わかっている。ただ自分や大河がこれ以上悪く言われるのが嫌で誰にも相談できなかった、と母親が苦しそうに顔を歪める。

「お母さんは佐内くんに、どんな大人になってほしいですか」

襖の向こうでずっと鳴り続けていたゲーム音が、気がつくと止まっていた。母親の泣き声を聞いた大河が、薄い襖のすぐ向こうで耳をそばだてているのかもしれない。

「あの子が大人になる？　大人になった、たいちゃん……」

濃く長いまつ毛に涙を含ませ、母親が瞬きを繰り返した。

「時が経てば、子どもは大人になります。時間を止めることはできません。佐内くんもいつかは一人の大人として、自分の力で生きていかなくてはなりません」

わが子が大人になるなんて、これまで一度も想像したことがない。そんな、虚を衝かれたような表情で母親が見つめ返してくる。もしかするとこの人は、自分が大人であることすら自覚がないのかもしれない。十六歳のままで、大河を育てているのかもしれなかった。

ひかりは手を伸ばし、ちゃぶ台の下に置いてあった自分の黒いリュックの中を探った。すぐにクリアファイルの感触が指先に当たる。クリアファイルには、水野に渡されたパンフレットと資料が挟まっている。

「お母さんに見ていただきたいものがあるんです」

今日ここで大河の母親に会えたのは、運命かもしれない。

そんな大袈裟なことを考えながら、ひかりはパンフレットと資料をちゃぶ台の上に置く。水野から手渡され、説明を受けた時は現実味のない話だと思っていた。でもいまは違う。

「大河くんにどんな大人になってほしいか。私と一緒に考えてみませんか」

母親の視線がパンフレットの表紙に吸い寄せられる。ひかりはそんな母親の顔を見ながら、ゆっくりとページを開いた。

なだらかなスロープを、ひかりは駐輪場に向かって歩いていた。まだ五時前だったので校内には児童がたくさん残っていて、二組の子どもたちも運動場でサッカーをしたり縄跳びをしたりして遊んでいる。前の小学校にいた時は放課後に子どもたちに交じって遊ぶなんてことはなかった。それがいま六年二組を担任してからは、時々は仲間に入れてもらうことがある。ただこのところそんな余裕はない。家庭訪問をして母親と話し合ってから二週間が過ぎたいまも大河は登校せず、真亜紅も面会にすら応じてくれない。

「澤木先生」

駐輪場から自転車を引っ張り出していると、後ろから声が聞こえてきた。振り向かなくても、声だけで水野だとわかる。

「澤木先生、なにかあった？　このところ元気がないように見えるけど」

「いえ、特になにも……」

言いながら水野に向かって首を振る。嘘だった。なにもないなんて、嘘だ。この二週間、なんとか毎日仕事には行っているものの、家にいる間は憑かれたようにネットを検索していた。少年犯罪の情報を手あたりしだいに漁《あさ》っている。そんなものを読み込んだところでどうにもならないのだが、不安がパソコンに向かわせるのだ。毎日のように夜通しネットサーフインをし、部屋に光が差しこんで初めて、朝が来たことに気づくようなありさまだった。食事もろくに摂っていない。朝と夜になにを食べていたのか、あるいはなにも食べていなかったのか。気づけば冷蔵庫はほぼ空っぽで、残っていた納豆や卵、牛乳は賞味期限が切れていた。

「最近、帰るのが早いのね。これまで居残り組の常連だったのに」

憂いを気取られないように、「プライベートもそこそこ忙しくて」と作り笑いを浮かべる。空には灰色の雲が広がり、いまにも雨が降り出しそうだ。

「今日も忙しい？　いまから少しだけ話せないかな。銀座で買ってきた美味しいクッキーがあるの」

優しい笑みが眩しくて、ひかりは目を細める。この人は、ひかりが自分を避けていることを知りながら声をかけてくれているのだと悟る。これまで水野にはどんな些細なことでも報告し、相談に乗ってもらってきた。その存在は自分の支えでもあった。でもいまは水野にも話せないことがある。大河の家で見つけた銀色のスマホのことは、たとえ水野でも知られたくはなかった。

大河の自宅から携帯を持ち帰った日、ネットで機種を調べ、起動させるために充電器を購入した。でも故障しているのか、充電器を繋いでも携帯からはなんの反応もなかった。自力での起動が無理だとわかり、今度は八王塚にある修理店に携帯を持ち込んでみたものの、店員に「修理はしてみるが、データが消えてしまう可能性もある」と言われて断念した。本当は誰よりも先に携帯に残された記録を読み取り、自分の手で解決するつもりだった。できることなら他の誰にも、携帯の存在を知られずに……。

刑事に連絡を取ったのは、昨晩のことだ。

どれだけ時間を稼いだところで、もう自分の手で解決することは無理だと悟ったから。

ひかりは大河の、これからの長い人生を思った。

大河が関わっている問題は、携帯を隠し続けても解決しない。埋めたところで決して土に還《かえ》ることのない携帯と同じで、彼の人生に消えようのない瑕《きず》を残すに違いない。どんなに苦しい決断であったとしても、教師として教え子の人生に責任を持ちたかった。

「水野先生すみません。私、ちょっと用事があって」

まだなにか言いたそうにしている水野に会釈してから、ひかりは自転車に跨る。今日も家に帰って調べたいことが山ほどある。児童の福祉に関することや少年犯罪の事例など、自分ができることを探すためにネットの海に潜るつもりだった。

背中に水野の視線を感じながら通用門に向かって自転車を漕ぎ出したその時、

「……今田くん？」

開け放たれた通用門の向こう側に、半袖のブルーのTシャツを着た子どもが見えた。門柱の陰に寒そうな様子で立っているのは、真亜紅だ。

「今田くんっ」

ひかりは自転車から降りて通用門へと駆け寄っていく。自分の名を呼ぶ声が聞こえたのか、真亜紅が門柱の後ろから一歩前に出てきた。

「サウが……」

真正面からひかりを見据え、真亜紅が声を震わせる。怯えた目が揺れていた。

「佐内くんがどうかしたの？」

青白い大河の顔が、瞼に浮かぶ。

「サウの家に……警察が来た」

頭の中が真っ白になる。

「どういう……こと？」

落ち着け、児童の前で狼狽《うろた》えてはいけないと、目の奥に力を込める。

「今田くん、初めから順を追って話せる？　どうして佐内くんの家に警察が来たの？」

銀色のスマホのことが頭をよぎったが、刑事に携帯を渡したのはつい昨夜のことだ。携帯などのデータは、解析ソフトを使って時間をかけて復元するのではなかったか。持ち主が判明するまでに、まだ時間がかかるはずだ。警察が家に来た理由は、大河を保護するためではないのか。ネグレクトされている子どもがいると、通報をされたのでは……。自分にそう言い聞かせ、深く息を吸い込む。

だが続けて真亜紅が小さな声で口にしたのは、ひかりの全身を凍らせる言葉だった。

「ごめん、もう一度言ってくれる？」

目元が引きつる。

「携帯のことで訊きたいことがあるって。サウが持っていた携帯のことを訊きたいって
……」

心臓が、痛いほどに脈打った。首から上は熱いのに、体温がいっきに下がっていくような感覚に陥る。ひかりは真亜紅の両肩をつかみ、

「佐内くん、いま家に一人でいるの？」

と目を見開く。

「ううん、サウのじいさんも一緒」

「そう、わかった。先生いますぐ佐内くんの家に行ってみるよ」

ひかりはその場に横倒しにしていた自転車を起こした。サドルに跨りそのまま加速しようとペダルに足を乗せると、

「おれも行く」

背後から真亜紅が呼び止めてきた。振り返れば、いまにも泣き出しそうな目をひかりに向けている。

「サウはなにもしてないんだ」

顔を歪ませながら、真亜紅が声を昂らせる。

「悪いのはおれなんだ。サウはなにもしてない……」

「今田くん、落ち着いて。あなた……携帯のことでなにか知ってるの？」

どくどくと脈打つ左胸を片手で押さえ、もう片方の手で自転車のハンドルを強く握った。

「今田くん、先生の質問に答えて」

真亜紅はひかりから目を逸らし、両方の目を固く閉じたまま喉を震わせた。ひくっ、ひくっ、とせり上がる声の間に「サウはなにもしてない」と同じ言葉を繰り返す。

「……真亜紅くん、泣いてちゃわからないわよ？」

いつのまにそこにいたのか、あるいはずっといたのか、水野がすぐそばに立っていた。

「おれが……」

真亜紅が手の甲でごしごしと頰を拭い、顔を下に向ける。

「おれが……んだ」

俯いたまま、無理に絞り出したような掠れ声で真亜紅が呟く。

「ごめん、聞こえなかった。もう一度言ってくれる？」

苦しげにしゃくりあげる真亜紅の背に、水野が手を添える。

「おれが……岩田の携帯を盗んだんだ。岩田が殺されたのはおれのせいで……。だからサウはなにも悪くない……」

真亜紅の口元に耳を寄せていた水野が、驚愕の表情でひかりを見つめてくる。呼吸が止まり、なにか言おうとするのに言葉が出ない。この子はいま、なにを口にしたのか。自分はいま、なにを――聞いた？

ひかりは自転車から降り、真亜紅のそばまで歩いていった。両手でか細い腕をつかみ、その顔をのぞき込む。

「澤木先生」

名前を呼ばれて顔を上げれば、水野が険しい表情でこっちを見ていた。

13

どうぞ入ってくださいと相庭に促され、ひかりは六年一組の教室に足を踏み入れた。児童の姿はなく、相庭が廊下に人がいないのを確認してから前と後ろの扉を閉めた。

「それで、今田はいま保健室にいるんですね」

「はい。水野先生がついてくれています。かなり動揺し、興奮もしているので、お姉さんに迎えに来てもらえるよう電話しました。まだ直接は連絡がついてないんですけど、留守電に入れておきました」

泣きじゃくる真亜紅を水野と二人で抱えるようにして保健室に連れて行ったのは、つい十分ほど前のことだ。

「あの、今田くんのことなんですけど……」

真亜紅は泣きながら、自分もいまから警察に行くと言ってきた。大河だけに罪を被せることはできないから連れて行ってほしい、と。

「私、どうしていいかわからなくて……」

「それで私のところへ相談に来たと？」

「はい……。申し訳ありません」

ひかりは、相庭に向かって頭を下げた。彼にはこれまで何度も児童の指導に関して注意を受けてきたが、結局こんなことになってしまった。自分の未熟さを認めないわけにはいかない。

「澤木先生だけの問題じゃないです」

だが相庭が口にしたのは、意外な言葉だった。

「今田と佐内のことは、彼らに関わってきた水柄小の教師全員の責任です。もちろん私にも責任はある。あなただけが罪の意識を感じる必要はない」

相庭の言葉に、うな垂れたまま両目を固く瞑る。罪の意識……。そうだった。もうずっと罪の意識に苛《さいな》まれてきた。子どもたちがいま置かれている厳しい環境は私のせいではない。そんなことは頭ではわかっていたが、それでもどこかで自分の力が足りないからだと責め続けてきた。いまはもう五年前の自分とは違う。教師になったのだから、もっとなにかができるはずだ、と……。

「立ってないで、どうぞ座ってください。とにかく、これまでの経緯を詳しく話してもらえますか」

ひかりがすぐ近くの椅子に腰を下ろすと、相庭が机を挟んだ斜め前に座る。どういう経緯で大河の家に警察が来たのかと訊かれ、順を追って話していく。ゴールデンウィーク前に大河の部屋で携帯を見つけたこと。十月に入ってから、前に見たのと同じ携帯が今度は彼の自宅の庭に埋められているのを発見し、持ち帰ったこと。どうするかしばらく悩み、考えた末、携帯を警察に渡したこと……。

その携帯が、実は真亜紅が岩田から盗んだものだったと告げた時、相庭の顔が引きつった。

目を見張り、ひかりを凝視してくる。

「今田くんが……岩田元副校長が殺されたのも自分のせいだって言い出して……」

まだ混乱していて、その時の状況について冷静には話せない。なぜ真亜紅が岩田の携帯を盗んだのか。いつ、どこで……？　理由は？　岩田の殺害に小学生の真亜紅が関わることなど、あり得るのだろうか。

「でも私、どうしてもわからないんです……。今田くんと岩田元副校長に接点はなかったはずなんです……。姉のアイリンさんは六年生の時に岩田先生の授業を受けていたようですが、今田くん自身は副校長と直接話すことなんてほぼないだろうし……。佐内くんにしてもほとんど学校には来てなかったはずだから……どうしてこんなことに……」

何度も言葉を詰まらせ、言い淀みながら、ひかりは硬い表情の相庭に向かって一方的に話し続けた。話している途中で下校を促すアナウンスが放送され、ドボルザークの『家路』が流れてくると、バタバタと早足で廊下を駆けていく軽やかな足音が遠くのほうから響いてきた。

「なんでもいいんです。どんな些細なことでもいいので、相庭先生が知ってることを私に教えてもらえませんか。私がいなかった頃のあの子たちのことを教えてください」

お願いします、とひかりは額が机につくほど深く頭を下げた。いったいなにがあったのか。

自分の知らない水柄小での出来事をすべて教えてほしい。暗くて重い空白の時が一拍、二拍と続き、やがて大きなため息が聞こえてくる。

「聞いたところで、過去は変わりませんよ」

「たしかに過去は変えられません。でも過去を知ることで、未来が変わることはあるんじゃないでしょうか。私はあの子たちの未来を変えたいんです」

お願いします、と繰り返すと、

「そんなふうに何度も頭を下げないでください」

と意外にも柔らかな口調で、相庭が言ってきた。驚いて顔を上げると、相庭がひかりを見て小さく頷く。

「たしかに今田と岩田元副校長に接点はありません。ただ岩田は……」

相庭が言いかけたところで、携帯の着信音が鳴った。二人同時に首を巡らせたが、着信音はひかりのリュックの中から聞こえてくる。

『アイリンです。いまから学校に行きます。私が全部話します』

人混みの中にいるのだろうか。押し殺した声は聞き取りづらく、ひかりの返答を待たずに電話は切れた。

「いま今田くんのお姉さんから電話があって」

ひかりが口にすると、その場の空気が硬く縮んだ。その妙な空気にほんの一瞬だけ言葉を失う。

「あの、相庭先生？　アイリンさんがどうかしましたか」

「ああ、いえ……。その、アイリンなんです」

相庭が浅く息を吸い込み、ひかりの目を見つめてくる。

「岩田は今田の姉、アイリンとなにかしら、深い関わりを持っていました。私と岩田が赴任してきた年です。彼女は六年生でした」

ひと息に口にすると、相庭はまるで禍々《まがまが》しいものと対峙するかのように顔をしかめた。

「深い関わりというのは……どういう意味でしょうか。岩田元副校長は、学級崩壊した六年一組の授業を担当していた。アイリンさんもそのクラスにいた。……それだけじゃないんですか？」

保健室で目にした過去の卒業アルバム――。学級崩壊していたというそのクラスの写真に、いまよりずっとあどけない表情をした十二歳のアイリンが写っていた。

「アイリンは三歳で来日しているので、六年生の時点では日本語を話すことはできていました。ただ複雑な言い回しまで完全に理解しているとは言えず、学習面では学年が上がるにつれて少しずつ遅れていったようです。上級生になるとどの教科も難易度がぐっと上がりますから。アイリンの場合、語彙力の乏しさがそのまま勉強面にも悪影響を及ぼし、しだいに成績が落ちていきました」

　そんなアイリンに、岩田は勉強を教えてやっていたのだと相庭は続ける。

「放課後、空き教室やハートルームで二人が勉強している姿を、時々見かけることがありました。副校長というポストは煩雑な仕事が多い。朝一番に学校に来て鍵を開け、帰宅するのはたいてい最後。学校はやたらに書類を作る業務がありますが、その文書のチェックも、副校長の仕事です。病気休暇や産休などの代理講師を探したり、保護者対応をしたり。岩田の激務は同情するほどでした。でもそんな中で岩田は、時間を作ってアイリンの勉強を見てやっていた。私自身、保護者が日本語を解さないために苦労する児童をこれまで何人も目の当たりにしてきたので、岩田を見習わなくてはとさえ思っていました。でもいつからか、なにかが変だと思い始めたんです」

「なにが……変だったんですか」

　問い返す自分の声が、震えている。

「表情です」

「表情？」

「アイリンの顔から、いつしか笑顔が消えていました。もともとおとなしい子ではあったようですが、それでも子どもらしい晴れやかな顔を見せることもありました。それがいつしか、まったく笑わなくなっていたんです。彼女を見かけるたびに、痛みを堪えているような、苦しそうな表情をしていました」

学校を休むわけではなかった。問題行動を起こすわけでもない。だがアイリンからいつしか、生きる気力が失せたように感じたのだと相庭が眉をひそめる。

「相庭先生はなにも……しなかったんですか。様子が変だと感じたのに、そのまま放っておいたんですか」

アイリンの身になにが起こっていたか。考えられることは一つだった。でも恐ろしくて、口に出せない。相庭はひかりの顔を見て押し黙り、一呼吸置いた後、

「申し訳ないと思っています。私は当時六年生の担任ではなかったので、立ち入ることにためらいがあったんです」

と視線を下げる。二人が空き教室やハートルームにいる時に前の廊下を行き来してみたり、何度かアイリンに直接、「悩んでいることがあったら話してほしい」と声をかけたことはある。だが彼女はなにも話そうとはせず、決定的な証拠もつかめず、結局はそのままにしてしまった。自分の中でも、まさか副校長が、とためらう気持ちが強かったのだと思う。

「そういえば相庭先生……。先生は以前、岩田元副校長が殺害されたニュースを聞いて、笑

ってませんでしたか。私が水柄小に赴任してきて間もない頃のことです」

職員室が騒然としていた時、ひかりは廊下に出て、相庭を見かけた。その時の相庭が、ひかりには笑っているように見えた。

「笑ってた？　私が？……まあ……笑っていたかもしれませんね。結局私は、あの一件に対してなにもしなかった。いつしかそんな後悔も忘れ、岩田の死によって真実は闇に葬られたままになってしまった。そんな状況を、なにもできなかった自分を蔑《さげす》んで笑っていたかもしれません」

岩田に抱いた違和感を保身のために見逃してしまった。証拠もなくアイリンの証言もない状況では岩田に抗議することができなかった、と相庭は暗い声で呟く。

「わかります……。私も相庭先生の立場だったら同じだったかもしれません」

どれほど嫌な上司でも、最低な人間だったとしても、学校という組織にいる限りは従わないわけにはいかない。教育現場は縦社会だ。上に抗議するなら退職するくらいの覚悟がなければ難しい。

「先生……。もしかして……今田くんが三年生の時にハサミを向けた男性教員っていうのは、岩田先生のことですか。アイリンさんと岩田先生の間になにかがあって、それを今田くんは知っていた？　知っていて岩田先生を憎んでいた？」

不可解だった真亜紅の行動が、理由を持った切実なものとして胸に迫ってくる。相庭はなにも答えない。答えない代わりに息を深く吸い込み、目線を下げた。

子どもがとる行動には、すべて理由がある。

「私は結局……なにもしなかった。あの姉弟になにもできなかった。だからあなたを見ていると無性に苛立って……。自分にできないことを迷いなくやっていく澤木先生を見ているのが苦痛だったんです。自分が責められているような気がしていました」

相庭の輪郭を固めていた硬い氷が溶けていくのを、ひかりは感じていた。決して近づけなかった、触れられなかった本心が目の前に差し出される。この人も温かくて熱い心を持って生きていたのだ。教師として子どもたちを思う気持ちは同じだった。それを知れただけで十分だと思う。

まだ俯いたままでいる相庭から目を逸らし、一組の教室内を眺めていると、携帯が再び鳴った。

液晶画面にアイリンの名前が浮かび上がる。

「もしもし?」

『いま着きました。学校の通用門の前にいます』

「そう。だったら保健室に向かってくれる? 今田くんはそこにいるから。私もいますぐに……」

『あの、澤木先生。真亜紅のところに行く前に……澤木先生と話をしたいんです……二人だけで』

「うん、わかった。じゃあそこで待ってて。すぐ行くから」

電話を切ると、相庭が神妙な顔つきでひかりを見ていた。

「すみません、私ちょっとアイリンさんと話してきます。今田くんを迎えに行く前に二人で……」

アイリンがなにを話そうとしているのか、考えると胸が苦しくなる。でもなにを聞いても動じずに受け止めようと、心に決めた。


「ここが今田くんの席だよ。どうぞ座って」

アイリンを二組の教室まで連れてくると、真亜紅が使っている椅子に座らせた。窓際の一番後ろの席で、ひかりも近くの椅子に座り、向き合う形になる。

「ありがとう、わざわざ学校まで来てくれて。バイト中だったんじゃない？」

手に提げている白いレジ袋に目をやり、ひかりは訊いた。騒がしい場所から電話をかけてきたので、店のバックヤードにいたのかもしれない。

「そうです。……先生はなんでもわかるんですね。バイト先のコンビニでサンドウィッチとコーヒー牛乳を買ってきました。真亜紅がお腹すかせてるだろうと思って」

アイリンはぼそぼそと話しながら教室の中を見回していた。おそらく辛いことが多かっただろう彼女の小学校生活をひかりは思う。

「忙しいところ呼び出してごめんね。今田くんがかなり動揺してたから、アイリンさんにそばにいてもらったほうがいいと思って」

「いいえ……。なんか先生には迷惑ばかり……」

アイリンが目を伏せ、俯いた。太腿の上で指を組み、じっと見つめている。

さっきの電話で『私が全部話します』と言っていたので、いますぐにでもその話を聞きたかったが、彼女から口を開いてくれるのを待つ。長い沈黙が二人の間に漂い、姿勢を変えるたびに椅子が軋む音が教室内に響いた。

「先生は、私と岩田の関係を知っていますか。……きっともう誰かに聞いてますよね」

数分の沈黙があった後、アイリンがぽつりと口にした。なにげない口調ではあったが、それがよけいに辛く息が詰まった。ひかりが頷くと、上目遣いにひかりを見ていたアイリンが、覚悟を決めたように顔を上げた。

「岩田に初めて声をかけられたのは、小学六年生の四月でした。最初は下級生に嫌がらせをされているところを助けてもらったんです。その時は……こんなに親切な先生がいるんだなと、思いました」

あの日私は珍しく、放課後に校庭で遊んでいました。

いつもなら友達と学校に残ることなど、ほとんどありません。ただその日はクラスの女子から「一緒に『天地』しよう」って誘われたんです。普段はあまり声をかけてもらえることなんてないんだけど、その日はたまたま仲間に入れてもらえて。メンバーが足りなかっただけかもしれませんけど……。

先生は「天地」、知ってますか？　田んぼの「田」の字を書いてできた四つのマスを、それぞれ「天」「大」「中」「小」と名付けて、ボールをバウンドさせる遊びです。

その天地を、女子四人でやっていました。早く家に帰って夕食を作らなきゃと思いながら、でもすごく楽しくて、時間が経つのを忘れていたくらいです。

みんなで天地をしている時、五年生の男子たちが使っていたドッジボールが私の背中に当たりました。その五年生は、休み時間になると運動場でサッカーをしているメンバーでした。けっこう痛かったんですけど、私は気にせず、ボールを男子たちに投げ返しました。運動場で、他の人が投げたり蹴ったりしたボールが当たるなんてこと、たまにありますから……。それで天地を続けていると、また、ボールが当たりました。今度はお尻に当たりました。その衝撃で、私はその場で滑って転びました。

「サラマット!」

男子たちが、私を指差して言いました。

「サラマット!」

一人の男子が私のそばにあったボールを拾いに来て、その時にもまた大きな声で叫びました。

「サラマット!」「サラマット!」と少し離れた場所にいる下級生たちも繰り返していました。

サラマットというのは、タガログ語で「ありがとう」の意味です。私は、この人たちは「ごめんなさい」と「ありがとう」を言い間違えているのだと思いました。

「サラマットは『ありがとう』という意味だよ。ごめんなさいは『ソーリー』って言うんだよ」

下級生たちがタガログ語を話したいのだと思った私は、そう教えました。そうしたら、彼らの間で大爆笑が起こりました。

それからも何度も彼らは私にボールをぶつけ、「サラマット」と叫ぶことを繰り返しました。からかわれているのだと私はようやく気づき、怖くなってその場から走って逃げ出しました。

その時でした。

追いつかれる恐怖を感じながら無我夢中で走っていた私に、岩田が「どうかしたのか」と声をかけてきたんです。とても優しい言い方でした。私は、下級生たちにボールを当てられたことを打ち明けました。岩田は「先生が厳しく注意しておくから」と言い、私の頭を撫でました。

それから岩田は、校内で私を見かけると必ず話しかけてくるようになりました。勉強でわからないところを教えてくれるようにもなって……。

最初のうちは私も……嬉しかったんだと思います。それまでは、そんなふうに自分を気にしてくれる先生は一人もいなかったから……。

岩田が、初めてあの部屋に私を呼び出したのは、六年生の夏休みでした。

あの部屋というのは、先生が住んでいるアパートです。パレスＭＩＺＵＥ。

あそこは……撮影部屋でした。

それまでは学校の教室で一時間くらい勉強を教わるだけでしたが、夏休みに入ってプール開放で顔を合わせると、岩田が自分のアパートに来るように言ってきました。夏休みの宿題や自由研究を手伝ってあげるから、という理由でした。でも私はアパートに行くつもりなどまるでなくて、聞こえないふりをしてやり過ごしました。これからは誘われても無視しよう。学校外に呼び出されたことで身の危険を感じ、その日から私は、岩田を避けるようにしていたんです。

でもママがある日、「岩田先生のアパートに行け」と言ってきました。

ママと岩田の間にどんなやりとりがあったのかは、わかりません。ただ岩田は、いつのまにか「ａｔｅ」の常連客になっていました。岩田の知り合いも何人か店に出入りしていたので、ママにとって岩田は上客だったんだと思います。はっきり聞いたわけではないけれど、お金をもらっていたのかもしれません。

パレスＭＩＺＵＥの場所は知っていました。夏休みの間に何度か、一人で部屋まで行きました。本当は嫌で嫌で堪らなかったけれど、行かないと後でママに怒鳴られるのでしかたありませんでした。

――写真を撮るだけだから。

岩田は言いました。

――お母さんから言われているだろう？　ここでのことは、誰にも話しちゃいけないよ……。

アパートの部屋はがらんとしていて家具もなにもなく、でもクーラーだけはついていて、撮影の間中、猛獣の唸り声のようなモーター音が響いていました。もっと楽しそうに笑って。そこで体育座りして。顎を膝の上に乗せたまま、上目遣いでこっちを見て。言われるままに顔の筋肉を動かし、ポーズを取りました。何十枚も写真を撮られましたが、他にはなにもされませんでした。

岩田は撮影が終わると毎回必ず、千円札を一枚、渡してきました。その千円札のことをママは知らなかったみたいで、岩田にもらった金を出せ、とは一度も言われませんでした。撮影のたびにもらえる千円札はお菓子の空き箱の中に隠し、自分や真亜紅の服や靴を買い替えたりするのに使いました。

自分のやっていることは悪いことではないか。売春と言われるものではないか。そう思い始めたのは、夏休みが終わる頃です。世の中に、そうしたやり方で金を稼ぐ方法があることを知ったのが、ちょうどその時期でした。もし自分のやっていることを知られたら、私は、警察に捕まるかもしれない。そう思うと急に怖くなって、岩田との関係を絶対に他の人に知られてはいけないと思うようになりました。

六年一組の担任の先生が心の病になって、岩田が代理で一組に入るようになってからはさらに頻繁に呼び出されるようになりました。時間を見つけては空き教室やハートルームで携帯を使って写真を撮るんです。机の上に座ったり、教壇に立ったり、リコーダーを吹く姿を撮影したこともあります……。

そこまでひと息に話すと、話し疲れたのか、アイリンがふつりと口を閉ざした。頰の辺りが強張って見えたので、「辛いなら全部話さなくてもいいよ」と伝える。無理をしなくていいから、とひかりが言うと、アイリンは表情を硬くしたまま微かに首を横に振った。

沈黙が一分続き、二分続き……ひかりは椅子から立ち上がり、机の向こう側に回り、アイリンの隣に並んだ。椅子に座る彼女と目線を合わせるようにその場でしゃがみこむと、その細い背中にそっと手を添える。

「アイリンさん、無理しないで」

ひかりの言葉に頷くと、アイリンが口端を上げて笑顔を作った。「全部話したいんです」と膝に置いていた手を、ぎゅっと握りしめる。

「今田くんはその……あなたと岩田のことをいつ知ったの？」

真亜紅が岩田の携帯を盗んだということは、彼は姉との関係を知っていたということだろう。

「あの子が二年生の時です。岩田のアパートに、真亜紅も一緒に連れていくようになって……。いま思えば、それが悪かったんだと思います。『今日は体操着で』『スクール水着に着替えて』と岩田の要求が烈しくなってきて、それで怖くなって真亜紅を連れていくようになりました。弟を連れていくことを岩田は嫌がりましたが、でも一人で家に置いておけないからと、それだけは強く押し切りました。撮影は土日や平日の夜にすることが多かったので、真亜紅の世話をしなくてはいけないのは本当だったんです。いつもは私の言うことなんてほとんど聞かないんですけど、岩田のアパートに行く時だけはおとなしくついてきてくれて、ゲームをしながら撮影が終わるのをじっと待っていました」

ひかりがよほど沈鬱な表情をしていたのだろう。「これ以上は聞きたくないですか」とアイリンが気遣う。廊下を歩く人の声が聞こえてきた。まだ学校に残っている教師たちの声だ。

「ううん、ごめんね。先生、なんかちょっと……」

吐き気が込み上げてきた。怒りなのか悲しみなのか。体の内側が熱く爛《ただ》れていくような感覚が広がっていく。真亜紅が三年生の時に岩田にハサミを向けた事件があったことを思い出し、胸が締めつけられる。

「先生、あのアパートは岩田以外の人も使っていました」

「岩田以外の人？」

「ママのパブに集まってくる岩田と同じ趣味を持つ男たちが動画を観たり、データをコピーしたりする場所として使っていたんです。だから岩田は、他の小学校に異動した後もあの部屋を解約しなかったんです。部屋を貸せば金を取れるから」

「アイリンさんと岩田の関係は……ずっと続いていたの？　小学校を卒業してからも？」

恐ろしかったが、確かめないわけにはいかない。成長していくアイリンに対して、岩田の要求はさらにエスカレートしていったのではないか。

だがアイリンは烈しく首を横に振り、嫌悪感をあからさまに顔に出す。

「岩田との関係は、小学校を卒業するとなくなりました」

そういえば聞いたことがある。おぞましいことだが、小児性愛者というのは児童にしか興味を持たず、子どもの年齢が上がると対象外になるのだと。

「でも……」

アイリンが言いかけて口をつぐむ。

「でも？」

思い詰めた顔が気になり、ひかりは先を促した。

「私は岩田のことを忘れようとしました。でも真亜紅は……ずっと憎んでいて」

アイリンに興味を示さなくなっても、岩田は同じ嗜好を持つ人間と密会するために「ａｔｅ」に通い続けた。ああいう嗜好の者たちは、ネット上でのデータのやりとりを極力避ける。履歴をたどられ個人情報が流出するのを防ぐためだ。自分は中学生になって岩田から解放されたものの、母親に呼ばれて店に出ると、小児性愛者たちと顔を合わせることもあった。そのたびに気分が不安定になり、何度となく過呼吸を起こした。岩田はまだ自分の写真を持っている。データが拡散されていたらと思うと絶望的な気持ちになり、死んでしまいたくなるのだ。

「真亜紅はそんな私を見ていて、だから……あんなことを」

ある日鍵谷が、母親のいない時を狙って家に来た。

いつもの鍵谷なら母親の部屋に閉じこもったきり、トイレや風呂を使う以外は外に出てこない。だがあの日に限っては、エサを求める野犬のように家中をうろうろしていたのだ。

「なにしてんだよ、やめろよ」

鍵谷が金を探していることにいち早く気づいたのは、真亜紅だった。普段なら鍵谷が家にいたとしても見えないふりをしてやり過ごすのだが、さすがにできなかったのだろう。乱暴な音を立てながら食器棚の引き出しやテレビ台の下、簞笥《たんす》の中、生理用品が入っている洗面所の収納棚まで漁り出した鍵谷に対して、「やめろって言ってんだろっ」と真亜紅が怒鳴りつけたのだ。

その後は、これまで何度も繰り返されてきた通りだった。

逆上した鍵谷が真亜紅の頭を片手でつかみ、もう片方の手で顔を殴りつけ、床に倒れたところで横腹を蹴り上げた。

真亜紅の体に被さり、アイリンは許しを請うた。だがいったん火がついた鍵谷は暴力をやめるどころか真亜紅の髪をつかみ、アイリンの体の下から引きずり出そうとしたのだ。

「ごめんなさい、許して、許してください」

真亜紅を強く抱きしめたまま何度も謝ると、鍵谷は「やめてほしかったら金を出せ」と言ってきた。母親がどこかに貯め込んでいるだろう金を、いますぐ出せと怒鳴り散らした。

だが家にある金をすべてかき集めても一万ほどにしかならず、鍵谷は怒り狂った。母親の給料が振り込まれる預金通帳を出せと言い出し、どこにあるかわからないと言うと、鍵谷はアイリンの背中を足の裏で強く蹴った。

「それを見た真亜紅が、自分がママのキャッシュカードを探して金を引き出してやるって、鍵谷に向かって叫んだんです。そしたら鍵谷が、十万持ってこいって」

「十万？」

「そんなの無理だ、絶対ばれるって真亜紅が言い返したらあいつ、十万持ってきたらおまえの望みをなんでも聞いてやるって。おれにできないことはなにもないんだって笑いながら……。それで真亜紅が『岩田を殺してくれ』って言い出して……。『ａｔｅ』に出入りしている客に、岩田洋二という男がいる。そいつが二度と店に来ないようにしてくれるなら十万渡すって……」

　窓の外は夕焼けの明るいオレンジ色の光が溢れていた。でもアイリンの告白に胸を抉《えぐ》られ、暗く、救いのない場所に自分が沈んでしまったような気がする。

「私、鍵谷は嘘をついてるんだと思ってたんです……。真亜紅を騙《だま》してお金を取っただけだって。まさか本当に岩田を殺すなんて……」

　銀行預金から十万を引き出したことがばれた時、真亜紅は母親に灰皿で頭を殴られ、頭皮がざっくり切れて大量の血が流れた。真亜紅の頭の傷をタオルで押さえ、泣きながら、「どうしてこんなバカなことをしたの」と叫んだのだとアイリンが喉を詰まらせる。「あんた鍵谷に騙されたんだよ」「あいつがいくらクズでも、人を殺すわけないじゃん」「クズ男を信用したあんたなんて、クズ以下だから」腹が立ってしかたがなくて、でも自分のためにそんな愚かなことをした弟が可哀そうで、血の臭いがする髪に鼻を埋めた。クズ男に騙された弟が愛しくて堪らなかった。

「先生、真亜紅は自首するつもりだったんです」

「自首って……どういうこと？」

「警察に本当のことを言いに行く。鍵谷に十万を渡して岩田を殺してくれと頼んだことを話しに行くって言い出して……。鍵谷にも『一緒に警察に行こう』って……」

その言葉に鍵谷がキレた。半狂乱になった鍵谷が真亜紅に暴力をふるったのが、先月のことだった。

「先生はどうして、真亜紅が自首しようとしたかわかりますか」

アイリンが顔を背け、窓のほうへ目を向ける。

「私たちのような存在は、人には見えないんです。これまでどんなに辛くても、周りの大人は見て見ぬふりをして、自分から大きな声を上げないと誰も助けてくれませんでした。でも澤木先生は違いました。なにも言わなくても私たちを見てくれたし、家にも来て、何度も何度もあの子をなんとかしようとしてくれました」

夏休みに二人で部屋のゴミを片付けていると、真亜紅が突然、空になったペットボトルに水を入れ始めた。水道の蛇口にペットボトルの飲み口を近づけて満杯にすると、「これは怒りの感情なんだ」と教えてくれた。怒りの感情は重くて苦しい。だからなにも考えずに誰かにぶつけたら大変なことになる。そんなことを口にした後、「昨日澤木先生に教えてもらった」と嬉しそうに笑っていた。

「澤木先生に出会ってから、少しずつ、弟は変わっていきました。他の人はわからなかったかもしれないけれど、私はずっとあの子と一緒にいたから気づいていました。真亜紅が鍵谷に自首しようなどと言い出したのは、嘘をつき続けることが苦しくなったからだと私は思います。真亜紅は自分の罪に向き合おうとしたんじゃないかって……。でも鍵谷から烈しい暴力を受けて自首することを諦めました。諦めて、先生を避けるようになりました。先生の期待を裏切ってしまったから……」

岩田が行方不明になったのは、真亜紅が鍵谷に十万円を渡して一か月ほど過ぎた頃だった。あの日岩田は「ａｔｅ」に来る予定だったのだが現れず、電話をかけても繋がらないので、母親から「アパートを見てこい」と鍵を渡された。撮影部屋の鍵は以前から母親が管理していて、岩田と繋がる男たちに貸し出すというアルバイトをしていたのだ。「今日は岩田から金を受け取る日だから絶対に店に連れて来い」と母親に言われ、嫌々パレスＭＩＺＵＥに向かった。それが、ひかりが江堀市に引っ越してきた日だった。

だが、部屋に岩田はいなかった。岩田はいなかったがプライベートで使っていた銀色のスマホがパソコンに繋がれたままになっていて、引きちぎるようにしてそのスマホを持ち帰った。スマホのデータに自分の画像が残っていたら全部削除してやる。その一心で盗んでしまった。

「スマホを盗んだのはアイリンさんなの？　今田くんじゃなくて？」

「はい。私がやりました」

盗んだスマホは真亜紅に渡した。「おれが処分するから」と手を差し出され、言われるがままに預けてしまった、とアイリンが悲しげにひかりを見つめる。

「澤木先生、私、明日、真亜紅を連れて警察に行きます。そこで全部話します」

アイリンが視線を下げ、微かに頷く。

「……ごめんなさい。私がそのスマホを佐内くんの家で見つけて、警察に渡したの。それでこんなことに……」

姉弟を追い詰めたという事実は、謝っても消えることはない。私は自分の教え子を警察に引き渡した。それが正しいのかどうか、答えの出ないままに手を離した。

「そう……だったんですね。でもいいんです。事件が発覚しなかったら、私たちはずっと……このままでした」

心のどこかでほっとしている、とアイリンが声を震わせる。真亜紅が鍵谷に殺害を依頼したことも、自分が携帯を盗んだことも、過去にあった岩田との関係も、本当は誰かに聞いてほしかった。すべてを知られ、罪を犯すまでの自分たちの苦しみに気づいてほしかった……。

物音ひとつしない静まり返った教室に、アイリンがすすり泣く声が響いていた。そういえばこの子が泣くのを初めて見る。泣かない子だと思っていた。大人びた、強い子だと思っていた。でも自分が泣けば弟を守る人がいなくなるから、泣けなかっただけだ。そんな当たり前のことに、ひかりはいまようやく気がついた。

大河の家に続く石段を上りきったところで、一度大きく深呼吸した。寺の本堂を横切り、裏側へと回っていく。途中で立て掛けられたベニヤ板に行く手を阻まれたが、身を屈めてくぐり抜けていく。

真亜紅とアイリンを家まで送ってから来たので、すっかり遅くなってしまった。日はとっくに沈んでしまい、空には白い月が浮かんでいる。

「こんばんは。水柄小の澤木です。佐内くん、いますか」

玄関先に立ち、中に向かって叫ぶと、

「先生？」

拍子抜けするほどすぐ、引き戸が開いた。淡い月明かりの中に、素足のまま男物のサンダルをつっかけた大河が現れる。

「こんな時間にごめんね。おうちの方はいらっしゃるの？」

奥の部屋からテレビの音が大音量で聞こえてくる。

「うん、じいちゃん」

「よかった。一人じゃなかったんだね」

大河の様子が普段と変わらないのを見て、少しだけ安心する。

「あのね佐内くん、今日、警察の人が訪ねてきた？」

ひかりの言葉に大河の体がびくりと跳ねた。くるりと背を向けて家の中に入っていこうとする。

「待ってっ。先生、佐内くんを叱りにここへ来たんじゃないんだよ。話を聞きに来ただけだよ。今田くんが今日学校に来て、佐内くんのことを心配してたから」

「真亜紅……学校行ったの？」

上がり框に片足をかけたまま、大河が振り返る。玄関の天井からぶら下がる小さな電球が、眉を八の字にした大河の顔を仄《ほの》かに照らす。

「来たよ。それで、佐内くんはなにも悪くないって先生に言ってくれた。ここに警察が来た理由は、あなたが持っていた携帯のことなんでしょ？　今田くん、その携帯は自分が盗んだものだって先生に話してくれたんだよ」

大河がゆっくりと片足を下ろし、上がり框に座りこんだ。うな垂れ、汚れることを気にもせず三和土の上に両足をつく。親指と親指を重ねた足が、微かに震えていた。

「アイリンのために隠してくれって、真亜紅が……。それでおれ、携帯……」

テレビの音に重なって、祖父の咳が聞こえてきた。風邪でも引いているのか、痰《たん》が絡んだような苦しそうな咳だ。

「今田くんが、『アイリンさんのため』って言ったのね？　だから佐内くんは携帯を捨てようとした？」

「……うん」

おかしいな、変だな、こんなことをしていいのかなと思ったけれど、アイリンのためだからと言われてやってしまった。お母さんが水柄にいた頃は、自分も真亜紅と同じ団地に住んでいて、アイリンはいつも優しかった。一緒に遊んでくれたし、おやつをくれたり、時々はご飯を作って食べさせてくれた。自分はアイリンのことが大好きだった。だから言うことを聞いたのだと、大河はたどたどしく言葉を継いだ。ひかりは大河の小さなつむじを見つめる。

「先生ごめんなさい……」

大河が声を湿らせる。

「うん、わかった。ちゃんと話してくれてありがとう」

その場でしゃがみ、正面から大河の肩を抱き寄せる。

「実は先生も、あなたに謝らなきゃいけない。佐内くんも気づいていると思うけれど、あなたの家から携帯を持ち出したのは私なの。私が、あの携帯を警察に届けたの」

開けっ放しの引き戸の外から聞こえてくる虫の声に重ねて、「先生のほうこそ、ごめんなさい」とひかりは詫びた。いつしか祖父の咳は止《や》んでいて、テレビの中の大爆笑が聞こえてくる。

「いいよ」

大河が両手でひかりの体を押し戻すようにして顔を上げた。「先生にはいつか見つかると思ってた」と諦めたように首を横に振る。

「……どうして、私には見つかると思ったの?」

廊下の奥に小さな二つの光が見えた。

「川でも見つかった」

そろり、そろりと光が近づいてくる。

「川って?」

重量のない生き物の足音がすぐそばで聞こえ、視線を下ろすと、暗闇と同化した黒猫が両目を光らせこっちを見ていた。

大河が「ヤマトおいで」と黒猫を胸に抱く。ニャッと甘やかな鳴き声が、ひかりの耳底を柔らかに掻く。

「ほんとはあの携帯、水柄川の底に埋めるつもりだった。でも川の底を掘ってたら、女の人に見つかった。その女の人、たぶん……澤木先生」

「それって……」

大河の言葉を一つずつ頭の中で慎重に繋げていくと、春の雨の日にたどり着く。

あれはまだ、江堀市に引っ越して来てすぐのことだ。新居のアパートに向かっているつもりが全然違う方向に歩いていて、行き着いた川の中に人影を見た。あの時自分は、人が川に落ちていると慌てて……。

「佐内くんには先生の顔が見えたの？　たしか大雨だったよね」

自分は川にいた人の顔なんて、まったく見えなかった。大人か子どもかすら判別できなかったのに。

「顔は見てない。でも『誰かっ。誰かーーっ』て叫んでて、それが先生の声と同じだと思った」

大河と目を合わせたまま、数秒の間、言葉を失う。

この子とそんな出会い方をしていたなんて、いまのいままで知らなかった。もしあの日、私が道に迷わなければ、水柄川に行かなければ、あの携帯はいまも川底に沈んでいたのかもしれない。

「先生、おれ、逮捕される？」

警察が家に来たことを思い出したのか、大河が怯えた目を向けてきた。

「されないよ。佐内くんはなにも悪くないから」

「真亜紅は……逮捕される?」

「今田くんは……今田くんのことも心配しなくていいよ。先生に任せてほしい。だから今日は、ゆっくり休みなさい」

ひかりが言うと、大河は素直に頷き、腕の中の黒猫を廊下に下ろした。黒猫が喉を鳴らしながら廊下の奥へ歩いていくと、大河もその後ろについてとぼとぼと家の中に入っていった。


大河の家を出て、長い石段を下りていると、

「先生ーっ」

上のほうから大河の声が降ってきた。なにかあったのかと足を止めて振り返り、耳を澄ませる。

「先生が来ると、うちの中に音ができた。じいちゃんいない日はおれんち、音がなんにもしない。シーンってなってる。おれ、音がないと怖い。昼も夜も怖くて布団から出られない。だからずっとゲームしてた。でも先生来ると喋ったり笑ったり、いっぱい音ができた」

大河がこんなに大きな声を出すのは珍しく、込み上がってくる熱いものに耐えながら、ひかりは体を反転させた。石段の先を見つめれば、猫を抱いた小さな影が白い月の光に包まれている。

「だから先生、ありがとう！」

小さな影が精一杯の大声で叫んでくる。

ひかりは階段の途中で立ち止まったまま腕を上げ、思いきり手を振った。声を出したくても喉が詰まってなにも言えなかったのだ。あなたたちには私がついてるから。この先なにが起こっても絶対にそばにいる。私は、子どもたちの幸せな笑顔が見たくて教師になったのだから、と手を振りながら心の中で叫び返す。

神様、どうか、この世に生まれたすべての子どもたちを、幸せにしてください——

頭上に光る白い月に、ひかりは願った。

エピローグ　一月

体育館から微かに聞こえてくる『旅立ちの日に』を聞きながら、ひかりは一心不乱に赤ペンを動かしていた。今日の三時間目は六年生全員で卒業式の合唱の練習をしているのだが、音楽講師の桐山《きりやま》に任せて、職員室で別の業務をしている。卒業アルバムの記念文集に載せる作文の添削に追われていた。

「あら澤木先生、授業は？」

ひかりの机の上に保健調査票の束を置きながら、水野が話しかけてくる。

「いま体育館で合唱の練習をしてるんです。私はちょっと、取り込み中で」

ただいま忙しいですアピールをしてみたが、水野は気にせず「これ、卒業文集に載せるやつ？」とまだ添削前の作文用紙が積んである中から一枚を抜き出した。無作為に取ったようだが、「あら大河くんのだ」と嬉しそうに笑っている。

「水野先生、どうしたんですか、白衣なんて普段着ませんよね？」

ふと水野の服装が気になって、コート風の白衣を指差す。

「もちろんアルバム撮影のためよ。だって何年か後にアルバムを開いた子どもたちが、『このおばさん誰』ってなったら嫌じゃない？　養護教諭の顔なんて、あの子たちすぐに忘れちゃうでしょ。白衣着てたら、『ああ保健の先生だ』って思い出してくれるから」

この後、四時間目は卒業アルバムの集合写真を撮ることになっていた。いろいろな事情があったので相庭と話し合って集合写真の撮影日を延期していたのだが、結局年が明けてからの撮影となった。

「それより、あと二か月で卒業なんてちょっと信じられないわよね」

水野が相庭の席に座ったので、ひかりは潔く手を止める。予定では今日中に添削を終えて子どもたちに返却し、明日までに書き直してもらうつもりでいた。でも水野とこうして話せるのも、あとわずかしかないから。

「でもよかった。卒業式には全員揃って出席できそうよね」

歌声はまだ、体育館から流れてきていた。講師一年目の桐山は声楽が専門で、かなり気合が入っていると子どもたちから聞いている。パートごとに分かれ、みっちり練習をさせられているらしい。

「ほんとに……二組はいろいろありましたから、一時は全員揃って卒業式に参加できるなんて想像もできませんでしたけど」

鍵谷真次《しんじ》が福岡の北九州市で逮捕されたのは、昨年の十二月のことだった。アイリンから電話でその一報を受けた時、これで真亜紅の罪も確定するのかと体の芯が凍りついた。だが鍵谷が逮捕されたのは真亜紅への暴行罪であり、岩田の一件ではなかった。

アイリンから聞いた話では、鍵谷は岩田の殺害には関与していないとのことだった。

十万支払えば、岩田洋二を殺害する。真亜紅とそんな口約束を交わしたことは認めたが実行はしておらず、事件当時のアリバイもあったという。年末には岩田を殺害した容疑者が捕まり、それがかつての教え子だったこと、殺人の動機が怨恨《えんこん》によるものだという事実が世の中を震撼させた。

そしてこの三学期から、真亜紅は再び学校に通い始めた。長く欠席を続けていたため登校しづらかったのか、始業式はアイリンに連れられ渋々という感じだったが、次の日からは普段とまったく変わりがなかった。給食もたくさん食べたし、窓の外をぼんやり眺める癖もいつも通りだった。だがもう授業中にふらりとどこかへ行ってしまうようなことはしなくなった。大河は相変わらず不登校気味だが、それでもひかりが迎えに行くとなんとか起き出し、学校に来られる日もあった。不規則な生活は続いているけれど、学校に行ける日を増やしていこうと二人で頑張っているところだ。

「卒業後もみんな元気でいてほしいわね」

しみじみと、水野が口にする。

「はい。でもいまは、あの子たちと会えなくなるなんて信じられないです」

教師と児童の関係は不思議だ。在学中はほぼ毎日顔を合わせているのに、卒業を境に二度と会わなくなる子もいる。この寂しさを乗りこえるのが、教師の宿命なのだろう。

「そういえば大河くん、お母さんがよく承知してくれたわね」

卒業後、大河はゲーム依存症を治療するため、神奈川にある専門病院に二か月間入院することが決まっていた。水野から勧められた施設だが、ひかりも大河の母親とともに見学し、話し合った末に決めたことだった。大河にはゲーム依存による睡眠リズムの乱れや食欲、集中力の低下がすでに現れていたし、最近では頭痛も訴えるようになり、いよいよ治療が必要な段階に入っている。

「このままだと取り返しがつかない状態になることに、お母さんも気づいてくれたみたいで」

「よかったわ。東京都は一人親だと十八歳まで医療費の助成があるし、東京都以外の病院で治療を受けたとしても、後で還付請求すれば費用は戻ってくるはずよ。そうした医療制度が使える時期に、きちんと治療しておくことが大事なの。大人になってからじゃ手遅れということもあるし」

十月に受けていた検査で大河の祖父に肺癌が見つかり、手術を経て、いまは通院しながら抗癌剤治療を行っている。そんな事情もあり、母親は大河を新宿に呼び寄せて一緒に暮らすことを真剣に考えるようになっていた。

「そういえばアイリンさん、真亜紅くんを連れて家を出たのよね」

「はい。鍵谷が逮捕されたことで、今田くんと母親の関係がいままで以上に悪くなったようなんです」

これ以上一緒に暮らすのは無理かもしれない、とアイリンがひかりに電話をかけてきたのは、年が明けてすぐの頃だった。「顔を合わせるたびにママが真亜紅を罵る。可哀そうで見ていられない」という訴えを聞き、児相の職員に姉弟を母親から引き離せないかと相談した。その後、家庭裁判所で保護措置決定を受け、二人は一月の半ばから児童養護施設での生活を始めている。姉弟のいまの落ち着いた様子を見ていると、この判断は正しかったのだろうと思えた。

「アイリンさんはしっかりしてるわね。弟の世話をしながら、母親のことも気遣って」

「そうですね……。大人すぎて、そばで見ていると息苦しいくらいです。でもいまは母親と離れたことで自分の将来を考えられるようになったみたいで……。夜間高校に通おうかなって」

「高校に？　それはいいわね」

大人になるしかなかったのだ。日本に馴染めない母親を支えながら、幼い弟の面倒も看なくてはいけなかったアイリンは、子どもなのに、子どもではいられなかった。本来ならば彼女自身がどこかの時点で崩れていてもおかしくない状況で、でも母親や弟を見捨てることなくここまで頑張ってきたのだろう。自分の未来なんて考えもしないで。

水野と話をしている間にも歌の練習は続き、でも何度も途中でピアノが止まる。相当しごかれているのだろうと子どもたちに同情しつつ、だからこそ仕上がりも楽しみだった。時間をかけて丁寧に創り上げたものは、必ずいいものになるから。

水野が大河の作文を真剣に読み始めたので、ひかりもまた添削に戻った。次は宙の作文だ。

『ぼくの best surprise は、飼育係をしていて、にわとりの王子を発見したことです。Amazing!』

『にわとりの王子』ってなんだろう。鶏につけた名前だろうか……。ああそうか、『にわとりの玉子』と書きたかったのだ。『王』という字に赤ペンで点を加えながら、宙の文章は英語が多いので彼のページだけ横書きにしようかと思う。ロンがいたら……ロンもまた母国の言葉で作文を書いたのだろうかとふと懐かしくなる。彼は三学期から新しい小学校に通い始めた様子で、担任になった男性教師からひかりに連絡がきた。電話で話しただけだが感じのいい先生で、いまの小学校は、外国人が多く居住している地域にあるようだった。ロン以外にもクラスに外国籍の子どもがいると聞いて、少し安心している。

宙の文章を添削し終えると、次は真亜紅のものを手に取った。

そういえばこの子の文章を読むのは初めてだ。国語の授業で作文を書かせても白紙で出してきたし、夏休みの読書感想文もいまだ提出されていない。

この子はいったいなにを綴ったのだろうと、緊張しつつ作文用紙に視線を落とす。

だがA４の用紙には、たった一行、

『六年の運動会が楽しかった』

と書いてあるだけだった。

文章は本当にそれだけだった。

ただ用紙の余白いっぱいに、六年二組全員の顔が描かれていた。どの子もみんな、楽しそうに笑っている絵だった。

驚いたのはその画力だ。鉛筆書きのスケッチのようなものではあったが、顔の輪郭、髪型、目や鼻や口端の感じ、眉の角度などの特徴を細やかに捉え、その顔が誰のものなのかが瞬時にわかる。喧嘩して険悪な関係になってしまった青井文香のことも、真亜紅はちゃんと描いてくれていた。そしてなにより嬉しかったのは、輪の中にロンがいたことだ。集合写真には写れなかったロンを、真亜紅がみんなの記憶に残してくれた。

る。

「澤木先生、どうしたの？」

手を止めて真亜紅の絵に見入っていると、水野が手の中にある作文用紙をのぞきこんでくる。

「あら、真亜紅くんの？　やっぱり上手ねぇ」

やっぱり、と言われ、不思議に思う。真亜紅はこれまで、図工の授業中にまともに絵を描いたことなど一度もない。

「今田くんが絵がうまいって、どうして知ってるんですか？」

「あの子、三年生くらいまでは真面目に描いてたのよ。絵画コンクールで入賞したこともあったと思う」

そういえば、と真亜紅が段ボールを使ってピストルを作っていたことを思い出した。あの時は物騒なものを作ったことに気を取られていたが、目を見張るほど精緻な出来であったのは間違いない。

もう一度、真亜紅が描いた絵を見つめる。優美、宙、理乃、大河、文香……みんな笑っていた。隅のほうに描かれた真亜紅自身も、弾けるように笑っている。

ひかりにこんな笑顔を見せてくれたのは初めてだ、と胸を熱くしていると、一人だけ見覚えのない子どもがいた。おかしいなと思って数え直せば、やっぱり二十三人、一人多い。

ああっ、と声を上げそうになった。

この子は児童ではない。右下のほうで、思いきり口を開けて笑っているこの能天気な顔は、たぶん、私。

真亜紅はひかりのことも、描いてくれていた。

「はい、これ。大河くんの作文、すごくよかった。ねえ澤木先生、教師はこれだから、やめられないわね」

満面の笑みを浮かべ、水野が大河の作文を差し出してくる。彼女はこの三月いっぱいで、都内の別の小学校に異動することが決まっていた。相庭もこの三月でここを去るが、教師はもう辞めると聞いた。何年か前から教師としての限界を感じ、でもいまの六年生が卒業するまでは続けると決めていたのだという。

残る人。去っていく人。自分の情熱を傾けられる場所を見つけて、またそこで頑張ればいい。人生は何度でもやり直すことができる。

手を伸ばし、大河の作文を水野から受け取った。用紙いっぱいに、力のあるしっかりとした文字が並んでいる。いい思い出があったら嬉しいのだけれど、とひかりは彼の書いた文字を一字一字たどっていった。

小学校の思い出

佐内大河

さわ木先生がぼくのうちに来ました。
ぼくのうちには黒い小さな虫がいっぱいいたので、
先生が「これは大変だ」といいました。
そしてバルサンをもってきました。いっしょにたいじしました。
あと先生は、インスタントラーメンの作り方をおしえてくれました。
ぼくはラーメンを作れるようになりました。
ぼくは、さわ木先生に会えてよかったです。
先生の名前の「ひかり」は、「光」のことだと思います。

作文添削が半数ほど終わったところで、三時間目終了のチャイムが鳴った。四時間目は正面玄関前の広場に集合することになっているので、机の上を片付ける。

昨年の四月にこの水柄小に赴任してきてから、いろいろなことがあった。

大学で学んだことも、過去四年間の教師としての経験も、まるで役に立たない出来事にたくさん遭遇した。こんなに大変なことが次々に起こったのは、人生で初めてだった。

それでも必ず、どこかに答えがあると信じてここまできた。いまは正解が出なくても、十年、二十年後にあれは正しかったと思えるように、模索してきた。

教師はなんて怖い仕事なのだろう。

水柄小に赴任してきてから、何度そう思ったことか。

そして、教師はなんて幸せな仕事なのだろう。

——先生の名前の「ひかり」は、「光」のことだと思います。

あの子が自分をそんなふうに思ってくれていたことに、心が震える。

私も、光になりたいと思っていた。子どもたちの未来を照らす灯《ともしび》のような教師になりたいと、一人の少女を救えなかったあの日からずっと願い続けてきたのだ。

チャイムが鳴り響く中、正面玄関前の広場に出ていくと、一組と二組の子どもたちがカメラマンから指示を受けていた。集合写真はカメラマンが校舎の二階に上がり、航空写真のように見下ろす形で撮影するようで、児童たちに立ち位置を説明している。そんな中で宙が二組の男子たちを集め、女子たちにも「Hey, girls come on!」と手招きをしていた。クラス全員でなにかするつもりらしい。雲に隠れていた太陽がいま出てきたのか、子どもたちが立っている場所に光が差した。広場が晴天のゲレンデのように明るく輝いている。

先生もこっちに来てください、とカメラマンに呼ばれ、ひかりも子どもたちのほうへと歩いて行った。

「二組はこのポーズをするんで、先生もやってください」

子どもたちのそばに立って楽しそうな顔を眺めていると、宙が近づいてくる。耳元でそう囁かれ、「うん、わかった」と頷く。

しばらくするとカメラマンが校舎の二階の窓から顔をのぞかせ、地上に向けてカメラを構えた。こっちを見るようにという張りのある声に、カメラのレンズを探す。

ふいにいまこの瞬間、クラス全員で同じ場所に立っていることに胸が震え、私は一生あなたたちの先生だから、と心の中で呟く。この先、あなたたちの未来に辛く苦しいことが起こった時、生きる気力すら失うような絶望に打ちひしがれた時、できることなら私のことを思い出してほしい。どれだけ年月が過ぎていてもかまわない。私は必ずその手をつかみに行くから、と。

「澤木先生が、泣いてる！」

そんな声がどこからか聞こえてきたので、笑って首を横に振った。

「泣いてないよ。みんな、笑顔でね」

言いながら、思いきり背筋を伸ばす。校舎の上には目に滲みるような青空が広がっている。雲ひとつない、透明な水色だ。

「みんないいかい？　イチ、ニ、サンで撮るよ」

頭上から落ちてくるカメラマンの声に、この場にいる全員が空を仰ぐ。

「はーい、イチ、ニの――」

サン、のタイミングで、二組の児童たちが、

「ピース！」

絶叫した。

万歳をするように腕をまっすぐに伸ばし、空に向かってVサインを作っている。ひかりも宙に言われた通り、両手を高く上げた。

カメラマンが「いいねいいねー、オッケー」と笑いながら、「じゃあもう一枚撮るよー」と叫んでいる。

さっきと同じように「イチ、ニの――」が空から降ってきて、今度はひかりもみんなと同じように、

「ピーーース！」

と大声で叫んだ。

一人ひとり違う「ピース！」という声が、力強い命の叫びが、ひかりの耳にはっきりと届いた。

解説

飛鳥井千砂

「小学生のなりたい職業　上位にユーチューバー」

　２０２４年現在、すっかりお馴染みになった感のあるこの文言を見聞きしても、私はこれまで、そうなんだ、としか思ったことがなかった。自分が子ども時代にはなかった、あまりよくわかっていない職業に、最近の子どもは憧れているらしい。そうなんだ、と。

　しかし、本書『空にピース』を読んで、そんな自分に平手打ちを食らわされたかのような衝撃を受けた。『空にピース』は、東京の水柄小学校という公立校に勤務する二十六歳の女性教師、澤木ひかりが、自身が受け持つ様々な問題を抱えた子どもを、少しでも明るいところに連れて行こうと奔走する物語だ。本文の中で、ひかりの同僚教師がこう語る。

「親たちは食べていくことに必死で、子どもたちの教育にまで手が回らない。子どもたちは家族旅行の経験もなく、休日の楽しみは大型スーパーに行くこと。夏休みの思い出は近所のプールで泳いだこと。他の職業を知らないから、将来はコンビニの店員、あるいはユーチューバーになりたいと本気で考えている。子どもが夢を見にくい環境なのだ」

ここを読んだ際、私はページを捲《めく》る手を止めて、「ああ」と、しばらく宙を仰ぎ見てしまった。ユーチューバーになりたい小学生のすべてが、こういう背景なわけではもちろんないだろう。単純にパフォーマーとして魅力を感じている子がほとんどだと思う。でも、こういった環境要因により、という子もきっと少なくないのだと思い知らされた。「小学生のなりたい職業にユーチューバー」という文言を何度も見聞きしながら、そんなことは、ただの一度も考えたことがなかった。

ひかり先生が受け持つ六年二組の子どもたちは、十六歳で妊娠した母に放置されており、給食を食べるためだけにたまに登校する大河、周囲の大人に暴言や暴力を振るわれていて、自身もすぐ手を出してしまう真亜紅、移民で日本語がわからず、不法滞在だったのか、夏休み明けに引っ越していくグエンと、一人一人の問題が、とてつもなく重い。社会全体の問題の中に生まれ落ちた、もしくは組み込まれてしまった、圧倒的な弱者である。

それぞれのエピソードが一冊の長編になり得る重さなのに、集約させて、そこに小児性愛者の犯罪も絡めて、一つの物語として完成させた藤岡さんの手腕には、同業者として「脱帽」の一言である。だがこの設定は、あえてそうしたのではなく、事実そうであるから、だという。２０２２年に私が『見つけたいのは、光。』という著書を刊行した折に、文芸誌の企画で藤岡さんと対談をさせてもらった。その席で藤岡さんが語ってくれた。「教師をしている友だちが、まさにクラスの中で六、七人が問題を抱えている学校に勤めていて、それを書こうと思った」と。

私はその時、また宙を仰ぎ見そうになったが、いや、本当は知っていたのではないかと、自分を諫《いさ》めた。現在五歳の男児の育児中である私は、自分たちの行動範囲の治安や町の様相に、常に意識を配りながら生活をしている。自宅からすぐの交差点を渡った先の町が、優劣ではなく、自宅の町とは治安も装いも、行き交う人の言動の様子も、まったく異なることを知っている。横浜でもそうなのだから、もっと文化や経済状況が細分化されている東京には、そういった小学校も存在することは、容易に想像ができたはずだ。「なりたい職業にユーチューバー」だって、その背景に目を凝らせば、もっと早くに、重大な社会問題を知れていたのだ。

私たちはすぐに、本当は知っていることを、知らないふりをしてしまう。これ以上知ることを、止めようともしてしまう。誰もが自身のささやかな生活を維持することに精一杯だし

（維持できていない人も沢山《たくさん》いる）、個人の能力や許容量がとても小さいこともよく理解していて、知ってしまうと、何もできない無力感、罪悪感に苛《さいな》まれるからだ。

　それでも私たちはやはり、社会に溢《あふ》れる問題を、知る必要があるのだと思う。まずは知られなければ、弱者たちは今いる場所から、一歩も動くことができない。

　『見つけたいのは、光。』は、出産により職を追われ、育児に苦しんでいる女性と、育児中の同僚のフォローで疲弊し、人生を蝕まれている女性の、二人の弱者の物語だ。出産、育児を経験して、こういう女性たちに数多く出会い（私自身も、育児で仕事が思うようにできないことを、今も苦しんでいる）、すぐに解決する問題ではないことは重々承知ながら、せめて彼女たちの苦しみを知って欲しいと書き上げた。

　藤岡さんも、ご友人の目を通して、圧倒的弱者である子どもたちを見つめ、まずは知ってもらわなければと強い衝動に駆られて、『空にピース』を書かれたのだろうと、想像に難くない。『見つけたいのは、光。』には、主人公二人に深く関わる人物として、「ひかり」と呼ばれる女性が登場する。ひかり先生との名前の一致は偶然ではない。弱者たちに少しでも光を見せようとする人物に、藤岡さんも私も祈りを込めて、そのままの名前を託したのだ。

　ひかり先生の奮闘で、大河は自分で鍋でインスタントラーメンを作れるようになった。真亜紅は感情の扱い方を学び、引っ越す間際のグエンは、日本語が少し上達していた。子どもたちにとっても、読者の私たちにとっても、ひかり先生は、「光」そのものだ。小さな体で奔走する姿は、まがうことなく美しい。卒業アルバム用の集合写真を撮影するラストシーンで、ひかり先生と子どもたちが空に掲げたピース。その指の隙間から差し込む光の眩さに、心の目を細めたのは、私だけではないだろう。

そんな美しさ、眩さを語った後で、こんなことを書くのはとても心苦しい——が、解説を引き受けたからには記す必要があると思うので、書く。ずっと子どもたちを「弱者」と語ってきたが、この物語にはもう一人、重大な弱者が存在すると私は思う。他でもない、ひかり先生だ。

二十六歳で、教職に就いて五年目と若い彼女は、四十代半ばの私からすると、社会経験もまだまだ少ない、か細く小さな女の子に過ぎず、子どもたちと同じく、周囲からのフォローが必要だと感じる存在だ。そんな彼女の仕事量と、仕事に割いている時間に注目して欲しい。

果たしてその量と時間に見合う賃金と休暇が、付与されているかどうか——は、それこそ知ろうと思えばすぐに知れることなので、具体的には記さないが、オーバーワークであることは明白だ。今は若さと、かつて救えたかもしれない子どもを救えなかった、自責の念由来の熱さで乗り切っているが、三十代四十代と歳《とし》を重ねた時、彼女自身も子どもを持った時に、同じように奔走と奮闘ができるだろうか。

弱者にとっての光そのものである人を、適切に扱わない社会は、断言するが、間違っている。間違いを正すには、どうしたらいいのか――。私たちは、知って、祈って、たとえとても小さくても、自分の能力が役に立つ時と場があれば、惜しみなく尽くす必要がある。空に掲げたピースの隙間から、光が途絶えることが、決してないように。

対談中、藤岡さんが私にかけてくださった言葉で、とても嬉しかったものがある。その時は喜びを噛み締めるばかりで、気持ちを返すことができなかったので、最後にここに書きたいと思う。

藤岡さんが、『空にピース』を書いてくれて、よかった――。知ろう、祈ろう、力を尽くそうと、強く誓うことができた。

――作家

この作品は二〇二二年二月小社より刊行されたものです。

幻冬舎文庫

●最新刊
宿命《リベンジ》
石原慎太郎

事故とされた父の死を殺人と信じて疑わない兄弟が今際の際の母と交わした「仇討ち」の約束。人生を賭けた大仕事の哀しくも美しい結末とは？　円熟の筆致で描く著者最後のハードボイルド、全三編!!

●最新刊
「私」という男の生涯
石原慎太郎

奔放で美しいシルエットを戦後の日本に焼きつけた男が迫りくる死を凝視して、どうしても残したかった「我が人生の真実」。死後の出版を条件に綴られ、発売直後から大反響を呼んだ衝撃の自伝。

●最新刊
女盛りはモヤモヤ盛り
内館牧子

何気ない日常のふとした違和感をすくい上げ、歯に衣着せぬ物言いでズバッと切り込む。ウイットに富んだ内館節フルスロットルでおくる、忖度なしの痛快エッセイ七十五編。

●最新刊
おまもり
銀色夏生

数か月前に「おまもりのような本を作りたい」とハッと思いたちました。おまもりを形にしたような本。本の形のおまもり。だれかの力になりますように。

（「はじめに」より）

●最新刊
外科医、島へ
泣くな研修医6
中山祐次郎

東京でなら助かる命が、ここでは助からない――。半年の任期で離島の診療所に派遣された雨野隆治は、島の医療の現実に直面し、己の未熟さを思い知る。現役外科医による人気シリーズ第六弾。

幻冬舎文庫

●最新刊
梁石日《ヤン・ソギル》
［新装版］血と骨(上)(下)

敗戦後の混乱の中、金俊平は蒲鉾工場を立ち上げ、大成功した。妾も作るが、半年間の闘病生活を強いられ、工場を閉鎖し、高利貸しに転身する。それは絶頂にして、奈落への疾走の始まりだった。

●最新刊
横関　大
ミス・パーフェクトが行く！

真波莉子はキャリア官僚。「その問題、私が解決いたします」が口癖の人呼んでミス・パーフェクト。ある日、総理大臣の隠し子だとバレて霞が関を去ることになるが。痛快爽快！　世直しエンタメ。

●好評既刊
飛鳥井千砂
女の子は、明日も。

略奪婚をした専業主婦の満里子、女性誌編集者の悠希、不妊治療を始めた仁美、人気翻訳家の理央。女性同士の痛すぎる友情と葛藤、そしてその先をリアルに描く衝撃作。

●好評既刊
麻生　幾
救急患者X

高度救命救急センターの医師・吉村は、ICU奥のトイレに謎の血文字が浮かび、ナースが怖がっていると聞く。前後して、身元不明の女性患者らが奇怪な症状を見せ始め――。本格医療サスペンス。

●好評既刊
稲垣えみ子
アフロえみ子の四季の食卓

冷蔵庫なし、カセットコンロ1台で作る「一汁一菜」ご飯。旬の食材と驚きの調理法から生まれたアイデア料理を一挙公開。毎日の食事が楽しみでしょうがなくなる、究極のぜいたくがここに！

幻冬舎文庫

●好評既刊
冬の狩人（上）（下）
大沢在昌

新宿署の佐江に、三年前の未解決殺人に関する依頼が持ち込まれた。消えた重要参考人が佐江による護衛を条件に出頭を約束したという。罠か、事件解決への糸口か？　大人気シリーズ第五弾！

●好評既刊
さようなら、私
［新装版］
小川　糸

久しぶりに再会した初恋の相手は、昔と変わらぬ笑顔を向けてくれたが、私は不倫の恋を経験し、夢に破れ仕事も辞めていた。そんな私を彼が旅に誘い……。新しい自分に出会うための旅の物語。

●好評既刊
監禁依存症
櫛木理宇

性犯罪者の弁護をし、度々示談を成立させてきた悪名高き弁護士の小諸。ある日、彼のひとり息子が誘拐される。これは、怨恨かそれとも。ラスト一行まで気が抜けない、二転三転の長編ミステリー。

●好評既刊
まだ人を殺していません
小林由香

「悪魔の子」と噂される良世を引き取り育てることになった翔子。何も話さず何を考えているかわからない彼に寄り添おうとするが、ある日、蟻を「作業」している姿を目撃し——。感涙のミステリ。

●好評既刊
東京でひっそりスピリチュアル
桜井識子

明治神宮の神様が伝えたいアドバイスとは？　酉の市が秘めるすごいパワーってどんなもの？　神様とおはなしできる著者が大都会東京の神社仏閣で直接聞いた開運のコツ。参拝が10倍楽しめる！

幻冬舎文庫

●好評既刊
僕の種がない
鈴木おさむ

「ここからなんとか子供を作りませんか?」。ドキュメンタリーディレクターの真宮勝吾は、癌で余命半年の芸人に提案するが……。「男性不妊」という難問と向き合った感動の傑作小説。

●好評既刊
人情ヨーロッパ
人生、ゆるして、ゆるされて〈中欧&東欧編〉
たかのてるこ

スウェーデンでザリガニ宴会、クロアチアで運命の恋。ボスニアでは、てるこ旅史上最も反響の大きい涙と笑いの感動体験! 人生全てをゆるして生まれ変わる、痛快爆笑デトックス旅〈後編〉。

●好評既刊
スピリチュアルズ
「わたし」の謎
橘 玲

ついに心理の謎が解けた——性格・資質は、(意識ではなく)「無意識」が決定し、それはたった8つの要素で構成される。脳科学・心理学・進化論の最新知見で、人間理解が180度変わる!

●好評既刊
文はやりたし
中谷美紀

ご縁あってドイツ人男性と結婚して始まった二拠点生活。一年の半分は日本でドラマや映画の撮影に勤しみ、残りはオーストリアで暮らしを楽しむ。不便だけれど自由な日々を綴ったエッセイ。

●好評既刊
神奈川県警「ヲタク」担当 細川春菜6
万年筆の悪魔
鳴神響一

凶器は万年筆。被害者が突っ伏していた机上にはペン先の壊れた高級万年筆。傍らには『CASE RTA』という文字に×印のメモ。謎めく殺人事件を捜査する春菜たちが突き止めた犯人とは……?

幻冬舎文庫

●好評既刊
リボルバー
原田マハ

パリのオークション会社に勤務する高遠冴の元にある日、錆びついた一丁のリボルバーが持ち込まれた。それはフィンセント・ファン・ゴッホの自殺に使われたものだという。傑作アートミステリ。

●好評既刊
探偵少女アリサの事件簿
さらば南武線
東川篤哉

地元・武蔵新城でなんでも屋タチバナを営む橘良太はお得意先の娘・綾羅木有紗と難事件をぞくぞく解決中。ある日、依頼者の元に出かけた良太は密室殺人に遭遇してしまい――。シリーズ最終巻。

●好評既刊
もう、聞こえない
誉田哲也

傷害致死容疑で逮捕された週刊誌の編集者・中西雪実。罪を認め聴取に応じるも、動機や被害者との関係については多くを語らない。さらに、突然「声が、聞こえるんです」と言い始め……。

●好評既刊
ヒトコブラクダ層戦争(上)(下)
万城目　学

三つ子がメソポタミアで大暴れ!! 自衛隊PKO部隊の一員としてイラクに派遣された榎土三兄弟。彼らの前に姿を現したのは、砂漠の底に潜む巨大な秘密、そして絶体絶命の大ピンチだった――!

●好評既刊
玉瀬家の出戻り姉妹
まさきとしか

バツイチ引きこもり中の41歳、澪子。ある日、売れっ子イラストレータの姉が金の無心にやってきて、流れで一緒に実家に出戻ることに。帰ればそこに家族がいて居場所がある。実家大好き小説誕生。

幻冬舎文庫

●好評既刊
僕の姉ちゃん的生活
明日は明日の甘いもの
益田ミリ

相手から返信がなくても落ち込まない、誘った勇気までが私のもの。朝の支度をしてくれるロボットは欲しいけど、仕事は私がいく！　今宵も、恋と人生についての会話が始まります。第四弾！

●好評既刊
レインメーカー
真山　仁

病院で二歳児が懸命の救急治療も及ばず亡くなった。両親は医療過誤だと提訴。そこで病院の弁護に立つのは、この手の裁判にめっぽう強い雨守誠だ。雨守は執念で医療現場の不条理に斬り込む。

●好評既刊
かくして彼女は宴で語る
明治耽美派推理帖
宮内悠介

明治末期、木下杢太郎や北原白秋、石川啄木ら若き芸術家たちが集ったサロン「パンの会」。ここでは、持ち込まれた謎を解くべく推理合戦が繰り広げられていた。傑作ミステリ。

●好評既刊
ボクもたまにはがんになる
三谷幸喜
頴川　晋

働き盛りに前立腺がんが発覚した脚本家が、信頼できる主治医と出会い、不安を感じずに手術を受けることができた。その2人による、がんのイメージが変わる、マジメで笑える対談集。

●好評既刊
生活を創る(コロナ期)
どくだみちゃんとふしばな9
吉本ばなな

コロナ期に見えてきた、心と魂に従って動くことの大切さ。「よけいなことさえしなければ、神様のようなものがちゃんと融通してくれる」。力まず生きる秘訣が詰まった哲学エッセイ。

空《そら》にピース

藤岡陽子《ふじおかようこ》

令和6年1月15日　初版発行

発行人――石原正康
編集人――高部真人
発行所――株式会社幻冬舎
〒151-0051東京都渋谷区千駄ヶ谷4-9-7
電話　03(5411)6222(営業)
　　　03(5411)6211(編集)
公式HP　https://www.gentosha.co.jp/
印刷・製本―中央精版印刷株式会社
装丁者――高橋雅之

検印廃止
万一、落丁乱丁のある場合は送料小社負担でお取替致します。小社宛にお送り下さい。

本書の一部あるいは全部を無断で複写複製することは、法律で認められた場合を除き、著作権の侵害となります。

定価はカバーに表示してあります。

Printed in Japan © Yoko Fujioka 2024

幻冬舎文庫

ISBN978-4-344-43351-9　C0193　　ふ-38-1

この本に関するご意見・ご感想は、下記アンケートフォームからお寄せください。
https://www.gentosha.co.jp/e/